昂贵的教育

〔美〕尼克·麦克唐内尔　著
梁　兵　卢鑫莹　译

河南人民出版社

图书在版编目(CIP)数据

昂贵的教育 / (美)麦克唐内尔 (McDonell,N.) 著;
梁兵,卢鑫莹译. —郑州 : 河南人民出版社,2013. 9
书名原文 : An Expensive Education
ISBN 978 - 7 - 215 - 08601 - 2

Ⅰ. ①昂… Ⅱ. ①麦… ②梁… ③卢… Ⅲ. ①长篇
小说 - 美国 - 现代 Ⅳ. ①I712.45

中国版本图书馆 CIP 数据核字(2013)第 223288 号

图字 16 - 2013 - 130

河南人民出版社出版发行
(地址:郑州市经五路 66 号　邮政编码:450002　电话:65788036)
新华书店经销　　河南龙华印务有限公司印刷
开本　890 毫米×1240 毫米　1/32　印张　9. 875
字数　220 千字
2013 年 9 月第 1 版　　2013 年 9 月第 1 次印刷

定价 : 20. 00 元

译者序

谍色象牙塔

数十年以来，“常春藤”高校联盟与美国中情局难以言喻的纠葛一直是作家笔下经久不衰的素材，足以赚得无数眼球。但其中多数都不能免俗地成为智者回忆录，讲述着冷战时期的传奇故事，充斥着各种老掉牙的桥段。如今，现年27岁的麦克唐内尔——17岁就以《十二》（*Twelve*）在文坛崭露头角的新星，用新书《昂贵的教育》为这一题材注入了新的活力。

2002年，新书庆祝会上的尼克·麦克唐内尔尚未到法定的饮酒年龄，他的出版商，声称看着尼克长大的摩根·恩特里金，代他发表了祝酒词。而彼时，那位年仅17岁的作者正坐在餐厅外的门廊上与朋友煲电话粥。

短短几个月内，新书《十二》（*Twelve*）在国内外书市炙手可热，民众铺天盖地而来的狂热追捧盖过了业内媒介内心翻涌的妒意。2005年，麦克唐内尔的第二本书问世之际，纽约的杂志特地为他做了专访，硕大的标题令人目眩：“不要因为他的年轻、英俊、幸运、完美、新作即将华丽上市而妄生恨意”。

在25岁那年，麦克唐内尔终于到了那个年纪，一个能写出一本好书却不致被震诧的口水湮没的年纪。而幸运的是，他再次证明了自己。《昂贵的教育》讲述了一名来自哈佛的年轻特工的故事，对麦克唐内尔本人或间谍题材来说虽不足以令人啧啧称奇——但字里行间掩饰不住的慧诘灵动都在不经意间撩拨着你的神经，足以解释为何有人声称他的作品开辟了文艺小说的又一个新时代。

故事的开篇就惊心动魄：在肯尼亚和索马里边界的一个反叛军营，一名叫迈克尔·提克的中情局特工以环保人士的身份与一位著名的“自由战士”哈塔西接头，并向其交付两万五千美金。但不多时，营地便遭受空中和陆地袭击，被摧毁殆尽。三十条无辜的生命在他的眼前被生生攫取，其中大多数是妇女和孩童。提克虽侥幸死里逃生，却始终无法查明这场袭击的幕后推手。小说沿着他尝试寻找事情的真相而铺陈，提克和这本书的另外几名主人公——“自由战士”哈塔西，聪颖的哈佛“天之娇女”简，逐渐迷失自我的戴维，因撰写哈塔西圣传而刚刚荣膺普利策奖的苏珊·洛厄尔教授——全部面临着各种艰难的抉择：信任、名誉、尊重。对他们每一个人来说，选择正确道路的代价是巨大的，尤其是当寻找“正确”道路都举步维艰的时候。

这本书的迷人之处在于，作者成功地在不同的场景间巧妙切换，游刃有余。上一幕提克还在环视废墟中哈塔西的村落，下一幕读者的眼前却呈现出郁郁葱葱的哈佛校园。两大背景相互交织，2007年才从哈佛毕业的麦克唐内尔在《昂贵的教育》中一边用精炼的语言织出一个骇人的国际阴谋，一边以辛辣嘲讽的腔调绘出华丽光环下真实的哈佛校园。犀利的笔触中尽显对浮华堕落的校园文化的批判，令人不由得心生疑惑：是什么驱使麦克唐内尔在一部又一部作品中将尖锐的笔锋对准这个曾滋养过他并依旧为他前进的道路铺设光环的母校呢？他又是怎样一遍遍地回答朋友和家人的质疑，连连摆手说“噢，不，我写的真的不是你”呢？

勿需多言，书中少不了出类拔萃的好学生：提克——金发碧眼的完美青年——与麦克唐内尔同龄，毕业后在中情局效忠祖国。这样的男主人公自然是男孩心中的英雄，女孩梦里的白马王子。随着书中时空的不停流转，我们看到了提克如何应征入伍、受训为特工；看到了一个天资聪慧的赛跑好手，一个掌握多门语言的奇才，外加酒量过人；看到了一个恪守原则、性格内敛、富有爱心，当然英气逼人的完美男人。姑娘们，这些还远远不够。喔，老天！他居然还是舞池中优雅的绅士！

在打斗环节的描写上，麦克唐内尔似乎对读者颇为吝啬，但这种场面一经出现，必定精彩纷呈，令人血脉贲张、欲罢不能。但令我们更感欣慰的是，虽说令人眼花缭乱的矫健身手是撰写间谍题材小说不可或缺的要素，“醉翁之意不在酒”的麦克唐内尔却用更多的笔墨渲染了主人公提克的内心纠葛，与自我的“搏杀”。这位勇敢的哈佛毕业生只想“尽心尽职做事，清白正直做人”，但这项祖国交付的任务却给他的内心带来了无尽的伤害。面临上级的命令与内心的呐喊，提克又会如何抉择呢？让我们拭目以待。

（译者于河南农业大学）

“你相信吗？”

“并非全信。他们没什么值得我们相信的，不是吗？——甚至也没什么值得我们怀疑的。家庭高于一切，个人胜过所有虚无。”

“任何个人吗？”

——格雷厄姆·格林，《哈瓦那特派员》，1958

目 录

1　第一部

123　第二部

195　第三部

第一部

这个任务的确很轻松。给一个叫哈塔西的反叛分子送些钱外加一部手机，顺路看看周遭的情况。这个人完美得令人难以置信，这是提克翻阅完哈塔西的档案后的第一反应。哈塔西，孤儿，自由战士，自学成才的人道主义者，精神领袖。

波士顿，马萨诸塞州，200X年

秋夜，维多利亚街区沉浸在漆黑清冷之中，四周鸦雀无声。苏珊·洛厄尔教授走进屋内，轻声关上房门。上楼探视孩子们的途中，经过走廊，她看到了镜中的影子。她静静地，欣赏着镜中眉头微蹙的自己。还未到午夜时分，女儿、儿子、还有自己的丈夫，都已进入梦乡。她心头涌起了丝丝不快，这种感觉如潮水般向她袭来又退去。

她来到楼下，拿起遥控器，对着壁挂电视开始搜寻频道，最后定格在官方新闻台。发髻散落，但身上的套装和脚上的高跟鞋却还未褪下。她认得新闻里的几名候选人，当她看到自己的倩影出现在电视屏幕上时，宽阔的嘴角禁不住微微上扬。她想，自己在获奖瞬间所体味到的快乐有生之年都无法逾越了吧？她刚刚荣获了著名的普利策新闻奖，但梦中的丈夫还浑然不知。

随它去吧。

她走进厨房，开了一瓶红酒，从橱柜里取出一只精巧的玻璃杯。回到客厅，她将自己整个人蜷进布艺沙发里，边看新闻，边啜饮几口。饮尽半瓶红酒，她来到楼上卧房，褪去衣衫，与依旧睡眼蒙胧的丈夫融为一体。她告诉他获奖的消息，之后他们聊了会儿天。激情退去换来满身疲惫，徘徊在半梦半醒的边缘，她想，为什么我会感到恐惧？

1

肯尼亚和索马里边界，200X年

那天早晨，一个名叫迈克尔·提克的美国年轻人开车一路向北驶去，穿越随风摇曳的灌木丛，肩负着一项由现今全世界最强大的政府所颁布的使命。天空飘来一枚风筝，随着印度洋上吹来的风在他头顶轻轻舞动，应和着他的丰田“陆地巡洋舰”在人迹罕至的小道上颠簸的节奏。提克并不急于在午后顶着炽热的太阳赶到那个小村落。晚些时候会更凉快，或许会更平静。

这个任务的确很轻松。给一个叫哈塔西的反叛分子送些钱外加一部手机，顺路看看周遭的情况。这个人完美得令人难以置信，这是提克翻阅完哈塔西的档案后的第一反应。哈塔西，孤儿，自由战士，自学成才的人道主义者，精神领袖。提克所接受的训练令他对这些字眼异常警惕，正如古语所说“全则必缺，极则必反”。哈塔西是殖民地民众的一线曙光。

但提克已经在国内过了一年半远离硝烟的舒适生活，这令他禁不住想，生活原本就该是这样。或者至少，他没有什么必须的理由再那么拼命了。他找不到理由，一直被这个问题困扰。当他将车驶入那抹棕绿色的风景时，他感到了一些解脱，游离在车外的景色中，远离枪火。他忽然觉得，这确实是一个完美的任务，但可惜他却不是那个执行任务的完美人选。他将这些胡思乱想归结于神经太过紧张，继续飞速疾驶，以他二十五岁的年纪，他觉得这才是职业的做法。

车后座堆着五个行李箱。穷困的旅行者携带的那种廉价行李，粗鄙的塑料质地。它们是提克身份的另一种掩护。他停下车，给村里的联络人拨了个电话，确认他现在的具体方位。得到的答复是顺利抵达，没有丝毫延误。

回到驾驶座，提克看到远方的地平线上影影绰绰有动静。小路的尽头，一簇金合欢树丛的间隙里扬起一片尘埃。一百多英里的路途中这还是第一次看到扬尘，他踩了脚油门。扬尘若隐若现，在树丛后面升起。运气好的话可能是一路疯狂的越野车队，如果运气太坏——提克脑海里浮现出降临在他前任身上的厄运，内脏被挖出，腹部被生锈的刀片划得一片斑驳，之后被绑在树上，任其自生自灭。那帮刽子手真是连一颗子弹也舍不得浪费。

三辆汽车在前方停了下来，列队横在小道上。提克也在相距一英里的地方停下车，透过单筒望远镜观察他们的举动。车队中有一辆白色面包车，是日本游客平时乘坐的那种，还有两台生锈的皮卡。提克看见车厢里跳下几个人，从面包车车顶拖下来一个金属的挡车栏杆。所有人都全副武装。

索马里土匪[①]，提克想道，不由警觉起来。在阿姆哈拉语中，他们被称为“社会性土匪”。最精炼的语言，集万千含意于一体。一群不法之徒。他开车向他们驶去。

★ ★ ★ ★

提克数了数，这帮索马里土匪有二十二个，都在静候他的到来。匪徒比他想象的年轻，而且从横在路上的面包车和架起的金属路栏来看，他们还挺有钱。应该是挺精明的一伙，提克想道。

两名男子挡在路栏前。一人身穿迷彩裤，T恤衫胸前印着大大的美国中小学校“抵制毒品教育计划”的英文缩写DARE。另一人身穿网纹短裤，卡其布狩猎衬衣。两个人都扛着卡拉什尼科夫冲锋枪。短裤男肩上还挎着一个枪套。

“你好。”提克减缓车速，将头伸出窗外。最好还是说英语，真是白痴语言[②]。

“检查站。”穿着禁毒T恤的男子说。

---

①Shifta：常见于埃塞俄比亚，肯尼亚和索马里语言，意为匪盗强人之流。

②Lingua idiota：拉丁语，意为“愚蠢简单的语言”。

提克停下车，并没有熄火，而是朝小道两边望了望。他可以强行开车越过这伙人，但他们会追上他，朝他的轮胎开火，就算子弹会打偏，但车玻璃也难逃一劫。情况还可能更糟糕，还是聊聊为妙。一个小男孩攥着把切肉刀盘着腿坐在路边，盯着提克。奇怪。通常索马里土匪里是没有孩子的。提克冲男孩挤了挤眼，但是男孩无动于衷。

“检查站？”提克尽其所能模仿着当地人的口音问道，“谁指派的？”

眼前的两名男子对视了一下，网眼短裤变戏法一般从肩上的皮套里摸出一把老式点38左轮手枪。“受哈塔西将军的命令，”他说，接着拿枪柄敲了敲车后门，“里头是什么东西？”

“见鬼！”提克配合着他们演戏，郁闷地双手掩面。

这伙人不由分说拉开车门，拖出手提箱扔在了泥地上，粗暴地扯开了其中一个。

“你们没看见手提箱有拉链嘛。”提克说。

当满满一箱灰绿色的阿拉伯茶呈现在他们眼前时，人群中爆发一阵欢呼。

提克无奈地摇了摇头。

“你有意见？”那个发号施令的皮套男问道。

“没有。”提克赶忙满脸堆笑，探出一只手到车窗外。“我叫提克。”

“我是指挥官莫拉那。”网眼短裤显然有些惊讶，握住提克的手轻轻晃了两下。提克冲他咧嘴一笑，莫拉那也不屑地摸摸下巴算做是一种回应。这个男人看来心情不错，心不在焉地应付着提克，而这时他的部下都在为能从独行在这里的陌生男子身上截获这些毒品而感谢老天。

莫拉那的手下当天上午一无所获。但是，莫拉那细细想来，他们似乎近来一直都无甚收获。他本可以选择把装茶的车也一并开走，但哈塔西的命令如山——要克制。上回他们杀死了一个美国特工，引得哈塔西一场盛怒。我们怎么能将自己的盟友绑在树上！之后哈塔西迅速恢复平静，并很快发表了演说。误会总会发生，他总结道，但要懂得克制自己。莫拉那为哈塔西在自己犯下重大错误时能够宽容而心存感激。

莫拉那给了提克一点阿拉伯茶。提克拿过丢进嘴里嚼了嚼。他不喜欢这苦味，像卷心菜。“我能留一箱吗？”他问。

“一箱，”莫拉那敷衍地笑了笑，“你打算怎么留一箱？”

还没等提克回答，莫拉那就打断了他，“想都别想。”他说。他的手下开始装车。提克注意到，那盘腿坐着的男孩，注意力早已不在这次抢劫行动上了，他正拿着刀在干泥巴上画画。一个稍大点的男孩唤了他一声，其余匪徒将金属路栏扔回车的顶部，发出“砰”的声响。

在驶过他身旁时，莫拉那还透过卡车玻璃冲他挥了一下手。

提克把嘴里的阿拉伯茶吐出窗外，目送着他们消失在小道的尽头。整个过程不到五分钟。成箱的阿拉伯茶还挺管用。他依旧不必匆忙赶路。

车行数英里，几小时后，绵延不绝的小道尽头，灌木丛终于隐去，露出遍布岩石的平原，一条波光粼粼的溪流首先跃入眼帘。岸边立着一颗歪歪扭扭的棕榈树，散落着零零星星十几所农舍，周遭是羊群，孩童们像是油画里的守护天使。提克很喜欢眼前的景色。他把车停在村外几百码的地方，以免惊扰到围栏里的牲畜。几头山羊懒懒地朝他的“陆地巡洋舰”瞟了几眼。

他从口袋里摸出一把钥匙，打开手套箱，取出一个密封的联邦快递信封。他下了车，抻了抻腿，感受了一下这里的温度后套上了件皱巴巴的卡其布夹克。他去哪都穿着同样的衣服，现在的温度穿这个还算合适。他并不是怕晒，而是因为他那苍白的皮肤被紫外线永久性地灼伤了。不过他并不在意，在新英格兰地区度过的几个冬天已足够令他忘却这些不适。他检查了下腰带上别的西格-绍尔P220手枪①，把信封夹在胳膊下，踏过焚烧过后干枯碎裂的草皮，向迎面而来的孩子们走去。孩子们身后，母亲们斜倚着门框，冷冷地瞧着。

孩子中最好奇的那个来到他的膝前，望着提克。提克用当地口音跟他打招呼，孩子还太小，并没有发现操本地口音的陌生人有什么异样。

①SIG-P220：全称SIG-SAUER P220手枪，是20世纪70年代瑞士SIG公司研发，德国SAUER公司生产的一种手枪。

“要不要猜个谜语？”提克笑着说，露出一口好看的小白牙，比孩子见到过的大人的牙齿都要好看。

“要！”孩子欢快地答道。

“什么房子没有门？”提克问道。其实这是个很经典的谜语，也不难猜，谜底是鸡蛋。但是孩子确实太小了，可能从来没有听说过。提克的判断是正确的，孩子跑开了，去向他的伙伴们求助。

提克的出现引起了村子里所有人的警惕。两个十多岁的男孩儿端着把老式恩菲尔德步枪冲提克走来，其中一个开口问提克来做什么，讲的是英语。

“来见哈塔西。”提克用当地话乐呵呵地答道，着实令两个少年吃了一惊。

两人对视了一眼，假装对眼前的情况进行了短暂的思索，接着趾高气扬地让提克跟在他们身后走。一行人来到小溪旁，那棵棕榈树下，三个男人盘坐在一条厚厚的旧毛毯上，拿着小碗在品尝骆驼酸奶。其中两个全副迷彩，另一个，穿着一件白色的穆斯林斗篷。提克立即认出他就是哈塔西本人。提克来到近前时他们三个都站了起来，哈塔西是三人中最矮的，身材壮实，略微有些发福。提克注意到他的肤色似乎并不很深，但整个人棱角分明。他拄着根手杖，扶手的部分是一颗动物头骨，提克看不出来是什么动物。他眼窝深陷，眼神坚定地望着提克，并遣散了自己的手下。两个迷彩服跟两个少年一起沿着小河离开了。当哈塔西确认他们已经走远之后，示意提克坐到毛毯上来。

寒暄过后，两人坐定。提克顺便夸奖了两个少年的英语水平。

“但愿我能讲的比他们还要好。”哈塔西答道，“但是谢谢你，两个孩子很努力。我们的军营里有比他们更棒的。”

一个异常消瘦的妇女端上来一盘红枣，山羊乳酪，和两罐芬达，脸上带着浅浅的笑意。居然是易拉罐，不是玻璃瓶，提克想，挺新鲜。女人鞠了个躬，把盘子放在了哈塔西和提克的中间。哈塔西冲她笑了一下，女人居然脸红了。

出于礼貌，提克吃了一片奶酪。之后，两人都没动盘子里的食物。哈塔西向提克介绍了他们附近一个军营里队伍的兵力、装备、马匹以及运输工具的情况。他指着自己停在河对岸的那辆卡车告诉提克，那是一辆丰田皮卡，装载着12.7毫米口径的机枪。

提克用一把折叠刀划开了快递信封，递给了哈塔西。哈塔西看了看信封，似乎对里面美金的数量很满意。

“两万五千元。”提克说着，又从口袋里摸出一只黑色手机，递了过去。

“以后你就是我的联络人了吗？”哈塔西问。

“恐怕不是，你得跟我同事联络。”

“跟投缘的人见面之后却不能再次合作真是太令人遗憾了。”哈塔西边说边推开手机的滑盖，按下了开机键。

哔——

在这个平常的下午，头顶厚厚的云朵里，一名飞行员接收到了报警信号，并且开始调整自己的航线定位。

在返回“陆地巡洋舰”的路上，提克听到了安东诺夫战斗机引擎低沉的轰鸣声。他理应能够判断出飞机正自远方逐步逼近，却并没有在意。炸弹从天而降。接着提克整个人被巨大的气浪掀翻在地。他晕晕沉沉地趴在地上，再次翻身躲开了一串呼啸而过的热浪。棕榈树被炸成了碎片，木头畜栏也被炸得踪迹全无，地上只有一个巨大的陷坑。空气中飘浮着烟尘，周围一片混沌。提克趴在泥土里，看到远处哈塔西的卡车沿着小河疾驰而去。他勉强起身，跌跌撞撞地跑向自己的“巡洋舰”，从车后座底下取出了急救箱。提克是训练有素的，当他再次跑回村子的时候，重点营救对象是那些濒死的人，因为逝去的生命是再也无法挽回了。黄昏下村子里火光炽灼，仿佛一下子又回到了正午的烈日下。

他听到了东面驶来的悍马运兵车碾过路面的声音，接着看到一群准军事部队的人浩浩荡荡地杀进了村子。先前给他带路的男孩儿中的一个端着枪冲向悍马车，被他们当即射死。另一个向相反的方向跑去，一辆悍马车紧随其后。

提克躲进了一个烧焦的小屋。那个给他端奶酪和芬达的女人面朝下趴在地上。顺着床沿到门口有一串血迹，女人看来是没能爬出门外。一个少女坐在她旁边，正在使劲地揉搓自己的耳朵，想要恢复听觉。提克在她们身旁跪下，将女人扳转过来。女人脖子上有一道深深的口子，看来已回天乏术。

他正要去救那女孩时，看到脚旁有一只马克杯。四年前他大学毕业时，学校送的毕业生礼包里就有这样一只。杯子上有《克里姆森报》的标识，还印有哈佛大学的校徽，上面有两个白色小字，真理。还未等提克仔细想清楚事情的来龙去脉，耳边就传来了M4s卡宾枪子弹上膛的咔嚓声，紧接着一颗子弹呼啸着射进了小屋，提克急忙将女孩扑倒在地。

2

简是代达罗斯酒吧的常客，可是一大清早就泡在这儿，对她来说还是第一次。她所有的社会活动，比如去游民收容所做义工，或是参加各种校园政治圆桌会议，讨论诸如学生堕胎和“非洲联盟”社团去留的问题,再或者参加校报《克里姆森报》的工作会议，都被安排在下午进行。到了晚上常常还会去喝上两杯，而且她对自己这点酒量还是挺得意的。所以，简从来没有在上午十一点之前起过床。除了有时候陪着那些肯尼迪政府学院的男孩儿们喝点儿苏格兰威士忌，她还是喜欢为自己点那款橘汁伏特加鸡尾酒。

而现在，她正陪着戴维在空荡荡的酒吧里坐着。他们点了戴维每周都要享用一次的三文鱼蛋松饼。她又要了咖啡和血腥玛莉酒，而戴维只喝橙汁。每当他们一起出去泡吧的时候，简总希望戴维多喝一点，至少不要显得与周围那么格格不入，因为他几乎很少喝酒。不过，戴维的外形弥补了简眼中这点小小的不足。皮肤黝黑，身高六英尺四英寸，再穿上那四百美元的普拉达靴子——简送给他的生日礼物，就近乎六英尺五了。而简，则是披着一头迷人金发的白人小妞。他们刚开始交往的时候，简说根本不在乎他是白人还是黑人。而戴维，对这个问题也只字不提。昨天晚上，简又和她的女伴们玩到很晚。

“真抱歉让你起这么早。”戴维感激简为他做的每一件事，所以总是这么客气。虽然戴维说话略微夹杂着英国殖民学校口音，可简却是这么对她的母亲描述的——他的嗓音令我着魔。

“真是个呆子，”简笑道，“怎么这么婆婆妈妈的，真像个娘们。”

虽然已经交往了七个月，可当简说出这样的话时，戴维仍然会窘得不知所措。但是，他喜欢这样的简。

简的手在戴维的背上摩挲着。他的衬衫都是从旧货店买来的二手货。今天穿的这件是黄色的，有些薄，胸前的口袋上还绣着上任主人的姓名缩写。

“我们今天干嘛要起这么早呢？”简问戴维。

戴维从他的背包里抽出一个信封。虽然简对他穿旧衬衫没意见，但是她希望有朝一日能给戴维买一个好点的包，类似于她妈妈买给她爸爸的那款约翰·瓦维托斯的名牌货。戴维现在背的这个廉价登山包还是当初他从家里带来的。他把信封递给简。信封是奶油色的，手感厚重，上面用黑色墨水写着戴维的名字。信背面的蜡封是个红色的小猪脸，已经被拆过了。

“昨天晚上有人从我们门缝里塞进来的。”

一看到那个破损的蜡封，简不由得脱口而出，“哟！看看我们高贵的坡斯廉俱乐部[①]潘趣酒会向谁伸出了橄榄枝呢！”她飞快地抽出信封里的邀请卡，一个浮凸印刷的绿色猪脸标志赫然在目，下面还有两行手写字：坡斯廉俱乐部主席携全体会员敬邀您出席社团招新鸡尾酒会……后面是具体的时间和地点：下周二晚上八点，校外的一栋楼房里。

“有意思，”简一边漫不经心地拿着邀请卡敲击着吧台，一边感慨着。

“嘿，小心点！”戴维伸手去抢。

“你不会真想去吧？”简顺势把胳膊往后撤，不让戴维把卡片拿走。

“试一试也无妨。”戴维说。以前，简倒是常常对他这样说。

“试一试是没什么损失，但这个不行。一群奉行家长作风的阶级歧视者和反对同性恋的老男孩们，整天在那里大放厥词，还有什么比这更糟糕？”戴维可是我的男朋友，见鬼！我可不想让

---

①Porcelliam Club：坡斯廉俱乐部，美国哈佛大学最有名的男子社团之一，以猪为标志，尚享乐。

他变成某个期末俱乐部里的臭男人。简深吸一口气，“天啊，我怎么听起来像个社会学的研究生在做归纳分析总结。但是戴维，这次不一样，真的。”

“我去了也不代表我就要加入他们啊。”

“它只不过是一个华而不实的兄弟会。你根本不需要去听他们在那儿放屁，因为你自己本身就够才华横溢了，不需要他们来给你脸上贴金。他们难道不知道你是从哪里来的吗？你看《经济学人》第二十六页上面那些董事会成员的名字，这些操纵着你祖国命运的混蛋们很多都可能是坡斯廉的会员。你有没有想过哈塔西是怎么看待这个狗屎俱乐部的？”

“我觉得不能以偏概全，”戴维话音冷静，语气却不容质疑，“在我看来我们国内的情况不像你讲的那样简单。还有，我怎么知道哈塔西是怎么想的？不过，他的确说过我们应该用知识武装自己。”

“我们不讨论外面的世界，就说在校园内，他们就是一群混蛋。”简没办法让自己平静下来，她探身去拿裙摆旁的复古手袋。裙子花样华丽，手腕上的镯子被她晃得叮当作响。她从手袋里取出随身携带的高级“鼹鼠皮”记事本，撕下一页开始信手涂鸦。

“好，看这里。让我们看看这些所谓的期末俱乐部的真面目吧！这是坡斯廉俱乐部，校园里最古老最神秘的贵族怪人社团。

这是骷髅会[1]，那群精英们会让你冲着印第安领袖杰罗尼莫[2]的头骨‘打飞机’。或许你可以选择参加飞俱乐部[3]，竖起衣领潇洒地吸几口大麻，然后飘飘然就像盖茨比那样去追寻绿光。你也可以参加披阿尔法俱乐部[4]，竖着领子，边玩曲棍球边就着漏斗大桶大桶地喝啤酒，直到吐了校工一身。你还可以去凤凰俱乐部[5]，那里有黑人，还有尼日利亚的王子。再不然就施佩俱乐部[6]？他们那儿连犹太人都有。”

“简——”戴维打断了她。但是简此时就像被上了发条一样，停不下来。

“要是你真想体验一下社团生活，为什么非要加入一个期末俱乐部呢？如果要想特立独行，可以参加亚裔美国人阿卡佩拉合唱团，或者其他温和派的社团啊，那么多呢，挑一个吧。况且你每天都忙个不停，可以试着去交际舞团放松一下，干脆完全戒酒，就像那些从来不会出现在酒吧里的人一样。不然，就喝成一个真正的酒鬼，混在讽刺文社[7]里哪里都不去，放个屁也开怀大笑。或者试试橄榄球？你天生就是打橄榄球的料。但是等等，貌

---

①Skull and Bones：美国耶鲁大学秘密社团之一，成立于公元1832年。

②Geronimo（1829-1909）：阿帕奇战争中，抵抗墨西哥和美国入侵的著名领袖。

③Fly club：哈佛大学男子社团之一，成立于1836年。

④A.D.哈佛大学社团之一，1836年成立。

⑤Phoenix-SK Club：哈佛大学男子社团之一，由本校本科生组成。

⑥Spee：哈佛大学社团之一。

⑦Lampoon：哈佛大学幽默类杂志和社团，成立于1876年。

似这些都是德尔斐、猫头鹰或者福克斯的下属社团，难道就没有一个和期末俱乐部没关系的吗？”

简深吸了一口气，拿起她七美元一杯的血腥玛莉酒灌了一大口。

“你父亲不也是期末俱乐部的会员吗？”戴维盯着那张被简用线条和方框涂得乱七八糟的纸片，开口说道。

“是的，”简叹了口气，“坡斯廉俱乐部。”接着，她抽回那张图纸，继续说道，“宝贝，你只是太优秀了，那些俱乐部根本不能和你相提并论。看看你，你曾经徒步走出沙漠啊。”

每次简这么说都令戴维觉得无所适从。那不是沙漠，只是一片矮树丛，而且他仅仅走了一段。但是简总是喜欢把那段旅程夸张成伟大的艰苦跋涉，尤其是在外人面前。而事实是，有那么一次，戴维从他表弟的村庄里走了一段路到镇上去。如果家里没有汽车、骆驼或者马，那里的人们都是这样子的。那的确是一段很漫长的路途，不过，如果你没有随身携带什么值钱的玩意儿，索马里土匪是不会找上门的。至少，在他还小的时候是这样的。

但戴维总是保持缄默，他喜欢成为简话题里的英雄，而且这个故事似乎总能令简开心起来，所以他从未解释过什么。戴维知道，在简的眼里他就像超人一样不可思议。而且，每当听到简喊他“宝贝”，戴维总能感到整颗心都要融化了。这个词温暖中透着性感，是洋溢着异域风情的美国式体贴。有一回，戴维在一年级新生食堂安嫩伯格餐厅等他的鸡肉三明治时，偶然听到另一个女孩儿在谈论简。这个女孩儿毫不客气地说简是“比肯山来的小野妞儿”。但是这话，在戴维听起来却觉得相当受用。

“美国有几任总统也是坡斯廉的会员。”戴维说给简听，他知道这么说会更加火上浇油。

“他们都是罪犯。中情局的那帮人都是骷髅会和坡斯廉出身。他们也是你的偶像吗？总而言之，那里有一半的东西很可能都不靠谱，像那个蠢得不能再蠢的弹杯子饮酒游戏一样。”

等他们吃完了三文鱼蛋松饼，简终于说，“你知道嘛，如果你喜欢就去吧。为什么不去呢？他们也会有需要携带女伴出席的活动吧。等你混进去了，我会做你的女伴陪你出席那些应酬，接着我们还可以喝两杯嘛。至少我会喝两杯。”

“我只是希望能在这个校园里，尽我所能开拓自己的眼界，”戴维觉得自己说这番话显得很蠢，“我是说，这可是哈佛。”

“哈佛算个屁。”简说。

3

还是这个清晨，在哈佛校园的另一端，苏珊·洛厄尔教授发现她的办公室已然变成了玫瑰花的海洋。拥挤的书架上，花瓶摇摇欲坠；高耸的花束或簇立在壁橱上方，或堆积在办公桌上。娜菲尔大楼里的办公家具都是哑光的金属材质和棕褐色木料质地，苏珊的也不例外。明媚的阳光透过玻璃窗倾泻而下，抬眼望去，远处就是安嫩伯格餐厅那哥特式的灰色尖顶，一年级的新生们正跌跌撞撞地去吃早餐。清晨的曙光令屋内的缤纷的玫瑰花瓣闪耀着明亮的色泽，平添了几分幽远。正如那天清晨苏珊的感受，异常明快却又隐隐有些不真实。就在昨天，她获得了今年的普利策新闻奖。

今年的普利策新闻奖评选由于被延迟而引发了更多的关注。在通往办公室短短的一条路上，苏珊就因频频的道贺而四次停下了脚步。现在，她终于能够关上门，倒在自己那款经典的艾龙牌办公椅上喘口气了。但还没容得苏珊清理一下桌上的玫瑰花，抽出压在笔记本电脑上面的那份《纽约时报》，一阵敲门声却不期而至。苏珊眼皮都没抬，习惯性地说了声请进，继续埋头摆弄着桌上的鲜花。这是苏珊一贯的作风，当她在办公室约见学生的时候，一双手总是片刻也不得闲。尤其是当她面对那些一大早就出现在办公室里期待与洛厄尔教授进行一次满怀真诚的学术探讨的年轻人的时候。但这并不代表苏珊没有在注意听他们讲话。

“因为你得奖，昨晚我可是好好庆祝了一番。”

不温不火的英国腔听上去分外耳熟，苏珊不由得扬起了头。眼前正是她的老朋友拉齐·法米恩，已经关好门立在了一旁。这个皮肤黝黑的伊朗人，今天穿了一件皱巴巴的花呢西服，尖尖的下巴上遍布隔夜未刮的胡茬。终于来了一个真心道贺的人，苏珊暗忖。她绕到办公桌前，微微欠身给拉齐来了个拥抱。苏珊身高近乎六英尺，而拉齐只有五尺七。她闻到了混杂在拉齐身上的杜松子酒和红色万宝路香烟的味道，一定是昨天晚上庆祝时留下的。而苏珊的身上，散发着让·路易·雪莱的名牌香水味。

“你闻起来可真华贵。”拉齐说道。苏珊在学生中间很有名气，因为她衣着时尚，金发碧眼，外加一副高挑火辣的好身材。虽然已经三十六岁了，她的香奈儿太阳镜和近乎苛刻的严格依然是学生们讨论的热门话题。

“你昨晚在哪儿过的夜？”苏珊瞟了一眼拉齐那磨得变形的皮包，问道。她记得这个公文包曾经陪着拉齐到埃塞俄比亚东部地区的欧加登走过那么一遭。有时候，这个包里除了一件干净衬衫外，空空如也。

“管它在哪儿，”拉齐把椅子上的玫瑰拨到一边坐了下来。“说正事儿，我有三条消息要告诉你。”

这个时候，苏珊的黑莓手机开始嗡嗡作响。她的丈夫哈里打来电话找她“救火”。他们的保姆希拉人在纽约，忘记了吧？哈里现在手头上的这笔交易要加班到很晚，所以他很难再抽出时间去接孩子们了。苏珊揉了揉眼睛接下了这个任务，思忖着是请另外一位家长妈妈帮忙带孩子们去玩一会儿还是亲自出马。然后，她挂掉了电话，望着拉齐。

“第一条，”拉齐勾起一根手指，“伦道夫校长准备举行一场鸡尾酒会，为我校两位荣膺普利策新闻奖的教师庆贺。”

“这个是学校的惯例。”

“第二条消息，我的研究基金快要被一个灰眼睛的大二学生给毁掉了，这个小妞儿一天到晚只想着勾引我跟她上床。你觉着校规里有没有一条是禁止尼曼新闻基金会的会员和本科生乱搞的？”

“哈哈。”

这时，又传来了一阵敲门声。苏珊还没来得及应声，历史系主任亨利·罗斯的脑袋已经从门缝里探了进来。罗斯身上的三件套细条纹西装完美服帖，胸前的口袋里别着真丝方巾。也许他和苏珊能处得这么融洽就是因为他们两人在穿衣品位上相互欣赏，反正肯定不是政治上的原因。罗斯曾是里根政府的一位特聘外交政策顾问，也曾给所谓的新右派创办过一个寥寥数人却作用不可小觑的智囊团。当罗斯看到拉齐也在苏珊的办公室里时，讶异地挑了挑他那修剪齐整的白眉毛，在他眼里，拉齐不单单是一位记者，还是伊朗末代王室家族中的一员。

“不好意思，没想到你这儿还有一位客人。”罗斯说道。

他给苏珊道了贺，然后告诉她伦道夫校长会给她和另外一名获奖者——也是凭借一本小说获奖的英文系教授图多·登曼举办一场鸡尾酒会表示庆贺。从头到尾苏珊只是静静地看着他，脸庞上并未流露丝毫惊喜的神色。“我认为有必要在蜂拥而至的祝贺风暴到来前通知你一下。”罗斯边说边冲走廊努努嘴，然后他朝拉齐点了点头，蹬着他那双高级定制的皮鞋转身离去。

苏珊把罗斯送到走廊，正好碰上她课上的四个本科生。他们没打算冒昧地闯进办公室，只是在走廊里跟苏珊“不期而遇”

后立即送上了祝贺。对于学生们能够理解自己目前应接不暇的处境，苏珊表示了感谢，并告知他们可以发电子邮件预约面谈或者在每周一的会见日直接来访。目送几个学生离开后，苏珊转身回来，此时拉齐正在把玩着手里的一朵玫瑰。

“还有呢，你的最后一条新闻呢？”

“这个，恐怕跟你得奖的事儿有关。”拉齐放下了手中的玫瑰，嗓音也变得低沉起来，“前两天，我碰见了罗格·克努斯特，这位圣洁的人道主义者正在地窖酒吧里豪饮。他回来了，还跟我说，虽然你出了这本书，但依旧是某些人的眼中钉。”

“他回来干什么？”

“来领卡尔研究基金，然后把那本讲当年美国特种部队在非洲之角索马里之战的书写完，这可是个吸引眼球的好题材呀。”

“真是个混蛋。”

“他对吹牛倒是挺在行的。他先是跟我把三角洲特种部队在埃塞俄比亚首都亚的斯亚贝巴那次‘黑鹰行动’的技术战术大肆分析了一番，然后告诉我说哈塔西的人民正在四分五裂，互相残杀。‘新’的局势就要到来，哈塔西的运动将不复存在，这一切都会在圣诞节前宣告结束。而且他说，显然哈塔西向我们隐瞒了他是一个失散多年的沙特阿拉伯皇族的事实。”

“一派胡言。”苏珊说。但是这些突如其来的消息的确让她隐约有些不安。

“当然了，你才是唯一见过哈塔西的人。”拉齐又拿起了手边那朵玫瑰。“总之你说的对，罗格就是一个混蛋。不过昨天，我给托马打了个电话，告诉了他你得奖的事。”

托马·阿里·穆噶波是他们在东非的调停人。对调停者来说，跨国执行任务是非常罕见的。但是，这就是大家公认的——“奇人”托马。他来自卢旺达，说话时喜欢不时掺杂几句复古摇滚歌词。有那么一些时候，苏珊和拉齐觉得他这样还挺有意思。那段时间，拉齐在给《时代周刊》做特派员，而苏珊忙于她的博士论文——就是后来她获奖那本书。托马在内罗毕市韦斯特兰兹区的一家小酒吧里介绍他们见了面。托马就是这么神，预见了他们俩人会一拍即合。

“快来啊，弗吉尼亚甜心！”托马挥着手冲拉齐坐的吧台吼道。“给你介绍个能帮得上忙的朋友。”拉齐从座位上站起来，讶异于苏珊那美艳的面容。这回托马嚷嚷的摇滚歌词倒是挺对拉齐的胃口。然后，托马请他俩喝了一巡又一巡肯尼亚境内大受欢迎的大象牌啤酒，嘴里还喃喃地念叨着让他们丢掉愤怒，丢掉忧郁和悲伤。真是三句话离不开滚石。

有一次，在苏丹燥热的首都喀土穆，当他们对联合国官员们持续采访了两周之后，托马带着拉齐和苏珊爬上了一个胡同里的楼梯间，来到了一家埃塞俄比亚餐馆的后门。门上挂着一个牌子：异教徒酒吧。牌桌旁一位戴着土耳其毡帽的酒馆保安让他们在几张文件上签字，文件的大概意思是让他们承认已经永远失去了自己的灵魂，从老板和国家责任中解脱出来。托马随手将这些纸丢在了门口。之后他们在酒吧里开怀畅饮威士忌，频频举杯祝福托马永远健康。后来，全靠托马安排，苏珊才有机会见到哈塔西。

“他肯定住在第四大道，”苏珊说。“我得给他打个电话。”

“他听到你获奖的消息非常开心。不过，他告诉我哈塔西的妻子和孩子们连带整个村子的人都被杀害了，没有人知道凶手是谁。三十名死者中，一半都或多或少与哈塔西有些关系。这应该可以成为你的书里最新的后记了。”

拉齐顿了一下，语气突然来了个三百六十度大转弯。

“我可以去接艾米莉和福特，”拉齐说，他是苏珊的女儿艾米莉的教父。“今天下午我没事。”

苏珊向他道谢，并叮嘱了他几声。他们还约定在这周晚些时候一起吃个午饭。拉齐走之后，苏珊愣愣地盯着窗外。她见过哈塔西的几位妻子，但并不知被杀害的是谁。刚刚听到这个消息时的惊悸感已渐渐退却，苏珊心里多少有些释然。至少她又可以让自己忙起来了。但是马上，苏珊又开始觉得自己的工作很庸俗——这是记忆里第一次出现这样的感觉。又一次，苏珊想，工作还是要做。她打开笔记本里的联络人名单，思绪却依旧停泊在窗外。

4

提克坐在他的丰田“陆地巡洋舰”的引擎盖上，凝望着远处的烟雾袅袅升起，在尚留一抹残晖的寂寥天际渐渐隐去。他希望有人能注意到他。就在刚才，他把那个女孩儿转交给了一位士兵，那家伙告诉他待在这儿别动。于是，提克就坐在这儿等了将近一个小时，想瞧瞧这些人到底要怎样对付他。提克忆起自己第一次来非洲时的情景，那是一次纯粹的狩猎旅行，猎物是他们的唯一目标。

准军事部队的人叼着烟卷在村子的各个角落晃悠，其中一个朝提克走了过来。提克心想他们终于要对自己动手了，不过从这人随身携带的卫生箱判断，这是个战地卫生员，也许还没到时候。夕阳西下，卫生员的身影倒映在伤痕累累的土地上显得狭长而又诡异，手上的枪支和工具箱为硬朗的轮廓平添了几分粗野。他的身后，一辆辆悍马运兵车呈星状排开，全副武装的军警把村子里的两名幸存者团团围住。

“我们的长官要我来给你做个检查，”卫生员说着放下卫生箱，“当时爆炸你也在现场。”

“我离得很远。”提克回答他，揣摩着这位卫生员的口音。

“我们注意到了。”虽然说的是英语，不过不是母语，也许是在美国学的。

提克的视线扫过卫生员的肩头，恰巧看到了一个人正在用“图拉亚”卫星电话讲话。

“那个人是不是想打电话？”提克问卫生员。

“你也想打电话吗？”不对，也许是在南非学的。哎，要不是耳朵里一直嗡嗡响，早就听出来了。

提克配合着卫生员的检查。约莫三十多岁的中年人，比提克年长，棕色的皮肤，满是灰尘的面庞上胡茬密布。只见他从防弹背心口袋里摸出了一支笔式电筒，照向提克的眼睛。

“你能不能帮帮被捕的人？”提克继续问道。

“不能。”卫生员望着提克，面色微愠。提克还是无法确定这个卫生员的口音，没有丝毫线索。

“他们在这里找到铀了吗？”提克的问题变得有些挑衅。但是这名卫生员显然是经过了严格的训练，缄默不语。“好吧，你是哪里人？”提克试着缓和一下气氛，聊聊家常。

卫生员冲提克笑了笑，转身离开了。难道是美国人？提克猜测着他是不是上个月在美国待过。

村子的正中央，那位长官手持卫星电话绕着那两名幸存者踱了一大圈，身边一位架着奥克利墨镜的黑人警卫荷枪实弹，寸步不离。两名幸存者，一个是哈塔西的侄子，被卸掉了身上的恩菲尔德步枪[1]；另一个就是提克掩护过的那名少女。村子里的其他人早已在爆炸中身亡或在冲突中被杀害。

接着，提克看到哈塔西的侄子突然朝手持卫星电话的长官冲去，虽然他被塑料手铐铐住了，但是手里好像握着一个刀片，远远地看不太真切。几乎是同时，那个女孩儿也飞身跃向了黑人警卫。接下来发生的一切仿佛是一场幻境，镜头缓缓移动，画面里黑人警卫侧身躲过女孩儿开枪射死了哈塔西的侄子，然后转身解决了身后的女孩儿。但慢镜头永远只是电影里的片段，一切都在提克尚未来得及起身之时就灰飞烟灭了。

“我操，他妈的！”长官愤怒地挥舞着双拳，一只手里还紧握着卫星电话。嗯，的确是美国人。

5

戴维走进伦道夫宿舍楼，准备到他的新工作岗位上报到。伦道夫楼是亚当斯大楼的一个分楼。当戴维一手拎着拖把一手拎着装满清洁剂的水桶从地下室走出来的时候，他突然忆起富兰克林·德拉诺·罗斯福总统曾经在这栋大楼里住过。以前在餐厅吃饭时，听人说罗斯福觉得他一生最大的遗憾就是没有加入坡斯廉

①Lee-Enfield nifle：恩菲尔德步枪，1895到1937年间英国军队标准配置步枪。

俱乐部。正想到这儿，新工作负责人泰迪走了进来。

新学期的第一周，戴维曾申请了宿舍清洁的工作打算挣点生活费。工作要求他们每两周协助负责维修保养的校工打扫一次学生宿舍。申请这种勤工助学岗位的几乎清一色全都是留学生，通过这种渠道获得经济资助。因为学生签证的限制，他们不能在校外打工赚钱。所以今天的见面会，看起来像是一个小型的欧盟多国会议，不过参加者是一群不情愿的清洁工。这里有一个来自苏格兰的钢琴演奏家；两个爱尔兰人；还有六个来自东欧的姑娘，她们有的像土豆球一样又矮又胖，有的又像海滩上干瘪的海草一样又高又瘦；另外两个，一个是挪威人，一个是以色列人，他们两个都是服完兵役进哈佛读书的，而且总是对他们的“军队生活”滔滔不绝。来自东欧的那些姑娘们正与以色列人讨论到哪个网站上能买到物美价廉的克鲁博伟烟和高卢烟，姑娘们认为到yessmoke.com去买比较好，而以色列人则认为internationalpuff.com更好。让戴维感到意外的是，他竟是这里唯一的非洲人。

不一会儿，泰迪就把他们两两分好了组。戴维和那个苏格兰人分在了一组。这个家伙可是校园里的风云人物，因为他曾经在新生才艺大赛上弹奏过一曲，之后校报还给他做了人物专访。不过他本人看上去像个大老粗，皮肤过于白皙，就像得了白化病似的。他的体型令他看起来更像个橄榄球队员，蓬乱的头发一飞冲天，跟钢琴演奏家完全沾不上边。不过，他的手掌的确很大，单手就能盖住两个李斯特八度音阶。他叫罗伯特。

“帮一群讨厌鬼们擦屁股，”罗伯特说起话来总是这么粗暴，“这就是我们的工作。”

那天早晨，他们两个从伦道夫宿舍楼的顶层开始依次打扫每个房间。第一间宿舍的门上挂着一个粉色硬纸牌子，上面用荧光笔写着：

普里蒂、马戈、奥林匹娅、卡萝尔的
温馨小窝

女孩儿们的房间一般都比较干净。戴维给自己立了个规矩，就是埋头工作，不搞搜查。因为上头分配给他们的活儿只负责洗手间的清洁，所以每次他都待在洗手间里本本分分地打扫，然后离开，从来不动不该动的物品。但是，他的工友罗伯特却不一样，这个家伙总是抱着一探究竟的好奇心走进每一间宿舍。

“住在这里的人全都他妈的一个样。”罗伯特一边冲着径直朝卫生间走去的戴维吆喝道，一边用指关节轻叩挂在墙上的苏格兰贝尔与塞巴斯蒂安摇滚乐团的海报。亚当斯大楼里的每一间宿舍都铺着深色的木质地板，墙壁是深褐色的，房间里的壁炉已经被校方停用了，炉膛周遭的砖石突兀地裸露着。这一间屋子的主人还另外购置了日式折叠沙发和电视机，当然少不了书本和海报。从这里全套的皮革家具和等离子屏幕来判断，主人应该是来自康涅狄格州达里恩镇或者迪拜的有钱人，或者来自洛杉矶。每一个角落，都昭示着屋子主人作为美国社会中上层阶级低调的奢华。

“至少我们都还是一样啊，这也是件好事情，”戴维把拖把从水桶里涮了出来，氨水的味道熏得他直流泪。“就因为大家生来都是一样的，所以我们要比他们加倍努力。”

这时，罗伯特也走了进来，用力地擦洗着洗脸槽。“他妈的，我们本来就一样，可是看看现在，我们在为他们干些什么。”

罗伯特来自一个名叫艾尔郡的苏格兰西部偏远小城。他的父亲是一位受人尊敬的牧师，但酗酒成性，膝下有四双儿女。除了罗伯特，有六个孩子都在苏格兰老家。罗伯特还有一个大哥，参军奔赴了伊拉克，为该死的托尼·布莱尔卖命，这家伙分明就是小布什的傀儡，他妈的。罗伯特的火爆脾气总是一触即发，这个愤青总是自信满满的认为自己才是家里最聪明的，其他的人根本无法望其项背。他一直向往着步入茱莉亚音乐学院或者伦敦吉尔德霍尔大学的圣殿，但认清弹钢琴并不能令他飞黄腾达这个事实后他异常沮丧。后来他在哈佛读了经济，希望自己有朝一日能够成为全球最著名的管理咨询公司麦肯锡旗下的一名员工。他告诉戴维以后死也不会再回到那个穷乡僻壤。戴维嘴上附和着说自己也一样，心头却还是留有一丝犹疑。第一天的工作结束的时候，这两位工友成为了好朋友。虽然戴维从来没有从罗伯特的嘴里听过一个好词儿，但他很敬佩罗伯特从不偷懒的工作态度。听说东欧的那几个姑娘丢下卫生间一点都没打扫，光顾着把时间花在抽烟上了。戴维很庆幸自己没和她们中的某个人分在一组，否则自己将会苦命地干完所有的活儿。

第二间宿舍的门上什么也没贴。他们推门进去的时候，碰倒了门边一大摞百威空啤酒罐子，噼里啪啦散落了一地。废弃的壁炉上方一面硕大的美国国旗甚是醒目。

“美国人都去死吧！”罗伯特在旗子下面怔了一会儿。

“爱国主义。”戴维又径直走进卫生间开始了工作。这个词儿在戴维的母语里并不存在，是他来美国后新学的。

“爱他妈的狗屁！这个狗日的帝国想统治世界。”罗伯特说着绕房间转悠了起来。当他走到窗户前面的时候，一张高级的穆格电子琴映入了眼帘。他定了定神，抬手弹奏了一曲巴赫的《G小调“小”赋格》，行云流水，速战速决。戴维听到又要神经紧张了，总是恪守规矩的家伙。罗伯特关掉了电子琴。

罗伯特继续审视着这间宿舍，看到有一间卧室的门是打开的，于是他探进脑袋瞧了一瞧。这是一间收拾得非常整洁的卧室：墙上挂着两帧巨大的照片，一张拍摄的是在蔚蓝的天际下，一艘三十一英尺的单桅帆船正乘风破浪向前开进；另外一张上面，“饮酒队直挂云帆济沧海”的标题非常醒目，标题下面一队人穿着雨衣冲着镜头微笑着，雨衣上的“哈佛”字样清晰可见；一把破旧不堪的网球拍像个展览品一样摆放在窗台，想必再也不能跟主人在赛场上一展雄风了；球拍旁边放着一台小型加湿器；整洁的床铺上铺着亚麻细格子床单；一件毛呢休闲西装上衣，一套绉纹薄纱西服，还有几件布克兄弟牌的衬衫都规规矩矩地用透明防尘袋套着挂在衣橱里；衣橱里还有一个玻璃碗，里面堆了大半碗的啤酒瓶盖儿——大多数都是喜力牌的，看到这些，罗伯特几乎要笑出声来。接着，他注意到书桌上有一摞堆放得整整齐齐的信封和一本台历。

他开始呼唤戴维。戴维犹豫了一下还是走了过来。

“恐怕所有期末俱乐部的邀请函都在这儿了。”罗伯特说。

“走吧，罗伯特。我们不应该看这些的。”

“好一个紧锣密鼓的日程呀。”罗伯特在那本做了备忘标记的台历上一天一天数着。在这个招新月里，几乎每隔一天屋子的主人就要参加一场潘趣酒会。

“喂，”一个男低音把罗伯特和戴维吓了一跳。“该死的，你们在我屋里干什么？”

罗伯特和戴维转过身来，看到了一个年轻白嫩的面庞，一头金黄的卷发，身穿黄色宽松长裤和粉蓝色衬衫。只看长相是很难想象出这个人嗓音如此低沉。

戴维突然紧张起来，他从来没有过逾界的行为。他的学生生涯里，最怕的就是因为违反规定而遇到麻烦。当他还在老家的英国殖民学校读书的时候，有一天下午戴维正兴高采烈地追逐着一只蟋蟀，得意忘形地抄小道儿绕到了校舍的后院。当时戴维根本没意识到自己已经穿过了飘拂的九重葛从穿着制服的仆人眼皮底下溜过，突然出现在了正在享受下午茶的校长大人面前。校长先生非常有礼貌地接待了他，但是戴维却一直揣测着即将来临的将是一场如何猛烈的暴风雨。他们会不会因此把他送回家呢？一想到这儿，十五岁的戴维竟然悄悄哭了起来。那天晚上，有人告诉他差一点他就要被开除了。后来，戴维回忆起这件事情的时候，明白了说这话的那个人只不过是在吓唬他。但是戴维并不生气，因为他的确不喜欢惹麻烦。

就在戴维准备向眼前这个怒火中烧的低音男道歉的时候，罗伯特先开口了，“我们正在找一个空余的插头——”

“给我滚出去！”低音男冲到他们面前，挡住了桌子上的信封和台历。

“信封里有什么秘密文件吗？”罗伯特不依不饶。

“我的天，你们这帮家伙真是比那群从墨西哥来的清洁工还讨厌！”

一下午，罗伯特一想到那句从墨西哥来的就忍不住想笑。而戴维却一言不发，他越想到那个低音男心里就越不安。

“你有没有收到什么邀请函？”他俩在地下室时换连体清洁工服时，罗伯特问戴维。

“只有一张，坡斯廉的。”

罗伯特收到的唯一一张邀请卡也是来自坡斯廉俱乐部的。

“我估计在招新会上咱们还能碰上那个家伙，”罗伯特兴高采烈地说着，接着一边自得其乐地吹着巴赫的曲子，一边整理着水桶和清洁剂。

“也许他并不坏，”戴维说。

“他就是一个缺心眼儿。”

戴维和罗伯特走出地下室，走进了黄昏下铺满霞光的校园。戴维去了图书馆，而罗伯特进了潘恩音乐厅。弹奏巴赫的时候罗伯特还在嘀咕怎么辞掉勤工俭学的工作，再找份黑工挣点灰色外快，没准儿酒吧里就可以。

6

简起床之后，喝了杯拿铁，抽了支香烟，在马桶上坐了会儿，然后出了门。她的朋友西尔维娅会在普林姆顿街和马萨诸塞大道的交叉口等她，尽管简不大乐意把她归到自己的朋友圈里去。在简的眼里，西尔维娅每天都打扮得像个花枝招展的小孔雀，全身上下珠光宝气。不过，她只是把从纽约私立寄宿学校毕业的小妞们爱表现的特质发挥得更加淋漓尽致罢了。西尔维娅为人还算风趣，也没有处处自负傲慢或是显露出高人一等的姿态，她只是爱那些珠宝，况且每个人都有权利做自己喜欢的事情，不是吗？天知道她们为什么永远都这么了解彼此。

西尔维娅的爸爸是高盛公司的合伙人之一，他在女儿六年级那年的生日时，租下了整个六旗主题乐园[1]为她办派对，那个时候，小西尔维娅就成为校园里大名鼎鼎的人物了。那一天，简因为在纽约陪妈妈过周末，所以也去参加了生日会。简的妈妈是西尔维娅父母的一个老朋友（我知道你老爸是我老妈的旧情人儿）。

此时正值初秋时分，凉意渐袭。简和西尔维娅走在去《克里姆森报》的编辑部的路上，因为上周美国黑人女演员杰达·平克特·史密斯在一个黑人学生社团发起的宴会上，公开发表了所谓的反对同性恋的言论，他们要开会讨论这篇新闻的版面问题。

“喔，瞧这身打扮。”简盯着对面狭窄的鹅卵石人行道上走来的一个女孩儿，身披当季人字纹长呢大衣，脚蹬高跟鞋。

“是阿曼达·克拉克。”西尔维娅应声望去。

“就是那个拿到提前录取通知书，爸妈送了一辆红色路虎揽胜给她的人吗？”

“只不过是一辆吉普罢了。”

“差别大着呢。老天爷，哈佛这地方可真是无奇不有呢。”

就在她们窃窃私语时，阿曼达已经走到了她们面前。

“嗨——”西尔维娅拖长的尾音甜的发腻。阿曼达同样回以

---

①Six Flags Entertainment Catp：六旗主题乐园是当今世上最大的游乐公园。因其历史上借用过西班牙国旗、法国国旗、墨西哥国旗、德克萨斯共和国旗、美利坚联邦国旗和美利坚合众国旗等六旗而得名。

更加甜腻的问候。

“我简直是倒霉透顶了。你好，简。”阿曼达漫不经心地冲简打了个招呼，继续向西尔维娅抱怨道，“我要去查尔斯酒店登记，今天晚上我得睡在那儿了。”

“发生什么事了？”简假惺惺地同情起阿曼达，但西尔维娅还是注意到了。

“菲茨和我大吵了一架，所以我想只能在酒店里呆上几天了。”

作为剑桥城里最高档的一家酒店，查尔斯毗邻哈佛校园而建。整家酒店主打中性色系，方方正正的豪华布置与舒服周到的酒店服务多少弥补了它缺乏特色的房间设计。客房服务到位，叫车安排准时。酒店下属两家餐厅，分别是主营意大利菜肴的里亚尔托餐厅和以英格兰经典美食吸引人的亨利耶塔餐厅；在这里，花上四十美元，点上一客牛排炸薯条，你就能品尝到跟父母在纽约享用的一模一样的美味。

简没再做声。

“西尔维娅，今天晚上你能过来和我一起吃晚餐吗？我真的非常需要一个人诉诉苦。”

“不过，我手头上有一大堆的工作要做啊。”西尔维娅没有说谎，她真的是一个非常拼命的大学生，可以花一整晚在图书馆里就两位德国哲学家瓦尔特·本雅明和马丁·布贝尔①做比较，

①Martin Buber（1878-1965）：德国著名犹太宗教哲学家。

或者分析意大利画家皮耶罗·德拉·弗兰切斯卡[①]的几何学透视画法。不过现在拒绝阿曼达，一方面是因为工作繁重，另一方面是因为她不想在简面前同这种堕落萎靡的生活妥协。

“我们可以点客房服务就在房间里用餐，不会浪费你很多时间的。”阿曼达补充道。

最终，西尔维娅还是拗不过阿曼达，答应给她电话。她们互相飞吻之后，阿曼达继续朝着查尔斯的方向走去。

接下来在去编辑部的路上，简回想起不久前，她一度痴迷地待在查尔斯的客房里，享受着盛在精致瓷盘里的美食。她能一口气吃光两条炸鱿鱼外加三分之一的烤奶酪。不过现在不会了，简想，我现在已经改变了。那个时候的她，从来不会去想自己凭什么可以待在查尔斯。当然，她现在也没有成熟到变成一个激进的马克思主义者，甚至疯狂得像人权课上那个信奉共产主义的秃顶小个子一样。她依然认为不停地围着政治打转是一件很无聊的事情。但是人总是要变的，简已经觉察到自己在逐渐成长了。至少，她不再是那个因为没有新衣服穿，而在开学的第一天就哭哭啼啼的小丫头了。

“西尔维娅，”她们一同走进编辑部红色的大门时，简开口说，“你有没有想过我们究竟要到什么时候才能不再被看作孩子，像个大人一样地去看世界？”

“不知道。也许，到读研究生的时候？”

---

①Piero della Francesa（1415-1492）意大利文艺复兴时期画家。

《克里姆森报》的编辑会议总是充满了欢声笑语。这一次，总编埃万·克拉斯迈耶告诉大家他掌握了一条关系到国计民生和人们切身利益的硬新闻，再也不是那些关于“名流们的垃圾报道”了。克拉斯迈耶来自加州的贝弗利山庄，平时总是把自己打扮成一个资深新闻人的模样。当他精神百倍斗志昂扬的时候，脑袋上总会出现一顶软呢帽。偶尔，他也会在裤子加上条稳重的男士背带作点缀，口若悬河地对着大家大讲特讲，不时用他粗短的手指向上理一理凌乱的卷发。简总是认为这个人能坐上总编的交椅，全靠着他专心致力的献身精神，而非什么过人的天赋，“他就差天天睡在办公室了。”

会议一开始，克拉斯迈耶先是把那篇关于杰达·平克特·史密斯的报道拿下了头版头条，取而代之的是一篇关于非洲的报道。

“简，你能提供点线索吗？”克拉斯迈耶问简，大家都知道她有一个来自非洲的男朋友。

近日，校园内同学们谈论最多的话题就是非洲了，因为有激进主义分子散播言论说今年学校将从一家位于非洲之角索马里的石油公司撤资。

“这场斗争里的关键人物，”克拉斯迈耶继续向大家解释，“是这个叫做‘哈塔西’的人。”

“他本人就是一个传奇，”简接过话题，“他们的政府被阿拉伯人控制，哈塔西的父母因为反抗政府而被处死，之后这个孤儿领导了一场独立解放运动。在斗争中，他像父母当年一样，宣称无辜者无罪。可以看出，他是一个罗宾汉式的英雄人物，不过从他斗争的方式来看，哈塔西更像一位马克思主义者。我男朋友就是从哈塔西领导的土地上来，他曾告诉我那个人就是一个大英雄，和电影里的英雄一模一样。”

“但问题是，”克拉斯迈耶接着说道，“根据路透社的报道，哈塔西的人民正在进行疯狂的大屠杀，而且国务院已经发表声明认定哈塔西解放运动有罪。所以我们需要采访一下撤资组，看看他们有什么反应。这将是一篇头版新闻，我们手头上已经掌握了很多资料，所以这一次，我们也许能重拳出击，引起一些反响。”

克拉斯迈耶接着指派简来完成这篇报道。

“苏珊·洛厄尔教授也是凭着这个故事赢得了普利策新闻奖。”简说。

“也许我们的‘重拳’还能打到她身上，”克拉斯迈耶笑道，“把她的香奈儿太阳镜打下来。”

编辑们听到这里，全都笑了起来。

散会后，简独自走在凉风习习的校园里。西尔维娅已经给阿曼达通了电话，同意晚上一起享受客房送餐服务，然后再看一部点播电影，这的确令简非常失望。

7

苏珊·洛厄尔听到电话里“咔嗒”响了一下，但她并不确定。

“你听到了吗？”她问电话那头的伦特。

“听到什么？”伦特反问道。他是苏珊在美国驻肯尼亚首都内罗毕大使馆关系最好的人，这是今天苏珊打给他的第三通电话。伦特斜靠着椅背，注视着面前电脑屏幕上苏珊的声波曲线高低起伏的变化。

“刚才好像有轻轻‘嘟’的一声。”

“国际长途总是会有杂音的。”

“喔，是嘛，大使馆的电话质量还真好。”

“今天早上停过电，信号不是太好。”真是个机警的女人，伦特想。“有什么需要我效劳的？”

“你在那儿听说过有关‘大屠杀’的事情吗？关于北部哈塔西的人民的？”

“你不是才得了普利策新闻奖吗？”

“你到底有没有听到过什么消息？”

电话那头一阵沉默。

“之所以问你这个，是因为之前我听说哈塔西的一些人民被杀害了，甚至连他本人也可能已经遇难。可是目前，路透社的报道却宣称是他正在屠杀生灵。”

伦特又是一阵沉默。

“真的什么都没听说过吗？也没有什么意见？”

“苏珊，这些日子手上的工作太多，我好几天都没有出过办公室的门了。”

苏珊在电话这头重重地呼了一口气，转过椅子把脚翘在了窗台上，望着对面的安嫩伯格餐厅，拿鞋尖轻轻拍打着窗玻璃。“这么说吧，伦特，你难道一点都不关心吗？战争中三十条人命算得了什么？”苏珊虽然语调平静，却难掩一丝挖苦与愤怒，“为了今天能够问个水落石出，我能赤手空拳再杀掉那么多人，你信不信？”

“没有人放出什么消息，对吧？”

“事实不是明摆着吗，没有人在索马里听到或看到什么。难道上个星期大家全都突然集体度假去了？”

“我不知道你们学校怎样，反正我一年就只能休两个星期的年假。”

苏珊已经听出来了，伦特很乐意跟她继续打太极。苏珊甚至可以想象得出伦特此时此刻的模样，他肯定把一身横肉都挤在座椅里，目光呆滞地望着大使馆窗外的铁丝网。

“说正经的，为什么政府这一次要压制哈塔西？你们打算从什么时候开始关心那三十条在非洲受迫害的人命？我知道你们肯定有自己的一套说辞。”

“真没什么可说的。”

苏珊叹了口气。面对伦特的敷衍，她不知道为何不想再这样纠缠下去了。“好吧，谢谢你，伦特，”她决定放弃了，“我会再打给你的。”尽情享受你那该死的年假吧。换做一年前，苏珊是无论如何不会这么容易说放弃的，她心里也在纳闷这一次自己是怎么了。

★ ★ ★ ★

苏珊的家坐落于比肯山社区的维多利亚大街上，此时，她正坐在屋顶的露天阳台上凝望着波士顿阴暗灰冷的夜空，就要变天了。苏珊顺手点燃了一根香烟，她想试着把白天发生的一切都抛诸脑后，但同时又感到阵阵的不安。真是糟糕的一天。

她坐在小木桌旁，思忖着刚刚获得的普利策奖。这本书不会出问题的，苏珊非常确定，因为当时她和托马、拉齐一起全力以赴进行了细致入微的调查。一切调查结果都表明哈塔西的身家非常清白，不会有意外情况。但是现在转瞬之间局面逆转，苏珊想尽力找出哪里出了问题。

为了这个普利策新闻奖，苏珊不知道熬了多少个日日夜夜，她明白，自己必须要比周围的每一个人都更加艰辛努力，包括她的丈夫哈里。哈里一开始曾效力于一家投资银行，每周都要工作八十个小时。但付出总有回报，后来，他一跃成为迪伦公司的合伙人之一，那是一家位于波士顿且运营稳定的对冲基金公司。哈里已经赚足了钱，所以，如果他不想加班他就可以不加，这就是大老板的特权。

但是，苏珊却要一直为工作拼命，这不像在做投资银行或是对冲基金，你只要等待时机成熟然后套现就可以成为大赢家。如果工作是无休止的战斗，在她的战场上，一个人只有具备富于创造力和从不放弃的精神，才可能成为赢家。现在，她不仅是两个孩子的母亲，还是今年普利策新闻奖的获得者，可以说，已经是战功显赫了，哈佛终身教授的职位迟早会是她的。但是，她却又给自己制造了麻烦，需要披上战衣继续作战。苏珊很不喜欢听到其他女人们在一旁抱怨职场如何艰辛与不公，她们是怎样白天要为老板打工，晚上回到家还要忙于孩子们的琐事。不公平？你们这些女人有什么资格天天怨声载道？在苏珊的眼里，自己绝对是一个好母亲。

苏珊从来没有抱怨过，她甚至不允许这种想法在自己头脑里停留哪怕一秒钟。这个世界的确不公平。但是苏珊也知道自己很能干，同时也很幸运：哈里和她现在生活富足，有一栋属于自己的大房子，有保姆和管家负责照顾这一切。他们的女管家埃莉就是一个活宝，经常成为苏珊和哈里的开心果。其实，哈里对埃莉的工作并不满意，但是看在她已经陪伴了一家人多年的份上，也就无意再更换他人了。埃莉有时候会把她的孩子贾马尔带到苏珊家里来，肉墩墩的贾马尔常常打扮的像个迷你黑帮大佬。他和苏珊的儿子福特同龄，所以常常抓着福特的玩具不撒手。因此，两个小家伙总是为了抢玩具而争吵，这个时候，哈里往往就会偏袒自己的儿子。但苏珊则认为，让福特从小学会分享并不是什么坏事。

在苏珊和哈里眼中，最滑稽的事情莫过于埃莉的老公名字也叫贾马尔。埃莉常常会用苏珊家的电话打给自己的闺蜜们抱怨自己的丈夫，有时也会直接在电话里冲家里的大小贾马尔发牢骚。虽然有时她已经算是比较克制了，但苏珊和哈里每个月还是要因为她的满腹牢骚而支付不菲的电话费。有几次，苏珊看到埃莉拿着无绳电话躺在客厅的沙发上，黑色的头发像海藻一样散作一团，嘴里还不时蹦出几句圣卢西亚语来。当埃莉甩掉老贾马尔又和另外一个男人谈起恋爱时，苏珊家的电话费再次飙升。埃莉坚持认为这个男人不比老贾马尔差到哪里，只是让苏珊和哈里忍俊不禁的是，埃莉身边的这位新男友居然也叫贾马尔。除了小贾马尔跑到哈里的书房冲地毯上撒尿着实令他大为光火外，一家人整日里倒也其乐融融，

苏珊有时候会饶有兴致地猜测，围绕在埃莉身边的所有这些“贾马尔”们都有可能是非洲哪个地方原始部落的后裔，说不定是科特迪瓦吧，但毕竟年代太过久远了，她无从得知。这个时候，苏珊又点燃了一支香烟。其实在苏珊心里，相比参加一个鸡尾酒会来庆祝她的普利策奖，她更愿意和拉齐、托马喝个酩酊大

醉，然后回家跟哈里好好缠绵一晚。但恍惚间，与她共赴温柔乡的那个男人的面庞变成了戴维。苏珊在脑中反复玩味着这个不知从哪儿冒出来的幻念，她想，这个接受她指导选课的孩子知道了一定会吓傻的。

苏珊·洛厄尔轻弹了一下手中的香烟，目光追随着灼热的烟蒂一路坠落下去，直至消失在漆黑的街道里。在屋顶上待了这么久，她还是想不明白自己究竟为何这样沮丧，于是转身回到屋内。来到书房，苏珊搜索着书架，目光停留在一本英国诗人艾略特的诗集上。信手翻开书中一页，《枯叟》。这就是我，旱季里一个老头，伴着孩童朗朗的读书声，期待着甘露的降临。这令苏珊忆起曾经和哈塔西度过的一个凉风习习的夜晚，哈塔西在要求自己的孩子们读《圣经》。那是一本古老的传教士译本，哈塔西想借此让他们练习一下英语。那晚，所有的人都放下了手中的恩菲尔德步枪，专心致志地读着第一卷《创世纪》，这是哈塔西最喜欢的部分，虽然他并不是个基督徒，苏珊也不是。

我是再也回不去那里了，苏珊心想。不回去也没什么。虽然，六个月前，她是那么地想回去看看。

那个时候，苏珊住在内罗毕新开张的希尔顿大酒店里，除了因为离机场很近外，她还想趁机体验一把那儿的酒店服务。她只在这个城市落脚两天，之后要一路北上。她永远记得那条令她惊魂未定的电话留言，一个呼吸急促、低沉的声音叫嚣着："该死的美国娘们要是放聪明点不想受伤害的话，就赶紧该滚回哪儿就滚回哪儿去”。突如其来的威胁令苏珊异常焦躁不安，房间电话上一闪一闪的红色信息提示灯在她的脑海里久久挥之不去。苏珊无法再镇定地呆在那里，于是悄悄转到了当地的斯坦利酒店，谁都没有告诉，想当作什么事都没发生。

住在斯坦利酒店的第二天，一切似乎都恢复了正常。在酒店旁边的荆棘树露天咖啡馆，苏珊像其他游客一样，点了杯咖啡，等待托马前来一起吃午餐。她决定，即便受到惊吓也要继续前行，去见她要见的人。周围一派热闹繁忙的景象：咖啡馆的前面，身穿金红相间制服的酒店门童忙碌地迎接从小客车和计程车上下来的各色旅客；身穿蓝色制服的酒店保安，正拿着镜子认真地检查着汽车的底盘，以防藏有炸弹；右手边，一群形体发福的商人正谈笑风生，他们宽大的翻领西服也难掩啤酒肚的突兀；而在她的左侧，坐着从瑞典来的一家人，正在查阅一本旅行指南。

露天咖啡馆的正中央种着一棵金合欢树，苏珊以前听人说过，自从罗斯福总统在非洲进行过狩猎旅行后，这种树就经常被殖民地居民用来做留言板。出于无聊，苏珊放下手中的咖啡，围着合欢树看起了上面的留言。新近的便条大多出自背包客之手，有一些是澳大利亚游客在给自己的同胞打招呼，然后推荐了一家叫做赛马酒会的俱乐部；有一些是在非洲给非政府组织做短期志愿者的孩子留下的寻租启示；还有一些是好心的游客留下的，警告其他游客不要中了乞力马扎罗山附近某位导游的圈套。

当看到一个写有她名字且密封完好的信封也被钉在这棵树上时，苏珊倍感意外。起初，她以为是拉齐在搞鬼，因为只有他会这样跟自己开玩笑。信封里有一张照片，照片上的人苏珊认识，是哈塔西的副手。苏珊出书前曾经采访过他，也是托马介绍的。照片的背景是一片沙漠，男人被捆在一棵树上，脸被打得像只烂梨。男人身边站着两个年轻人，挥舞着笨重多刺的老式格斗手环冲着镜头呲牙咧嘴。照片的背面两个大字赫然映入眼帘——“回去”。苏珊感到一阵反胃。

她并没有马上回房间，而是走到了酒店的前台，她要给米尔顿·兰伯特打个电话。兰伯特是一位来自南非的直升机驾驶员，总是故作姿态地把自己定位成雇佣兵兼军事顾问，因为他觉得自己很有这个本领。三年前，苏珊在美国大使馆举办的一次派对上认识了他。当时他向苏珊大献殷勤，末了还留了一张自己的名片，上面还特别印制着他身着戎装的头像照。

接到苏珊的电话，兰伯特心情大好，立即动身赶去斯坦利酒店赴约。印象中，苏珊还是那个在美国哈佛大学念博士的漂亮姑娘，当然，他也听说了苏珊最近出版的那本书大获成功，在读者中引起了不小的轰动，以至于索马里国家安全部队的人都紧张起来，把书的内容一审再审。他只看了那本书的开头，真是字字珠玑，在他眼里，国家安全部队处处压榨人民，内部早已经腐化得无可救药。但究竟哈塔西是苏珊笔下的那个自由战士，还是别人嘴里的强盗恶棍，兰伯特无从得知。不过，说真的，他不是很关心这个问题。

当他来到斯坦利酒店看见苏珊第一眼的时候，曾经那个迷人的姑娘又从他的回忆里走了出来。“终于决定跟我共进晚餐了？”兰伯特说道，“只是，你未免也让我等得太久了点。”

苏珊打断了他的玩笑，拿出了那张照片，把之前在希尔顿酒店收到留言恐吓的事情也告诉了他。兰伯特警觉地抬起头，环视着这家露天咖啡馆。

“你认为会是谁干的？”苏珊问他。

“我觉得他们的特工不会在这周围出没。你还是赶紧回去吧，除非有更值得留下的理由。不过，你来这里到底是要做什么的？”

苏珊并没有回答他。事实上，她曾想离开丈夫哈里和孩子们一段时间，重新过一种属于自己的生活。因此，她告诉家人自己要为一本杂志做专题，而来到了这里——其实不过是一次度假而已。没想到，她只是为了放松，却把自己置于如此的危险境地之中。苏珊突然讨厌起自己来，恨不得下一秒就回到位于比肯山的家中。

托马比约定时间来得晚了一些，因为他被人跟踪了。之后，托马和兰伯特把苏珊送去机场，登上了下一班飞回美国的航班。苏珊觉得自己这样突然回去也许会令刚刚撤了欢的孩子们极度失望。或许某个人也一样。

这都是六个月之前的事情了。苏珊在屋顶抽完了第二支香烟，夜晚的寒意慢慢袭来，她转身下了楼。沿着顶楼再向下走就是她和哈里的卧室，床头灯微弱的光芒透过虚掩的房门倾泻在走廊上。从门缝看去，哈里胸口还盖着一本书，睡得香甜。苏珊知道，闹钟会在六点三十分准时响起，接着哈里会起床给孩子们煎好鸡蛋。想到这里，她竟羡慕起哈里来，何时自己才能像他这般安枕无忧。

然后，苏珊轻轻地推开了女儿睡房的门。脑海里已然不能再忆起分娩时的阵痛，只有对孩子降临满心的期待，就冲这个，我还想再生一个。苏珊就这样站在走廊里，望着孩子熟睡时白嫩的脸庞，一头金发像瀑布一般顺着脸颊铺满了枕面。看着熟睡的孩子，有时候人会感到满心慰藉，有时候却忧从中来。而这一次，苏珊的心中倍感宽慰。就这样望了许久，终于倦意袭来。于是她又穿过走廊，回到卧房，褪去衣衫，躺在丈夫身旁进入了梦乡。至于明天早晨一觉醒来还会发生什么事情，她一无所知。

数千英里以外，副政治顾问伦特正把苏珊的录音文件压缩打包通过电子邮件寄出去。接着，他关上了电脑，起身去休息了。尚未熄灭的电脑屏幕上，苏珊迷人的脸颊微微泛着红光。

8

指挥官挂上卫星电话，远远地瞧着卫生员在和那个穿着卡其布夹克的小伙子聊天。他真希望刚才警卫阿卜杜勒没有打死那个男孩，可是他妈的一切都晚了，真是不走运。那孩子手里攥着的不过是一个芬达易拉罐的碎片。

“那家伙都跟你说什么了？”当卫生员走过来的时候，指挥官问道。

“他问我能不能帮帮村子里的人。”

指挥官望了一眼不远处的提克，此时，他正斜倚在自己的丰田车上。

“他还问了我从哪儿来的，还有我们在这里找到铀没有。”

自以为是的家伙。

一朵巨大的卷云在最后一抹夕阳余晖的掩映下如同飘浮在天空中的一面深橘色浮雕。在这片刚刚经历了爆炸的土地上，黑泥突兀地裸露着。提克看到那位理着寸头的指挥官朝他走来。指挥官首先报上自己的姓名，布莱克福德，接着开始打探提克。提克告诉他，自己是美国人，为野生动物保护基金会工作，北上的旅途中在这里歇歇脚，因为以前他来过这个村子，并且和村民们相处得非常愉快。

布莱克福德原本以为这个小伙子看到这一切会吓得够呛，但是提克的眼神十分冷静。布莱克福德讲话是典型的美国南方口音，每个字都慢吞吞拖得老长，“你为什么要问我的卫生员，我们在这里找到铀了没有？”

“只不过想跟美国大兵开个玩笑，”提克回答他，“但是现在，”他顿了顿，把头靠向了布莱克福德，“我发现这里根本没有美国人。”

“除了你，这里的确没有美国人。”布莱克福德说。

提克笑了笑，接着说，“那么，你的这些伙计都是做什么的？”

“我打算搜搜你和你的车。”布莱克福德并没有直接回答提克的问题。他不知道该拿提克怎么办，这令他非常不安，因为他不喜欢面对这种局面。布莱克福德原本以为会在提克身上找到照相机什么的，这样他多少会搞清楚这个青年来这里的目的。但是，搜遍提克全身，没有发现照相机的影子，布莱克福德却意外地搜出了一把西格–绍尔手枪。

提克一边解释说这纯粹是为了提防那些索马里土匪用的，一边默默祈祷这伙人自己离开就好，千万不要把他也带走。

布莱克福德很喜欢这个男孩儿，但暂且不管他是谁，是不是有什么来头，如果他管不住自己的嘴巴，万一在北京、巴黎、贝鲁特或者华盛顿的什么地方走漏了风声的话，那就捅了大娄子了。何况执行这次任务时，上头多次提醒他事事谨慎。不过说实话，现在这个局面，留着这个男孩儿也没有什么用处，他还是会把提克放走。但是在布莱克福德心里，总觉得有些地方不对劲。没准儿，这个男孩儿是哈塔西的人，那他是不是得把这个家伙看紧了，等一切都清楚之后再做论断。或者，先绑上一阵子再说？

“刚才那个小男孩儿手里拿的到底是什么？”提克突然问他。

布莱克福德叹了一口气，说道：“一个芬达易拉罐的碎片。”

9

明月初上，半弦如钩。朦胧的月光笼罩着寂静的布拉特尔街，树影婆娑，格外幽暗。戴维和罗伯特走在前往潘趣酒会的路上，身边是一排格鲁吉亚式的房屋。走在他们前面的，是两个西装革履的年轻人，边走边仔细地查看着每间房屋的门牌号码。罗伯特回头望了一眼，在他们的身后还有六七个这样的青年。

“待会儿进去后，要是没有我们想象中的有意思，就马上走人，好吧？”罗伯特说。

“好。”戴维随声附和着，但心里却不想过早离开。

他们已经在这间屋子里待了足足一个小时了，当罗伯特拿起他的第五杯意大利灰皮诺干白葡萄酒的时候，开场曲终于响了起来。这是美国著名歌手弗兰克·西纳特拉的一首经典爵士曲。

呸，爵士！罗伯特穿过了这个桃花心木装饰的房间，循着乐声走去。屋子里几乎是白人青年的天下，大约有六位身穿制服的黑人服务生，手端托盘在人群中穿梭，不时奉上开胃菜品。屋内的人们吞云吐雾，使得房间内烟雾缭绕。路过门厅时，罗伯特看到排队等待入场的人们排起了长龙，挨个在一本精美的皮质花名册上签字。罗伯特从人群中挤了过去，壮硕的体格在其中格外明显。走到楼梯间的时候，罗伯特突然停下了脚步，目光被面前那一排雕琢精美的栏干所吸引。那些优雅的线条使罗伯特回想起自己在桑德斯剧院新生才艺表演时，弹奏的那台世界一流的斯坦威钢琴，那也是罗伯特长这么大接触到的品质最好的一台钢琴。

接着，他走进了另外一间屋子，曲声来自房间角落里的一台立式钢琴，杰克逊·奥利弗身着一套细条纹西服正在边弹边唱那首经典的爵士名曲《爱情强心针》。杰克逊当年入学时是新生里唯一的一名黑人学生，现在已经从哈佛毕业去了麦肯锡工作。此时，不少人环绕在钢琴旁静静地欣赏着杰克逊的弹唱，罗伯特也加入了他们。不可否认，杰克逊的确是一位钢琴好手。当唱到"一位水手曾经说过"这句时，钢琴声突然戛然而止，杰克逊啜饮了一口小酒，然后自顾自地点燃了一支香烟吞云吐雾起来。周围的观众开始发出阵阵抗议，而杰克逊则解释说他得喘口气，先抽根烟再说。

罗伯特在观众中发现了上次在伦道夫宿舍楼的房间里把他逮个正着的金发低音男，就站在离他不远的地方。短暂的四目相对之后，低音男飞快地别过身去，一脸媚态地开始跟杰克逊套近乎，近乎奉承地询问杰克逊在麦肯锡的近况。

“怎么称呼你？”杰克逊问低音男。

“我叫斯潘塞·爱德华兹。”

“斯潘塞，你这么了解我的情况，是不是中情局派来做调查的？”杰克逊的问话惹得他身边的几个人大笑起来，斯潘塞也窘迫地附和着笑了两声。罗伯特强烈地感受到了自己心里的那股冲动，他很想和这帮家伙混在一起，不管用怎样的方式，只要能熟络起来就行。他妈的，豁出去了，我要把自己推销出去。罗伯特决定先从右边那个家伙开始。这人名叫彼得，但很显然彼得已经喝了不少酒，站在人堆里会不时地打晃。自从他向罗伯特报过自己的名字后，就一直没有再吭声。

“嗨，这是什么？”罗伯特指着彼得西服翻领上一个绿白相间的胸针问道。

“噢，一件小玩意儿，不足挂齿。抱歉，我要离开一下。”说完，彼得就走开了。

什么世道！罗伯特杯子里的酒已经见底，所以他准备再去倒一杯。转身回去的路上，他正好碰见了也要去酒吧的戴维。

杰克逊已经先行一步来到了酒吧，此时，他正站在墙边和艾伦·格林先生聊天，询问提克的消息。艾伦·格林已经六十出头，也是哈佛毕业，每年都会出席这样的潘趣酒会。当杰克逊看到罗伯特和戴维的时候，招手让他们过来。杰克逊先向这两位师弟做了自我介绍，然后对罗伯特在新生才艺展示上的钢琴弹奏赞不绝口。这样的一番话多少让戴维有些心生妒忌。接着，杰克逊把他们介绍给了艾伦·格林。

“我们刚刚正聊到艾伦先生的教子迈克尔·提克，他也是我的好朋友。您刚说他现在在哪里工作？”

“东非野生动物保护基金会。”

“提克可是哈佛校园里顶尖聪明的人物啊。”杰克逊称赞起提克来。

“这话我可不敢说，”格林笑答，“不过，他跑起步来倒真没几个人能追上。”

“我认识一些人，也是在这个基金会里工作。”戴维接下话茬。

这个倒是真的。不过，这人并不是戴维来到美国后认识的白人朋友或是那些拿着奖学金去读殖民学校的高中同伴，而是戴维在家乡的一个伙伴。那个时候，每逢殖民学校放假，戴维就会回到他父亲那下雨天总是会漏雨的小房子里，和一家人挤在一起住。他有一个比他年长的小伙伴，叫莫拉那。有一次，戴维在镇上闲逛的时候，恰巧碰到莫拉那蹲在基金会的办公室外面，那是基金会在他们那里的一个分支机构。莫拉那告诉戴维，上周只是替办公室里的人跑了趟腿儿送了个包裹，回来后竟然得了五美元的小费。所以，从那之后，他就经常蹲在这里，希望那个从美国俄勒冈州来他们这儿为非政府组织做志愿工作的白人女孩儿在出来吸烟的时候能够看见他，没准儿还会再让他跑个腿儿，因为那个小妞是这个基金会办公室的负责人。

其实，戴维对东非野生动物保护基金会了解不多，但是，他刚才的那句话足以引起格林的注意了。一开始，格林只是和他简单地聊了聊非洲的野生动物，但是慢慢的，格林把话题转移到了国家安全部队和哈塔西上面。戴维没有想到格林对于非洲的情况这么了解，一般在鸡尾酒会上碰到的人，没有多少能和戴维就非洲这个话题大谈特谈的。但是，格林的确是一位专家。除此之外，他还想了解戴维的看法，想知道戴维对于那些事情是怎么看的。其间，他还问戴维有没有想过直接参与那些政治组织。

“政治跟我半点关系都没有。”

“戴维，每个人都逃不开与这个世界千丝万缕的联系。”

“反正与我无关。”

“好吧，那我们等着瞧。我是波士顿非洲行动组董事会的一员，你应该来参加我们的会议。”

尽管戴维对这个什么行动组一点兴趣都没有，但他还是答应下来了，“这真是太好了。”

突然，格林话锋一转，语调也变得温和起来。

“谈女朋友了吧？”他问戴维。

“是的，她叫简·贝克。”

“哦，是吗？我认识贝克一家。”格林现在听起来就像一位慈祥的老先生，“那可是个好姑娘。”

“是的，先生。”戴维说。

“她学的是什么专业？”

“目前她的专业是比较文学。不过，她很想当一名记者。”戴维平静的语调里多了一丝骄傲，“去年夏天，她在《名利场》实习。”

“非常不错。”格林说着从钱夹里取出一张名片递给了戴维，告诉戴维他的教子迈克尔·提克也是一位非洲问题的专家，格林希望他们两个年轻人能够互相认识一下。

听到这里，戴维感到非常荣幸。毕竟，格林先生当年在哈佛读书的时候，也是坡斯廉俱乐部的一位会员——这肯定对戴维入会有所帮助。他接过名片，细细地端详起来。白色的纸张很有质感，但上面除了格林先生的名字和他在纽约、华盛顿两个地方的联系方式之外，再无其他信息。

离他们稍远一点的地方，杰克逊和罗伯特仍在继续聊着天。“每一次招新会，”杰克逊指了指刚才那个带胸针的家伙，“他都要喝得烂醉。你会弹法国作曲家萨蒂的曲子吗？”

“会，不过我对印象派的东西不感冒。”

罗伯特的答案令杰克逊哑然失笑。

“我的意思是——”罗伯特急忙解释。

“没关系，说得好，”杰克逊说，“听我说，一会儿你四处走走。然后碰上打着绿色领带的人，就和他们聊两句。”杰克逊边说边指了指自己那条绿白相间的条纹领带，然后就转身消失在人群中。罗伯特来到了吧台，坐定后，发现旁边正是斯潘塞。这家伙正隔着吧台冲调酒师摇晃着酒杯，杯子里所剩不多的威士忌都洒在了白色的桌布上。

“给我再来一杯帝王威士忌。”斯潘塞冲调酒师喊道。

“真要命。”一旁的罗伯特冷冷地瞧着，脸上写满了醉意。他瞪了一眼斯潘塞又要了一杯葡萄酒。

“你说什么？”斯潘塞问他。

“我说你的那些瓶盖收藏品不错哟。”罗伯特戏谑地说。

“我哪里惹着你了？”斯潘塞反诘道，“你跟我有仇吗？”他尽量把自己的嗓门压低，脸上却依然不忘保持着微笑，好让旁人把这看作是一个再礼貌不过的交谈罢了。

罗伯特本是一个极其敏感报复心又很重的人，但此刻却强遏着一腔怒火。要想顺利加入俱乐部，那就不能由着自己的性子一拳把斯潘塞的脑袋打开花。想到这里，他也无心再喝下去。于是罗伯特走出酒吧，来到了那架钢琴边上。

通常，罗伯特习惯气定神闲地坐在钢琴后面然后再开始一段演奏，他认为这份泰然自若是演奏成功的关键。但是这回，他就这么仓促地一屁股坐了下来。其实在这间房子里，站满了会弹钢琴的年轻人，拥有十数年琴龄的高手也大有人在。他们也许打扮不同，性格各异，但同样都十分想在今天这个场合下露一手。只是，他们还不确定这样贸然地在晚宴上弹奏一曲会不会为自己加入俱乐部增加砝码，所以很多人选择了在一旁观望。他们掂量着也许看别人来冒这个险好过自己去出风头，毕竟这是招新会——迈入俱乐部大门的第一步。

艾伦·格林不动声色地将这一切尽收眼底，当然包括那个苏格兰大块头突兀的举动。虽然喝了不少酒，但格林不得不承认罗伯特是一个很有天赋的钢琴演奏家。这里的每一个年轻人都优秀至极，他们总是能勾起格林心底那份细腻奇妙的怀旧之情，带他回到当年自己参加招新时的情景，重温那份激动与兴奋——虽然格林本人并不想承认这一点。这也正是他坚持每年参加招新会的原因所在。然而，在那些年轻人的眼中，老格林的出现不过是一种非正式的招新步骤。毕竟这个地方人才济济，需要一些老式的做法，比如老将出马，亲自把关。格林很喜欢在一旁观望这群年轻人是如何经历这一切的，有时候，他还很乐意去猜一猜他们会想些什么。格林回忆起当年刚加入坡斯廉俱乐部的时候，那是他生命中最开心的一段时间，让他似乎又回到了冷战时期经历的那种传奇和冒险的生活中去了，随时随地都充满了乐趣。他不知道现在这群年轻人是不是还和他当年一样享受着同样多的乐趣，估计没有。真是糟糕透了。他想如果有人知道自己还在留恋着冷战时期的生活，那他一定会被诅咒死的。只是，格林就是这样，愿意过一种远离平淡的生活。

罗伯特一双苍白的大手在键盘上起起落落，一段即兴创作的奏鸣曲被他演绎得激情四射。他心里清楚，现在一整屋子的人肯定把目光都集中在了这架钢琴上，专心地听着他的演奏。唯一美中不足的是，钢琴多少有些走调。他拼命地摇晃着自己的脑袋，刻意夸张地模仿着贝多芬的经典动作，卖力地弹奏着这段狗屎的即兴曲子。但斯潘塞始终在他脑海里挥之不去，惹得他浑身发毛——这正好再一次印证了音乐是有灵性的这一事实，恼火的钢琴家是弹不出和风细雨的曲子的。

“好久不见，贝多芬先生，”斯潘塞在一群新朋友的簇拥下侧身挤到了钢琴前，“这里又不是在开追悼会。”斯潘塞身边两位穿着花呢西服的朋友马上放声大笑起来。仿佛平静的湖面被投入了一颗石子，四周俱乐部的会员里泛起一片笑声。

罗伯特起身逼近斯潘塞。

“怎么着，想打架吗？”斯潘塞咯咯笑着，金黄的卷发随着身体的颤动显得更加扎眼。怒火中烧的罗伯特意识到他们两个成了大家注目的焦点，而他已经沦为那个可悲的笑柄。他强压怒火，目光穿过人群朝戴维望去，而戴维却还在和艾伦·格林聊个没完。其实，罗伯特和斯潘塞刚开始交火的时候，戴维就已经注意到了，但是他决定还是不要去趟那潭浑水为妙。真是活见鬼，罗伯特你怎么就那么爱逞强好胜呢？可是，罗伯特还是走到了戴维的面前，不顾艾伦·格林正兴致高昂地在讲一个发生在纽黑文的谋杀案，就插嘴道，“跟我走，戴维。”

罗伯特显然已经喝晕了头，格林注意到戴维脸上那丝慌乱的神情。“他妈的，我再也不想在这里多待一秒！”罗伯特继续自顾自地说。

戴维犹豫了一下，对他说，“小罗，我可能还得再待一会儿。”他自己也没想到为什么会脱口而出“小罗”这个昵称，更没想到罗伯特听到后会是什么反应——他马上双眉倒竖，脸色煞白。“我过会儿去找你。”戴维补充道。

但是，罗伯特径直走出了大门，扬长而去。

接下来，格林又陆续给戴维介绍了几位同龄的新朋友，但此时戴维的脑子里却被罗伯特占满了。他想，作为朋友，罗伯特应该不会在乎自己待在这里多喝上几杯的。但是，在罗伯特离开后不到几分钟，戴维马上意识到了事情的严重性，毕竟他从来没见过罗伯特那样难看的表情。

10

提克决定到哈佛大学读书的原因之一，就是希望有朝一日能够代表哈佛大学参加全国中长跑比赛。但是，由于他大二那年秋天把大部分时间都花在了学习各种语言上面，所以后来只能自己抽空锻炼一下了。一开始，提克选择在法学院的海明威体育馆里练习跑步，这不仅因为它的开放时间和提克的课程安排非常契合，而且还因为这所体育馆被众多无缘大学代表队的运动爱好者们视为最佳运动场馆。所以，海明威馆内的跑步机上总是人满为患。

这里的跑步机配置十分高档，光滑的黑色跑步履带使用起来几乎没有噪声，每个人都可以边跑步边欣赏面前的平板电视，里面不间断地播放着付费频道的节目——但大多数时候都是些新闻。

提克还记得他第一次走进海明威体育馆时的情景，他站在健身房的角落里，身旁就是按照奥林匹克竞赛标准来建造的白色壁球场。不远处跑步机上的同学们一边跑步一边欣赏着电视上的新闻资料片，屏幕上一位记者衬衣外面套着一件防弹背心，正在报道美军遭受路边炸弹袭击的场面。接着，提克换好了运动服，全力奔跑了一个钟头。然后，他环顾四周，发现每一位同学看起来都体格强健，女孩子们扎着马尾，淌着汗水的发梢性感地上下跳跃着，空气里弥漫着旖旎的味道，但每个人都只是活在自己的世界里，相互之间看不到任何交流。日复一日，提克总是抽时间去海明威馆跑上一个小时，直到有一天他突然感到，自己仿佛陷入了一个无限的死循环，每天都面对一样的面孔，做着机械的动作，看着千篇一律的新闻，周而复始。因此，从那以后，不管天气如何，提克都坚持在校园里跑步。旁人问起时，他总说是因为不喜欢那些机械式的跑步机，但在提克心里，久久挥之不去的是残酷的战场上，坦克履带前进时留下的两行无情的印迹和人们拼命奔逃却逃不开死亡的悲惨画面。

那一年的秋天冷得非常早，提克并未感觉有什么不适。跑步的时候，提克通常没有听音乐的习惯，满脑子想的都是他学习的语言，比如那些他已经掌握的或者暂时还没掌握的东西，这就是学语言的后遗症。有时他也会思考一下如何才能提高学习效率、加快跑步速度、甚至怎样使自己在床上更加勇猛。每天，他就这样一边跑步一边思索。在一个雨后的夜晚，提克如往常一样，沿着校园里的湿滑的小路跑到了查尔斯河岸边——做了最后的全力冲刺。雨后的大雾盖住了岸边路灯微弱的荧光，提克来到桥上，做着高抬腿使自己放松。在这样的天气里，全速冲刺显然有些困难，不过提克喜欢。

提克朝栏杆外吐了一口口水，然后准备放慢速度返回亚当斯宿舍楼。在一个拐角处，他偶遇了坡斯廉俱乐部的前任主席，又高又瘦的查理·阿特沃特。在哈佛对阵耶鲁的橄榄球赛前的球迷车尾野餐会上，提克曾经和查理有过一面之缘，此刻他正抽着烟和一帮俱乐部的会员们在屋檐下聊天。

“真是活见鬼，这样的天气你还坚持跑步？”查理·阿特沃特喊道。

“还算好了。”提克心里想着，到新年的时候气温会更低。虽然那时会又黑又冷，他还是能沿着查尔斯河一路跑到沃特敦镇，或者跑去波士顿市区再原路返回。

“哦，华盛顿七月份的天气怎么样？” 阿特沃特继续问他，顺便邀请他去喝一杯。提克换过衣服后一行人来到了代达罗斯酒吧，两人在酒吧里聊得非常开心，甚至谈到了暑假的实习工作。酒吧关门之后两人似乎还余兴未消，于是又来到了查理朋友附近的一处公寓。那个晚上的谈话，更像是一场非正式的俱乐部招新会，其间，阿特沃特的好多问题都和提克的教父艾伦·格林有关。末了，阿特沃特满身酒气地对提克说，“怪不得大冷天你还在校园里跑步，你的教父他妈的就是个传奇。”

提克也是这样认为的，因为他一直都十分崇拜自己的教父。不过，一想到阿特沃特现在多少也把自己归为“传奇”那一类的时候，提克就感到阵阵的不安，虽然成为他们眼中的传奇不是什么难事儿，但也许并不是什么好事儿，可能还不是他该做的事情。可是，提克心里也并不清楚究竟怎样做才能更好。但大多数时候，被人这样称赞还是令提克心中充满了骄傲。在他们身旁，刚才和阿特沃特聊天的那几个兄弟俱乐部的会员全都喝得烂醉如泥，不管听不听得懂两人在谈些什么，都不忘时不时地点头附和一下。

11

为了做出一篇详尽的报道，简一直忙于收集各方面的资料。当戴维来到谢伊酒吧的时候，正看到她和往常一样，跟一帮朋友坐在露天的餐桌边抽烟。此时已近晚秋，寒风袭人。戴维注意到苏珊·洛厄尔教授的那位记者老朋友就坐在不远处，但是他想不起来那个家伙姓甚名谁了。

拉齐正在独自回想着以前做过的一篇老新闻，突然被迎面而来的这个高个子黑人小伙儿分散了注意力。拉齐觉得他很面熟，可是又想不起来曾经在哪里见过面。想不起来也没关系，拉齐一面感到遗憾一面又安慰自己，继续在脑海里回想当年那篇报道。

那是拉齐的第一篇大新闻，故事的主人公是沙特贵族阿齐兹·阿尔·伊穆迪。此人的老爹不仅是沙特情报局的局长，而且还在一家伊斯兰银行担任顾问。伊穆迪在这家银行挪用两千万美元的公款之后瞒着家人从吉达港逃窜，而后人间蒸发再无音信。一时间，这位牛津培养的天之骄子携款逃亡的故事在沙特的精英贵族圈中引发了轩然大波。拉齐深度调查了整个事件并将其进行了全面曝光。同时，阿尔·伊穆迪的故事也帮助拉齐这颗新星在新闻界站稳了脚跟，大放异彩。拉齐本来打算继续跟踪报道，却突然再也挖不出任何有价值的新闻点，迫于压力他不得不放弃调查，把系列报道草草收尾。在大家心里，阿尔·伊穆迪可能去了欧洲的某个国家，在那里享受着奢华的平静生活；但是，拉齐却没那么好过了，因为他总是不能使自己从一鸣惊人的喜悦中走出来，甚至之后一年的时间里，拉齐都没有做出什么有价值的新闻，反倒是酒量见长——他喝得越多，新闻就做得越少。直到托马介绍他和苏珊认识，他们开始一起完成那篇关于哈塔西的新闻。整个调查取材的过程，拉齐一直都让自己保持清醒，没有再喝得烂醉如泥过。

就在这一瞬间，拉齐猛然想起刚才那个黑人男孩就是苏珊指导的一个学生。他默默地看着戴维和别人交谈，竖起了耳朵想听一听。

此时，戴维正在跟简描述着潘趣酒会那晚发生的事情。讲完之后戴维才发觉自己或许把罗伯特出丑的那一段描述得太过详细了一点。但他转念一想，世上没有不透风的墙，罗伯特在招新会上的那段疯狂演奏总会人尽皆知。整个故事讲完，戴维还在小口啜饮着他点的第一杯啤酒。这时他看到了杰克逊·奥利弗挽着一位清瘦的美女从对面街区走了过来。女孩儿披着亚麻色的头发，大声地喊着拉齐的名字，向露天餐桌走去。

拉齐注视着那个朝他款款走来的女孩儿。一边的杰克逊此时也看到了不远处的戴维，准备上前和他打个招呼。

“来一根吧？”杰克逊为自己点上了一支烟，望着刚才身边的女孩儿走到拉齐面前。她开始恭维拉齐在研讨班上的精彩讲授是如何让她受益匪浅。

“好的。”戴维虽然不抽烟，这个时候却答应了杰克逊。简听到这里，讶异地抬起头望了戴维一眼但并没说什么。杰克逊正要递过烟去，戴维却马上紧张地改口道，“其实我不抽烟的。”然后，他定了定神，“我只是想站起来活动一下腿脚，跟你打个招呼。”

杰克逊笑了起来。在戴维的眼里，好像没有什么事情是杰克逊不感到好笑的。

“对，聊聊天挺好，”杰克逊接着说，“你的兄弟罗伯特那一曲儿弹得也很不错。”

“噢，他当时有点喝高了。”

杰克逊再度哈哈大笑，“我没想到一个黑鬼竟然能在那种鬼场合转得来，不过看来你度过了一个很愉快的夜晚嘛？”说话间纽约皇后区长大的孩子的粗俗用语又不经意冒了出来。

“黑鬼”这个词，像往常一样，刺到了戴维的痛处。

“嗯，是的，”戴维局促地答道，手心有些微微冒汗。“是有些不太适应，不过我很开心。”

“能跟像艾伦·格林这样的大人物聊上几句当然是非常开心了，”接着，杰克逊突然语气严肃起来，“这才是哈佛的精华所在，这才叫做受教育。你可以接触到很多教授、大人物——这些才是你要在那个没劲透了的招新会上把握的重点。”说完，杰克逊随手把指间的香烟弹到了一边。这时，那个女孩儿也和拉齐互相道了别，回到了戴维和杰克逊的身旁。杰克逊并没有介绍她和戴维认识的意思。

“这么说来，下次酒会我还会见着你了？”

“那将是我的荣幸。”戴维脑海里飞速地转着，体味着这句话的含义。这是一个暗示吗？暗示我已经通过了第一关？杰克逊和那个亚麻发色的女孩儿继续沿着街道走远，戴维则坐回了简的身边。

“你从来都不吸烟的。”简说道。

“刚才我也没有，”戴维向她解释，“只是简单打个招呼。”

简看得出戴维现在对参加俱乐部的活动非常感兴趣，但她忍不住要在众人面前对那些俱乐部嘲讽一番。她心里清楚，这并不是出于恶意，而是出于人的本能和理性。简决定给大家讲一个关于她朋友的朋友的故事，有一天那个女孩儿被人带到了一个“强奸屋”。

霎时，桌子边的所有人都安静了下来。戴维静静地看着简。

“是他们自己这么叫的。”简缓缓说道，“或许，他们取这么个名字是在开玩笑，但事实怎样如果大家对萨达姆的‘强奸屋’有所耳闻的话一定都不陌生。”在简给大家讲述这个故事的时候，戴维在简的眼中看到了极端的厌恶和发自心底的恐惧。在简刚入校的那年，有一次她被一个橄榄球队的大块头逼到楼梯间的拐角，差一点惨遭侮辱。当时，简狠狠地给了那个人一记耳光然后跑掉了。所以，在她讲到“被人猛地推到墙上”时，简的心里十分清楚那种无助的恐惧是个什么滋味。虽然，简平时去游民收容所里做义工时，面对的全都是受虐妇女，但是简只是坚强地把那份恐惧强压在心底。所以，当简看到那些穿着紧身短裤的女孩们参加“还我夜晚”的游行，哗众取宠般地呼吁反对性侵犯，保卫女性夜行权利时，她就会感到莫名的恼怒和烦躁。简讨厌刚刚在谈论起性侵犯这个话题时，自己却需要显露出迷人的女性气息来引起异性们的注意。更多的时候她会更加冷漠、敏锐和有礼貌，完全是另外一个人。所以她继续冷静地给大家讲着故事。

“你们都知道那个门，对吧？”

戴维和其他的男生都不知道，而所有的女生都点了点头。

“就是那儿。科学中心地下室的那间女士洗手间，走进去有一个隔间的门上写满了留言。估计得有三四十条吧？全部写的都是这样的话：‘我在飞俱乐部被人强暴了，2005年秋’或者是‘凤凰俱乐部，2004年冬’，还有‘披阿尔法俱乐部，2003年春’，每张上面都有日期和地点。”

拉齐望着那边桌子上简和她的大学生朋友们，不禁感慨起自学生时代以来渐渐迷失了的自己。曾几何时，他也像远处那些学生一样，热情洋溢、朝气蓬勃，永远都有说不完的话题。还记得当年，他和提格雷人民解放阵线的兄弟们一起在埃塞俄比亚境内做战地记者，身边全是一群血气方刚的青年，拉齐觉得那就是一场属于自己的革命。游击队里的一位上将曾经十分严肃地交给拉齐一本名为《革命民主与性手册》的书，手册上明确规定了男兵旅和女兵旅之间的禁止事项，比如，未婚男女如若私通则会被处以石刑，埋入沙土中用乱石砸死。因为在革命的紧要关头哪能容得了私通这种勾当，像子弹这样珍贵的物资自然不必浪费在这种人身上。当时，拉齐严肃地从上将手中接过了这本书，但是转过头就把它当做笑料和战士们大肆调侃起来。后来，这本包装精致的手册因为淋雨受了潮，变得皱巴巴的，但是每当拉齐抚摸着它那棕色山羊皮的封面时，总会忍不住去想这事儿从头到尾有多么好笑。他很喜欢向人们讲这个笑话，在完成那次报道之后，拉齐甚至决定去寻找一下那本手册的作者。让他万万没有想到的是，这本书的作者住在伦敦。

他是一位埃塞俄比亚人，腰身滚圆，满脸痘坑，肤色像浓得化不开的褐色糖浆，鼻梁上还架着一副眼镜。那天，他坐在酒吧外面的小圆桌边等着拉齐。就像我今天在谢伊酒吧外面坐着一个样，拉齐心想。令拉齐不解的是，这本手册的作者并不关心什么性爱或是革命，至少那天他是这样跟拉齐讲的。

“我为我的国家而战，但是一直以来我都想离开那个地方。”在采访行将结束的时候，他告诉拉齐。

“那么，你写这本书到底是出于什么样的原因呢？”拉齐问他。“你可是人们眼中的革命之父呢。”

“在硝烟弥漫的丛林里，那是我唯一能写的出来的东西。”他说着把最后一杯麦芽啤酒举到了嘴边。“其实，我一直都想当个诗人。”

那一刻，拉齐怎么都不肯相信他说的话。但是现在，坐在酒吧的外面，看着简跟她的同学们聊着性侵犯的话题，拉齐突然好像有些明白了。

12

夜幕降临，几颗星星点缀在深邃的夜空中，闪烁着微弱的光芒。村子里被爆炸摧残过的土地满目疮痍，提克站在偌大的弹坑中间，望着准军事部队离开的方向。凝重的夜幕下，他们正驶向东方那一片寂静的旷野，而提克则留了下来。此刻，他单膝跪地，捧起一把污泥嗅了嗅。它们闻起来和一般的泥土毫无差别，没有血腥的味道，也没有遗骸的气息。提克有一股冲动，想替那些被杀害的人们喊出胸中的悲恸，但是大脑却一片空白。想到其实他也没有这个权利替死难者发言，提克只得任由掌心的泥土从指缝里悄无声息地滑落。然后，他起身从口袋里掏出了手机。屏幕上，查理·阿特沃特这个名字列在通讯录的第一位。

提克深吸了一口气，没有按下通话键。那似乎是一支由美国人组成的准军事部队，但是如果真是这样，一切都太不合常理。想到这里，提克又把手机放回了口袋。离开手机屏幕的亮光，提克的眼睛一下子无法适应周遭的黑暗，所以只能半眯着眼向四周望去。他再次深吸一口气，开始缓缓地绕着弹坑踱步。

在大学里，提克琢磨出一套办法来为自己的演说增色。每当他要在课堂上发言的时候，总会以“关于这个问题有三点十分重要”作为开头，即使那个时候他还不清楚这三点到底是什么。他认为发言时把自己的观点逐条论述，可以起到吸引别人注意力的作用。他一直坚信，有时你如何巧妙地表述自己的观点比那些观点本身更加重要。虽然有时候这种三点论的发言方式会让提克觉得自己是个骗子，但是他仍然屡试不爽。

第一点，提克心里思忖着，他们中有美国人。卫生员是美国人，他的卫生工具也是美国造的；指挥官布莱克福德是美国人，因为他那一口浓重的南方佬口音——肯定是美国人，不会错的。剩下的，全部都是非洲人。

第二点，我也是一个美国人。

第三点，我当时在这个村子里，而在我不知情的情况下，针对这个村子的袭击，就是一场针对我的袭击。

这样看来，他们就应该不是美国人了，因为美国人是不会自相残杀的。

提克了解自己国家的历史，他知道驱动历史不断前进的动力就是一个民族的同胞之间的相互背叛和冲突。但同时，提克也十分清楚，如果这次行动是以自己成为牺牲品为前提的话，他是绝对不会接受这份工作的。接着，他想起了自己的教父，这个为中情局做事的家人。最后，他又想起一份奇怪的文件上面出现的一个陌生的名称——联合特别行动司令部——他以前从来没有听人提起过这个组织。

想到这里，提克又一次拿出手机，怔怔地看着查理·阿特沃特的电话号码。

在提克就读哈佛读大学的前一年，查理·阿特沃特时任坡斯廉俱乐部主席。在大家眼里，阿特沃特走出哈佛之后一定可以进入美国顶尖的特种部队。很多人都以为他毕业后去了海军“海豹”突击队，但坡斯廉的每个人——至少那些喜欢打听这种事情的人们，都知道阿特沃特其实去了陆军，从美国陆军游骑兵学校毕业后被派往索马里加入了三角洲特种部队。阿特沃特无法适应海军突击队的生活，在一次游泳救援测试中，阿特沃特因为游泳诱发的急性肺水肿而昏迷，要不是打捞的及时，差一点就丢了小命。在那之后，阿特沃特转投了陆军，奔赴索马里，并且一路过关斩将，从一百名特种兵候选人之中脱颖而出，进入了最终入选的十三人名单。彼时，流言满天飞，大家都说阿特沃特之所以能够有这次机会全都是仰仗着他背后的老爹。阿特沃特的父亲和前纽约市长朱利安尼一起经营着一家咨询公司，该公司数年来一直为美国驻索马里的退伍军官提供公司安全部门的高层职务，所以他们一直对老阿特沃特感恩戴德。但是，没有人清楚到底是个什么情况。一直以来，提克都在时刻准备着报效祖国，当然，他是不会让自己犯在救援测试中呛水这种错误的，尽管他也不知道能采取什么防范措施。

提克和阿特沃特是在哈佛与耶鲁两所学校之间一年一度的橄榄球比赛上经格林介绍认识的。提克对那一幕记忆犹新，因为当时格林叫的是他的姓——阿特沃特，一般人们都不这么叫。“提克，”艾伦·格林当时说道，“跟我来，认识一下阿特沃特。”

那一天，所有的校园俱乐部都开着大巴士和越野车来到比赛场地外面，煞费苦心地准备着各自的车尾野餐会。对于坡斯廉俱乐部的会员以及刚毕业的年轻校友来说，坡斯廉的车尾野餐会就是一年中最出风头的时刻。这个时候，会员们往往撇下女友或是妻子，三五一群地聚集起来聊着比赛。艾伦·格林对一年一度的车尾野餐会也是满心期待。在宜人的秋日午后，与满心好奇又毕恭毕敬的年轻人畅谈橄榄球，品尝着香喷喷的烤肉，再没有什么比这更让人惬意的了。因为平时，他总是和一屋子的女人待在一起——没有一个人有兴趣和他聊聊球赛这个话题。

与格林不同的是，查理·阿特沃特却是因为那场游泳救援测试的风波才出席了那一年的野餐会。阿特沃特是一个浑身上下都散发着幽默细胞的人，而且对自己的流言蜚语毫不避讳。非但这样，他也乐得借机渲染自己这种神秘兮兮的形象，常常让人感到哭笑不得。提克还记得当时听到停车场里燃起的爆竹声，阿特沃特当即就来了一个后空翻。

那一年的车尾野餐会时，提克还没有加入坡斯廉俱乐部，只是和几位来自纽约巴克利和埃克塞特私立学校以及几个其他高中毕业的会员相熟。利用野餐会的机会，格林又给他介绍了几位有望加入俱乐部的准会员。其中有一个叫杰克逊·奥利弗的后来还经常约他一起出来喝酒。这个来自南美洲奎亚那的英俊小伙儿，先是从阿斯托里亚那个黑人聚集区的公立学校顺利转入曼哈顿私立中学，接着一路高歌挺进常春藤联盟继续深造。在旁人眼里，他的求学之路无比顺畅，什么事情都来得顺其自然。未来迎接他的会是什么，杰克逊自己也不清楚，但是不管前方道路如何，他都下定决心要好好把握这一切。在杰克逊眼中，提克有些努力过头了，虽然他也不认为自己这样一路顺风顺水全都是凭运气得来的。“我觉得，”杰克逊曾对提克这样说，“这里面聚集的全都是一帮被娇惯坏了的蠢货。不是吗？”提克明白他的意思，这也是他愿意去参军的一部分原因。

“哒哒哒哒哒——”那天比赛结束后，杰克逊嘴里学着机关枪扫射的声音，冲着查理·阿特沃特比划着。当时提克和他们一群人围坐在代达罗斯酒吧一楼的一张桌边，其中一两位还带着自己的女朋友。“特工，他们就是这样冲你来的吗？啪！啪！”

“对啊，差不多吧。”阿特沃特轻描淡写道，“就像你在阿斯托里亚大街上被人拿枪顶着一个样。”

这个回击既不客气又耐人寻味。提克总是对阿特沃特受过的训练很感兴趣，他周身上下散发着与众不同的气息。这样一丝狂野，一丝坚韧都深深地戳动着提克想要去服兵役的神经。

★ ★ ★ ★

在巴格达的日子并不那么好过，查理·阿特沃特并没有在训练中一鸣惊人。但是，作为一名新兵，他的表现还说得过去。要小心谨慎，无时无刻不处在恐惧担心之中的他这样告诫自己。纵观所有潜伏在巷战之中的威胁，炮火中横飞的断壁残垣最让他胆战心惊。那些迸裂的混凝土块在空中横冲直撞，令人防不胜防，他总担心哪天会有一块小小的碎片嗖地一声射中他的眼睛，就像标枪掷中目标那样，所以阿特沃特从来没有取下过他的护目镜。

他度日如年地数着日子，终于等到了那一天——任务完成。他不愿意再待下去了，而是想找一份更好的工作，所以他给艾伦·格林打了电话，征询意见。

提克最近一次看到阿特沃特是在代达罗斯酒吧吃早餐的时候，他当时正看着报纸，抬头瞥了一眼电视机，里面播放着美国有线电视台的新闻。镜头里一位新派往伊拉克的特使正在伊拉克非战争区准备登上直升机，特使身后站着的竟然是查理·阿特沃特。提克并不感到意外，以阿特沃特的实力，完全可以胜任专业的保镖角色。提克不得不承认，尽管阿特沃特在学校成绩并不怎么出众，但是走出哈佛之后的他却在政府部门风光无限。提克可以想象出阿特沃特如何在大使馆与那些记者们周旋，甚至能够料到这位大使对阿特沃特的工作一定非常满意，接着他又猜测着阿特沃特当初得到这份工作说不定很是费了一番周折。看着电视机上的阿特沃特，在伊拉克非战争区有了自己的一片立足之地，提克隐隐感到一丝不安。因为，在提克心里阿特沃特也只是个毛头小伙儿，就像我一样。提克只是觉得在他们锻炼得更加成熟出色的时候，再去接任这种工作或许更好一些。不过他心里也明白，一旦有人向自己抛出类似的橄榄枝，提克一准会毫不犹豫地答应下来。

夜幕下的村子里，提克终于从弹坑中走了出来，盯着查理·阿特沃特的电话号码。这一次，他按下了通话键。

〔美〕尼克·麦克唐内尔

13

潘趣酒会结束的第二天下午，秋高气爽，戴维走在前往苏珊·洛厄尔办公室路上,兴奋的心情令他无暇顾及这难得的好天气。戴维非常喜欢去苏珊位于娜菲尔大楼的办公室，那里窗明几净，温暖的木家具令人感到无比安全，哑光的金属材质又处处彰显着屋子主人在学术上的专业。在非洲，是无论如何体会不到这样的感觉的。戴维走进大楼的时候，突然觉得，自己正走在一条正确的道路上。特别是参加过昨天晚上的潘趣酒会之后，这种感觉愈加强烈，虽然他并不知道这条道路将会把他带向何方。这个酒会真是太棒了，他甚至还打算向洛厄尔教授请教一个与此相关的问题。这一切都是有着必然联系的，戴维非常确定。

“请进。”洛厄尔教授听见了他的敲门声。

苏珊·洛厄尔很喜欢这个名叫戴维的学生。不单单是因为她喜欢欣赏他颀长的身子落座在对面椅子上时优雅的样子，戴维的那份儿拘谨也着实招人喜欢。苏珊办公室的墙上挂着一张地图，在他们第一次会面的时候，戴维曾经在这张地图上指给苏珊看他们老家村子的位置，而后苏珊还在那个地方用黄色的图钉做了个记号。但是从那之后，戴维再也没有提起过自己的私生活，他们的话题永远都是围绕着课堂和政治。即便是在非洲问题的讨论上，比如当地的叛乱或者哈塔西这些苏珊正在研究的课题，戴维也从来没有再向苏珊提过自己的家人。尽管苏珊清楚索马里国家安全部队的势力已经侵入到南索马里，那里的每一位居民都或多或少地受其迫害。戴维这样做是有目的的，聪明的他早就想到用这种“保持神秘感”的方法来吸引大名鼎鼎的洛厄尔教授的注意。他希望可以和洛厄尔教授保持长期的联系。

苏珊还是老习惯，一边和戴维交谈，一边忙着整理一摞纸张。

“您是否认识一位叫做提克的男孩儿？他比我大几岁。”戴维问她，“我想他会说斯瓦西里语。”

“他还会说阿姆哈拉语、阿拉伯语和其他一些语言，”苏珊回答他，仍然没有抬头。“但是，我跟他不熟。”其实，苏珊知道的远比这些要多。娜菲尔大楼里每个角落都充斥着年轻教授们讨论学生的闲言碎语，比如谁的父亲是一位参议员，谁又和谁暧昧不清。提克一直是这种话题的焦点，就连极少参与这样讨论的苏珊，也不得不好奇这是怎样的一个学生。首先，毋庸置疑，提克仪表堂堂，非常帅气。如果回到大学时期，提克这样身材高大，发色金黄的男生一准是苏珊的理想约会对象。当然，只要看一看他四年的大学生涯，就会明白提克能够这么出众还有其他的原因。他曾经入选常春藤高校联盟长跑队，后来为了不耽误语言课程而不得不中途退出，当然，他的语言天赋以及在该领域取得的成绩也不容小觑；研讨班上，提克很少发言，但成绩从来都是数一数二；而且，提克从来不在下课后拖住教授们磨磨蹭蹭地问个没完没了，虽然这在其他立志跻身上流社会的同学眼里是正常的社交需要；苏珊还听说，提克在大学期间就发表了一篇关于语言学和外交政策的论文，并且获得了哈佛大学的胡普斯奖①；更有传言说，他的历任女友中还有好几名教工；除此之外，提克还考取了飞行员执照。苏珊总是讶异于学校竟然还会有如此出类拔萃的学生。殊不知，除了那个长跑专长和飞行员执照外，苏珊当年在其他方面都毫不逊色。

“你问这些干什么？”苏珊迎着戴维坦诚的目光问道。

“就是有点好奇，”戴维突然有些慌张，“有人跟我提起过他。”

潘趣酒会之后，戴维常常会思索杰克逊说过的 “与教授们接触”那些话。教授们是成年人，戴维也是，他们之间可以平等对话，彼此之间并没有尊卑之分。这点与他在非洲学校的待遇有天壤之别，那时的戴维需要毕恭毕敬地称每一位老师为“先生”。但哈佛，这所卓越的高等学府，赋予了他们每一个人平等的权利。

但是现在，戴维虽然把提克这个话题开了个头，却不知道该如何继续下去。所以，他又把话题转移到课堂论文上来。这一次他要分析一篇美国媒体关于非洲和索马里国家安全部队的新闻报道。论文要求写足二十页，这实在太令戴维头疼了。戴维从来不

---

①Hoopes Prize：哈佛大学的一项为本科生设置的奖项，被认为是最高学业奖。

是一个写作高手，上高中时，他根本没用过电脑，进大学之前他手写过最长的一篇作文绝不超过两页。因此，大一那年，戴维为了完成各门课程作业度过了无数个通宵达旦的夜晚，痛苦地整理自己的观点，按照该死的说明文的格式拼凑成文章——而说明文是大一学生要掌握的基本功。戴维很是羡慕周遭的同学们能在一个小时内就拿出成品。戴维知道自己没办法和别人比，他们从七岁起就开始接受这种写作训练了，但即便是这样戴维也不能感到些许的宽慰。写论文对简来说更是小菜一碟，如果她愿意，即便喝个酩酊大醉，她也能照写不误。有时候简也会主动提出帮助戴维完成作业，不过她经常随口说说然后就忘得一干二净，或者常常把讨论演变成打情骂俏，然后把作业抛到一边，在二人世界里缠绵。

戴维被选中参加洛厄尔教授的研讨班时，苏珊对他说“不用担心论文的事情”，这让戴维简直不敢相信自己的耳朵。尽管他不知道为何自己会如此幸运，但依然喜出望外。但苏珊·洛厄尔却十分清楚自己为什么会选择戴维。研讨班招生的时候，正值苏珊的书加印到第三版，依旧争议不断。尽管她的研讨班只有十三个名额，她却收到了上百份申请。戴维在申请信中十分认同苏珊此前对索马里国家安全部队的严厉谴责，这个由索马里首都摩加迪沙起家的组织，日渐变质，沦为一个冷血的国家安全机构。他还同时声援了苏珊对哈塔西的支持。哈塔西的军队几乎是和国家安全部队一同成长起来的，在国家安全部队与国际武装相互勾结之时，哈塔西也吸引了一批国外的精英力量。苏珊感到戴维的出现是一个好兆头，她不仅批准了戴维的申请，并且亲自担任他的学术导师。苏珊对戴维家乡的了解和关心让戴维既心存慰藉又平添了几分乡愁。

两人会面的绝大多数时间，都是在讨论论文的写作手法。对于论文的观点，他们倒很容易达成一致。在谈到政治时，二人对待国家安全部队的态度也高度统一——厌恶与仇恨之情溢于言表，因为他们都十分了解该组织的所作所为。苏珊和戴维对哈桑·阿尔·卡提卜尤为反感，他们批评他组建酷刑队，滥用飞机并且沉溺于女色。两人在语言表述上很有分寸，所以尽管讨论的话题充斥着血腥和杀戮，他们却从来都没有失态过——大发雷霆或者讥讽嘲弄在他们眼里都是外行才会做的事情。

不过，苏珊今天看起来很不高兴。当她望着戴维的时候，思绪却开了小差。一整个早上她都在打电话，但让她奇怪的是，整个路透社的人都不知道那篇声称哈塔西在非洲大开杀戒的报道出自谁手。除此之外，国务院的每个人都对先前发表的那份声明噤若寒蝉，而且所有的新闻官都好像约好一起提前下班享受午餐去了。大屠杀的新闻报道和国务院的声明仿佛一夜之间在大小报纸上凭空出现。虽然苏珊已经交代拉齐跟进这个报道，做进一步的深入调查，但直觉告诉他，这个家伙也不会找出什么蛛丝马迹的。现在，她只能寄希望于戴维了。

“听了哈塔西的报道，能跟我说说你的想法吗？”戴维事先并不知情，所以苏珊把有关哈塔西屠杀人民的新闻告诉了戴维，然后询问他的意见。

“我不相信。”戴维答道。

“我也不信，”苏珊说，“可是——”这时，她的手机铃声大作。是他们家的保姆，打来电话说需要在纽约再呆上几天。听到这里，苏珊双眉紧锁，开始下意识地在脑子里重新调整起日程安排来。接下来几天，她和哈里又要为接送孩子的事情不停地拌嘴了。真是令人头疼。想到这儿，苏珊不由得在桌子下面抻直了双腿，做了一个深呼吸。

“教授？”戴维语气里有一丝迟疑，“你还好吧？”

“你难道不恨他吗，戴维？”苏珊挂上电话，“不恨阿尔·卡提卜吗？”

戴维不知道该如何回答。

“你知道我在非洲那边有一个调停人名叫托马·穆噶波，他也是我的一位好朋友。过去，在聊到卡提卜的时候，他常常会唱起那句歌词只要你相信，我就深信不疑。卡提卜是一位穆斯林不错，但他却是个宗教极端分子。我想这也是托马那句歌词想要表达的关键吧。你觉得呢？”

天呐，苏珊简直不敢相信自己都跟戴维说了什么。每次自己口无遮拦之后，那些原本不该说的话就会在苏珊心里堵上好几天。这个毛病，苏珊一直都想改掉。

她看着戴维在椅子上不安地挪了挪身子。

戴维避开了洛厄尔教授的目光，低下头，回忆起自己与国家安全部队的那次危险遭遇。当然，他对这支部队早就有所耳闻，但自己亲身经历还是第一次。那年戴维只有十一岁，他们那儿的一座小型机场里来了一个白人姑娘，还牵着一条小狗。女孩从美国俄勒冈州来，要在这里执行国际红十字会为期六个月的任务，而那条狗则是她收留的一条沙皮西门豺，但看上去已经奄奄一息了。

这个小型机场十分简陋，只有一条简易跑道和一座镀锡铁皮顶的房子，离戴维家倒不远。十几名不在编的当地民兵坐在房檐下乘凉，他们中的有些人参加过哈塔西早期的解放运动。一群人正围成一圈大声吆喝着下着赌注，周围的泥地里插着一杆杆卡拉什尼科夫冲锋枪。戴维站在离他们很远的地方。

从俄勒冈来的那个女孩儿正在为她们的一个小分队送行，这些人要前往努巴山区给那里的人民运送食物。当时，戴维和他的父亲开着卡车从那个机场经过，为白人女孩做事的莫拉那突然挥舞着他细长的手臂，从女孩儿身边朝卡车跑了过来。戴维的父亲是位兽医，他想让戴维的父亲帮忙看看那条病入膏肓的西门豺是不是还有救。他们把卡车掉了个头，下车给那条狗做检查。戴维站在父亲的身后，看着红十字会的人往飞机上装载着一箱箱的货物，想象着飞在天空中的感觉。

突然，远处扬起一片沙尘，还没等戴维明白过来出了什么状况，国家安全部队的几辆卡车已经驶进了飞机场，那群纳凉的民兵立即起身进入了警戒状态。见此情景，白人女孩儿迅速向飞机跑去，其他工作人员也大呼小叫地扔下手中的箱子奔向飞机。慌乱中有人把帽子和太阳镜也丢在了箱子上。他们一股脑地钻进飞机，然后“砰”的一声关上了舱门。飞机开始加速滑行，国家安全部队的士兵们冲着即将离开地面的飞机开始射击。为什么要开枪呢？戴维想着，那可是会飞的玩意儿啊！但是，他被父亲拽着跑回卡车上，再也没功夫思考了。卡车沿着与跑道并行的小路飞驰，戴维从窗户探出头去，看到远处三颗炸弹接连落在了飞机周围，霎时砂土飞扬，碎石翻滚。有些人在冲着飞机的轮子开枪，一些民兵已经倒在了血泊中，另一些已经四散逃命去了。戴维最后一眼，看到的是一个国家安全部队的士兵端着一杆全自动步枪指着那只小狗的脑袋，扣下了扳机。

那天晚上，戴维辗转反侧，难以入眠。他的父亲坐在床边的椅子上，陪着他直到破晓。“不管怎样，那条狗已经没得救了，横竖都是一死。”离开时，他告诉戴维。

“洛厄尔教授，我不太明白那首歌所要表达的意思。”思来想去，戴维决定还是实话实说得好。对于他们这些母语非英语的学生们，理解起诸如此类的谚语格言来总是很吃力，戴维思忖着洛厄尔教授是不是能体谅到自己的这点苦衷。他希望她能体谅，也很希望告诉她关于那条狗的故事，但是戴维没有这样做。而是继续说道，“也许是记者们报道失实。”

“我也希望是这样，”苏珊说，“一旦你从家里人那边听到什么消息，请转告我，好吗？”

戴维满心欢愉地接受了洛厄尔教授布置给自己的这个任务，虽然他并不认为能从家里那边得到什么消息。但是，没有消息不要紧，关键是他和洛厄尔教授的关系又近了一步。在那条通往成功的路上，他又前进了一步。

14

是夜，月光幽暗，却星光熠熠，照亮了提克脚下这片早已风干的泥土地。他跨过脚下一道又一道裂痕，听到了手机接通的提示音。

但查理·阿特沃特的电话无人应答，被直接转到了语音信箱。

“嗨，查理，我是提克。我碰见了你的一位老朋友，我们再联络吧。”他一定会回我电话的。

提克从来不会任由电话在一旁响着不去接听，也总是第一时间就回复电子邮箱和语音信箱里的新信息。每一个认识提克的人都觉得这是忠诚的一种体现，所以大家很乐意和提克交朋友。在大学里，提克目睹了太多发生在情侣、朋友或是室友之间的唇枪舌战，最终往往都是不欢而散。但是，提克从来没有和他的朋友们翻过脸。查理·阿特沃特和杰克逊·奥利弗经常会谈论起坡斯廉俱乐部的每个人，当他们提起提克的时候，总是很欣赏他的忠诚。有时候，也会提到他说话的方式，他的措辞习惯。

“有点怪怪的。”查理曾经对杰克逊说。

“像个老古董。”杰克逊接过话来。

虽然这样形容提克不太恰当，但是杰克逊也想不出更好的词来了。尽管平时提克总是寡言少语的，但是碰上在俱乐部、酒吧或是室友之间没完没了的瞎扯闲谈时，他偶尔也会冷不丁地插上几句让人摸不着头脑的话。就像这会儿他站在村子里自己的丰田车旁，目光所及之处尽是一片残砖破瓦。等他再回到学校在代达罗斯酒吧和朋友喝上一杯的时候，他可能也会把自己现在的所思所想说给大家听的。

老天爷，我竟然对现在的状况一无所知。

在布莱克福德的部队匆匆离开之后，提克开车沿着河岸顺流而下行驶了约半英里，停在了几块磐石的后面——天然的掩护。他一边计划着如何才能在天亮之前离开这里，一边透过夜视望远镜观察着眼前这个村子。除了凌乱的尸体，他什么都没发现。

提克放下望远镜，点燃了一支香烟，任思绪不停地翻涌。人的思想就是如此奇妙，可以瞬间钻入你的脑中，又无声无息地溜走。提克觉得这里血腥破败的下场似乎和他做的每一个决定都有关系。他不敢多想，还是得沿岸逆流而上。

沿途的河岸上，茅屋的木板被炸得七零八落，有一片就像标枪一样深深地插进泥土里。解构理论——伴随着我一生的教育。

提克再次望向天空，望远镜头里的满天繁星好似一块巨型绿色帆布上被戳了无数个针孔。一直以来我们所接受的教育都要求我们学会批判性地思考。

就在这个时候，提克的手机响了起来，电话那边传来了查理·阿特沃特久违的声音。提克从车边走开，望着无尽的夜色里满目疮痍的村庄，开始和他寒暄。阿特沃特不知道提克这会儿在哪儿，但他的话题永远离不开身边的姑娘。他告诉提克不久前在纽约的一个派对上，看见了那位正在读博士的英格兰可人小妞艾米。

一阵嬉笑之后，查理终于问道，“你打电话说碰见了我的一个老朋友？”这会儿，他正坐在国会大厦门前的石阶上偷空吃着午餐。查理刚换了一份新工作，帮一家石油公司做说客，整日游走在国会议员之间。现在看来，当初国防部的那份工作并没有想象中有意思。现在的阿特沃特在享受每天觥筹交错的生活之余，偶尔也会抽空一边嚼着三明治，一边绕着国会大厦散步——一定得是培根、生菜夹番茄口味儿的。这会儿他正享受着这难得的空闲。

“你碰见谁了？”阿特沃特咬了一大口培根问道。

“你还记得一个叫布莱克福德的人吗？”

突然，电话那边异常的安静。

“查理？在吗？”提克问道。

“你在哪儿碰见他的？”

这里面一定有蹊跷。对，有蹊跷。

“就在一个酒吧里。他看起来是个挺机灵的家伙，当时他有点喝醉了。听到我说来自哈佛的时候，他跟我说认识你。呵呵，我想问问你知不知道他的联系方式，这家伙把波士顿红袜子队的棒球帽忘在酒吧里了。”

“其实，我不太记得还认识这样一个人。只是听着名字有点耳熟。对不起，我也帮不了你。还有，我得赶紧挂电话了，还有很多事情要做呢。”

真是突然。

“好吧，”提克说，“回国后，咱们再聚聚，到时候找你喝两杯。”

查理·阿特沃特一听有酒喝就又精神倍增，两个人约好下次到纽约的时候一起出来叙叙旧。

挂了电话，提克静静地坐着，凝望着星空，陷入了沉思。他暂时还不想睡觉，索性拿出手机看起了新闻，谁知竟意外地发现网上有一篇报道是关于哈塔西在非洲为非作歹进行大屠杀的消息，更让他感到莫名其妙的是，国家情报总监米切尔·哈里森竟然还在第一时间就此事发表声明宣告哈塔西有罪。

浏览完整篇报道，提克知道这下是怎么也睡不着了。他心里暗想，其实看到那些孩子的尸体时，就该料到这一切了。

15

一阵急促的敲门声把戴维从酣睡中惊醒。他刚刚正在埋头苦读英国哲学家约翰·斯图亚特·穆勒的《论自由》，不知不觉间趴在桌子上睡着了。戴维开门，看到简斜倚着门框站着。今天，她穿了件条纹T恤，搭配了一条牛仔裤。

“我书还没看完呢。”戴维对简说。

“没关系。”

但是，虽然简穿得严严实实，但她仰脸躺在他的床上，头枕着双手望着天花板发呆的样子还是像磁石一样吸引着戴维，令他无法集中注意力。简感觉到戴维起身朝自己走了过来，忍不住咯咯笑出了声，但目光还是没有从天花板上挪开。

一番缠绵过后，戴维拥着简躺在床上，望着窗外。

“你真的该买张双人床了。”简说。

“我觉得不需要，”戴维接着问道，“你说我有可能加入坡斯廉俱乐部吗？”

简起身下床，走到窗边点燃了一支香烟，望着窗外无边的夜色。

“可能没戏。”简说。

“为什么？”

简似乎不打算解释什么,这燃起了戴维的怒火，并且令他下定决心要挺进坡斯廉。此时，一阵秋风吹拂在戴维脸上，他轻轻闭上了眼睛。微风中树叶潮湿的气息，和着枕边简的体香，掺杂着窗边飘来的烟味儿一起刺激着他的嗅觉。以前在家的时候，戴维很少能闻到香烟的味道，因为那里的人们买不起烟，抽的都是烟袋，或者烟瘾上来时嚼两口阿拉伯茶。不过，他自己从来不抽烟。这时，戴维又想起刚才的对话，简确实欠他一个解释。

“我有没有告诉你要去肯尼亚的事情？”简依旧面对着窗外。

“没有。”当然没有。

“这是人类学教授派给我的任务，去内罗毕参加学术会议，”简说。

她是要一直等到喝醉了才来告诉我吗?

“现在还不太确定收到邀请函没有，但是不管有没有邀请函，我都要去那边待上几个星期。我已经跟父母商量过了——正好他们一直都在计划去非洲进行一次狩猎旅行，所以这次我是去定了。”

“那你不用上课了吗？”

“不用，这场会议妙就妙在这里——不耽误学习的同时还能度个假。”

“去那边做什么？”她一定好几个月前就知道这件事了。

“为研究报告搜集些材料，再作个对比。”简笑了起来，“谁知道呢。不过这又不是逃学，对吧？”

简告诉戴维这个消息的方式令他十分窝火。他试着在心里安慰自己，简会这样完全是因为她在家里被宠坏了，但实际上，戴维还是很希望简能向他道歉——为她迟迟不告诉自己这个消息，为她总是不让戴维走进她的生活。想到这里，戴维又把简按在了床上——只有在床上，她才会听话一点。这一次，激情并没有持续很久，戴维几乎是带着怒火进入了简的身体。虽然颇感意外，但简还是拱起了自己的身子迎合着戴维。但这只让戴维感受到了短暂的快乐，随之而来的又是无尽的烦忧。

平静了一会儿，简跟戴维聊起了哈塔西的那篇新闻。

“肯定是哪里出了问题，”戴维敷衍简说，他现在根本不想谈论这个话题。

“我可不这样认为，”简反驳道，“而且你知道吗，我觉得那位令你着迷的小情人儿，洛厄尔教授，没准儿要遇到大麻烦了。传言说普利策评委会的人会重审她那本书，到时候说不定连奖杯都保不住了。校报已经安排我来做一个专题了。”

“我倒是觉得你可以把去肯尼亚的工作休假写成一篇专题。”戴维不想再听下去，翻了个身背对着简。

“说不定喔。”

窗外，一些期末俱乐部的会员们正在对唱歌曲。

"听起来像是在玩打仗游戏哩。"黑暗里，简轻声说。

16

简和戴维听到的唱歌声就来自讽刺文学社外面的台阶上。卢卡斯和威利正坐在那里一杯接一杯地开怀对饮，他们的嗓子已经唱哑了，脑袋也还没有从昨夜廉价啤酒带来的痛楚中清醒过来，但这并不影响他们继续饮酒作乐。卢卡斯这会儿正思索着如果他有一把乌兹冲锋枪[①]的话，没准儿他敢把前面那辆红色吉普给打爆了，就像这样"砰——砰——砰——嘣！"在如此舒适安逸的夜晚，他一边漫无边际地胡思乱想着，一边挥舞着手里那杯美格波本姜汁威士忌。不过，卢卡斯可不是想造成什么流血事件，他只是喜欢恶作剧，外加抽更多的大麻。

"这到底是怎么回事？"卢卡斯突然问身边的威利，"我们这些白人哥们儿磕了药之后怎么就控制不住地想学黑鬼说话？"卢卡斯颇有城府，一副大腹便便、肥头大耳的样子，而且有一些脱发——在校园里是出了名的喜欢拈花惹草。他的朋友威利，整日精力充沛但有点神经兮兮的，是个瘦骨嶙峋的高个子——校园里有趣的酒鬼。瘾君子一个。

①Uzi：乌兹冲锋枪。以色列军事工业的一种轻型冲锋枪，由乌兹·盖尔（Uziel Gal）于1948年设计。

“黑鬼！在哪里？”威利在一旁兴奋地大呼小叫。

他们两个今晚都穿着晚礼服。

“我已经很努力在克制自己了，模仿别人的滋味可真不好受。”

“1万个，”威利一边数着指头一边说道，“我敢打保票，那天下午我们在游戏里用马克沁机枪一共干掉了这个数的搞怪舞男。”

“我们去走走吧。”卢卡斯对威利说。他们把手中的威士忌放在了讽刺文学社门前的台阶上，沿着芒特奥本街漫无目的地闲逛。不管他们走到哪儿，总有人大老远就冲他们打招呼。不过，两人在校园里的这点儿名气全都拜他们一天到晚不离身的晚礼服所赐。这时，卢卡斯有一点饿了，他说，“去连锁煎饼屋吃点东西吧？”

“伙计，太远了吧，我们可是步行啊。”

“那去吃墨西哥卷饼吧，让卷饼把我们变成‘真男人’！”

于是，他们一起走进了菲利普餐厅，虽然廉价但供应正宗的墨西哥卷饼。餐厅土黄色的墙面令人想起了新墨西哥州首府圣达菲的土坯房，喇叭里播放的是墨西哥音乐。点餐台后面站着一排服务生，六男四女，清一色的西班牙裔。柜台两边各排起了一条长龙，两人也尾随其后。排在他们前面的是威尔伯，共产主义者，校园里有名的政治活动家。

“卢卡斯，怎么在这儿碰见你了！”威尔伯又奉上了洛杉矶式的问候，先握手，再互撞对方的后背。

“想吃墨西哥菜了。”话刚出口，卢卡斯就发觉今天晚上自己确实喝高了，大麻也抽的不少。

“好主意，小伙子。”威尔伯边说边把腋下夹着的一卷报纸抽出来换到另一边。

“这家伙长得跟一个披着黑皮的蛤蟆一样。”威利小声对卢卡斯嘀咕。

威尔伯身材短小，墨西哥人和白人混血，剃着光头，下巴上蓄着一撮山羊胡。进哈佛之前，他一直都待在加州的威尼斯海滩。上高中的时候，威尔伯经常在海滨露天长廊的木板上踩滑板，抱着四十盎司的廉价啤酒喝个烂醉。后来，他和一帮朋友们常常跟一个信奉托洛茨基主义和列宁主义的毒品贩子阿奇一起厮混。阿奇总是穿一条花花绿绿的滑板短裤，外面再套一件防尘白外套。受阿奇的影响，威尔伯开始沉迷于政治。他当年作为一个费尔巴哈唯物主义者竞选洛杉矶市议会十二区席位的经历，着实令哈佛的招生办官员另眼相看。那一次议员选举，威尔伯得到了500多张选票，不过，很多都出自未登记选民之手，比如当地的老犹太人、花匠和女佣，还有一些海滩上玩速滑的哥们儿。威尔伯在投票那天用渡船把他们从海滨一路送到了投票站。

“你拿的什么报纸，威尔伯？”卢卡斯问他。

“来一份墨西哥烤全鸡，”威尔伯正冲服务生大声吆喝着，周围一片嘈杂，他不得不提高分贝，“啊，这是波士顿一家信奉列宁主义的基层政党组织新办的报纸，叫《波士顿行动报》。一群业余人士，不过看得很来劲，呵呵。”

威利把整个身子都压在柜台上，冲着面前的服务生说：“来一份墨西哥鸡肉卷。”然后，他开始目不转睛地盯着他们配料。那位服务生先是把一张大大的玉米软饼扔上了烤架，关上了烤炉。炉门再打开时饼就烤好了。接着，那人把饼递给了站在案板前的一位伙计，这个伙计问威利“要不要米饭和豆子？”，威利马上应道“都要”。于是，伙计熟练地舀了一勺豆子饭甩在圆饼上，又依次放了酸奶油、墨西哥鲜番茄沙沙酱和牛油果酱。然后，他把圆饼卷了起来递给了下一位操作工。这位操作工在鸡肉卷外面包了一层锡箔纸，接着用西班牙语告诉了那个收银员姑娘餐品的名字。那个姑娘看了一眼威利，问他要喝点什么。威利点了一杯柠檬水，很快就被另一个小工送了过来。熟练的流水线作业让威利觉得在这里干活也是一件乐事。

“喂，我一直想问你们两个家伙一个问题。”威尔伯说着依依不舍地把目光从那个漂亮的收银姑娘身上收回来，她叫玛利亚，威尔伯总为了看她两眼每天都来这里吃上一个卷饼。“为什么你们总是穿着这样的晚礼服？”

“为了欺压群众，”威利接过话来，“为了镇压无产阶级，把他们踩在我们手工订制的鞋跟下面，永远不得翻身。他们追求自由的实践充满了拙劣的构想，就让他们在我们的传统礼教压迫下窒息死去吧。”

卢卡斯有些紧张地盯着威尔伯，他担心威利的话有些太过火了。卢卡斯曾经在校园里目睹过威尔伯冲人咆哮，甚至一路穷追不舍，口出狂言。威尔伯的盛名就是这么传出来的。

“哟，噢！”威尔伯大叫，假装被威利一脚踩中了命根子。“脚法真准，直捣黄龙。”

谢天谢地，在哈佛，一切都是这么有趣。

17

在提克带着那笔钱北上的前一年里，他一直都致力于哈塔西的专案。六个月前，他去了一趟卢旺达首都基加利，肩负着两个任务：为动物保护基金会寻访维龙加国家公园里的银背大猩猩；然后去见一位以色列籍的军火贩卖商，名叫玛琳娜·莱维。从哈塔西反抗运动伊始，这个女人就一直向他出售AK-47步枪、霍克防空导弹以及155毫米口径迫击炮。究竟这个女人除了谋利之外还有无其他动机，正是提克此行的重要目的。如果她只是单纯为了盈利，那么提克会代表美国政府向她保证不再对其军火生意进行干涉。玛琳娜的小组织曾经和中情局有过生意上的往来，她对中情局特工此行的目的心知肚明，所以答应了这次会面。不过，这次的两个任务对提克来说都没有什么压力。

在一个阳光明媚的午后，提克在米勒科林斯酒店见到了玛琳娜。泳池边的一块树荫下，她坐在一张餐桌旁，身穿一件白底蓝色圆点的细棉布连衣裙。整个早上，她都穿着比基尼在旁边的泳池里游泳，脑子里塞满了宗教问题，根本没把下午的这次会面放在心上。毕竟，这只是例行公事而已。前不久，她在伦敦希斯罗机场无意中看到一本畅销书，作者在书中把宗教信仰当做流行病理学来分析，而且视其为当今人类面临的最严峻的问题。玛琳娜从小在以色列海法港口的一个基布兹合作农场长大，幼年的记忆被犹太复国主义蒙上了一层阴影，所以她非常认同作者的观点，但仍抑制不住心中的疑惑：一是作者的观点为什么听起来这样顺理成章，容易接受；二是为何作者的很多想法都和她近十年前为以色列国防军工作时的想法如出一辙。这本书的作者是美国常春藤大学联盟里的一位非常著名的神经科学教授。浏览完全书，玛琳娜感到愈加苦恼。受作者影响，她内心对宗教组织的反感已经达到了一种空前强烈的地步。她希望自己不信神、不信教的观念能够继续成熟酝酿，历经时光的积淀，最终发酵成一瓶香醇的波尔多红酒。

提克的出现给了玛琳娜一个不小的惊喜。这个男孩儿彬彬有礼，身穿卡其布套装，十分得体——跟之前中情局派来的那帮大老粗完全不同。以往与别人会面时，玛琳娜总是最年轻的那一个，但这次的约见对象居然比她还要年轻。提克落座后，他们点了两份苏打水。

“你在哪里住？”提克问她。

“反正不在这儿。”

“你见过这里的大猩猩吗？”

“我来这里只是谈生意的。”玛琳娜答道。

提克从玛琳娜的回答中嗅出一丝不友善，但是他并没有就此放弃这个话题，他向她讲起在那蜿蜒绵亘，火山沉寂的维龙加山脉，郁郁葱葱的青绿间隐藏着怎样摄人的美丽。提克告诉她，在那里还有一位能和大猩猩说话的人，他叫弗朗索瓦。后来，记者迪亚纳·福西走进了这座大山，与老弗朗索瓦相遇，他发掘了老弗朗索瓦身上这个沉寂了数十载的惊人天赋，并将它公诸于世。当老弗朗索瓦还是个年轻小伙子的时候，就从来不害怕接近那些大猩猩们，并且能根据气味识别出它们。当他走近它们时，也时常会被那些顽皮的大猩猩们“偷袭”。看到猩猩们吃些什么植物，弗朗索瓦都会去尝一尝，以便了解它们的喜好。以至于到后来，弗朗索瓦对他认识的每一位猩猩的生活习性都了如指掌。福西也因为报道了弗朗索瓦的故事而一举成名。短短二十分钟，提克将玛琳娜领入了一个奇妙的世界，不知不觉间玛琳娜惊奇地发现自己已经被眼前这位俊朗的青年深深吸引。更让她出乎意料的是，听完整个故事，她竟然真的有种要去看看大猩猩的冲动。两杯苏打水饮毕，他们发现彼此竟然还有很多的共同语言。比如，他们在学校里都曾参加过田径队；在家里，他们都有年幼的弟弟妹妹要照顾。不仅如此，他们还都很喜欢巴黎罗丹博物馆旁边的一家旅馆，那里的大厅挂着一张很旧的地图。而且，只要是在巴黎，玛琳娜和提克都会选择住在那家旅馆，玛琳娜甚至还记得前台服务小姐的生日。

最后，玛琳娜谈起了她的工作。她向提克保证自己和伙计们做生意仅仅是为了钱。如此一来，提克也向她承诺，美国政府是不会干涉她生意上的往来的。

“那就太好了，”玛琳娜说，“你一定很忙吧，在世界各地洒下自由的种子。”说着，她开始有意无意地向提克卖弄风情。

“哈塔西是一个好人。”提克说道。

“也许是吧，”玛琳娜接着说，“那么，你是一个好人吗？”

“如果你要度假，会去哪里？”提克避开了她的问题，“刚才你不是说来这里只是谈生意吗？”

“去迈阿密。”

那天下午，当提克和玛琳娜一起走进她的卧房时，他觉得在某种程度上，也许这也是服从命令的另一种体现。

18

一场阴冷的毛毛细雨赶走了秋夜原本的温暖，戴维穿着T恤短裤走在马路上，路两旁亚当斯宿舍楼和谢伊酒吧附近站着几个流浪汉。其中一个，站在7-11便利店的门口假装和人比赛拳击，接着，振臂高呼欢庆自己的胜利。在波士顿剑桥城里，戴维没有施舍过这些人一分钱。

戴维急着要去见简，所以路旁的“冠军秀”并未吸引他的目光。下午的政治经济学课上，戴维坐在教室的第一排，简的身影在脑海里掠过时，他的心突然抽痛了一下。一想到她唇齿间令他迷恋的烟草味道，戴维心里的那份痛楚就更加强烈，久久无法释怀。其实，他可以为简做任何事情,因为一直以来，简都在支持他，信任他。那天听到简要远行的消息，他真的不应该那么恼火。在戴维眼里，简虽然有时候有点反复无常，有点爱耍小脾气，但是，她并没有做错过什么，而且她选择了和戴维在一起。从这点看，她正跟随戴维一起前行。

简的脾性在去年春天初遇她时戴维就已十分清楚。那时，简和其他几位朋友经常懒洋洋地躺在霍尔沃新生宿舍楼前的草坪上晒太阳。大家似乎都非常热衷于这种聚众休闲的方式，每次的准备工作都毫不含糊。简的朋友们甚至还布置了草坪家具。其中一个名叫马文的人，有几次还带了一个迷你游泳池来，直到他们把那个玩意儿用坏了才丢掉。简曾经以为自己会和马文在一起，直到有一天，他们两个人在看法国导演戈达尔的电影时，这个家伙居然要求简为他口交。从那以后，简彻底打消了把他当作理想伴侣的念头。慵懒的日子里常会有人带着吉他来草坪上弹奏几曲，大家也并不那么反感，有时还会觉得有那么一丝惬意。有时候，那个来自斯托顿的家伙会带着他的萨克斯风来到草坪边跃跃欲试，不过，总会招致大家怒目相向。霍尔沃宿舍楼前草坪上的聚会是在那年春天开始的，他们这个小团体尽情享受着生活，尽管小圈子里的感情剪不断理还乱，尽管有时候他们也会争吵闹翻了天，但是他们的友谊还是经受住了哈佛第一个冬天的考验。

当简把戴维介绍给她的小圈子时，身边的好姐妹们都向她投去了艳羡的目光。没错，戴维高大俊朗，而且来自非洲。单凭这一点，就足以羡煞旁人。于是，关于黑人那话儿的笑话就在简的朋友间传了个遍。但是大家并无恶意，因为戴维和这里的每个人都相处得非常融洽。简和戴维也成了他们这个年级的第一对恋人。在和煦的春风里，两人最乐意做的就是躺在哈佛葱郁的草坪上，戴维背靠着一棵树，简则依偎在他的腿上，感受着裙下小草的柔软，任戴维的手指在她发间徜徉。

刚一踏入谢伊酒吧拥挤的庭院，戴维就听到了简清亮的嗓音在热闹的酒吧上空回旋。她正被一群男生簇拥着高谈阔论，这其中还有她以前的追求者马文——但这对戴维来说早已见怪不怪了。

谢伊酒吧是简最喜欢的一间酒吧，不光因为她可以在这里吸烟，还因为它就位于肯尼迪政府学院及其下属的政策研究所的对面。露天庭院地势较低，塞满了大把来这里吸烟的学生和当地人。简总能在这里撞见很多熟人，对于她来说，在这个地方会朋友是再好不过了。

"如果你不是土生土长，就肯定体会不到这地方的游戏规则。"简说。

"你是说在哈佛吗？"

"不是，我指的是像纽约、华盛顿这样金钱至上的地方。想必你也知道，像私立预科学校这种东西，都是靠钱堆出来的。在这种地方长大的孩子对此都深有体会。因为，人有钱的时候，可以体味简朴的生活；但是一个穷光蛋，是无论如何也无福享受有钱的舒服日子的。"

戴维紧挨着简坐着，但注意力并不在他们的谈话上，而是望着街那边的肯尼迪政府学院。一大队黑色越野车一字排将开将整个学院侧门给围了起来。简望着身边的戴维，满眼笑意。对简来说，戴维这副置身事外的样子比任何时候都要迷人。

"那边是怎么回事？"戴维问道。

马文解释说，"前特使——兼国会议员米切尔·哈里森来了，刚刚走马上任的情报机构总头子，总统候选人里的大热门。"马文是肯尼迪学院政府系的学生，今天他穿着一件印有"碾核乐队"的T恤衫，外面罩着件毛呢休闲西服，鼻梁上架着一副浅色的方框眼镜。像身边很多的朋友一样，马文从不压抑自己内心残酷的政治野心，但说话时却是一副无比谦和的态度。

"他来做未来的总统？我就知道，我完全被他迷倒了。不过怎么没听他提起过自己曾在越南战场上担任战斗机飞行员呢？还在河内关押美军军官的战俘营里呆过？"马文继续说着，"是不是忘了告诉人们他与某个德克萨斯州议员一起，曾经是如何地推波助澜，搞出阿富汗战争呢？在情报界的时候，又干了什么勾当？一个尊崇‘不自由，毋宁死’的民主党人？”

“我讨厌自由主义者。”简说。

“我那傻瓜妹妹曾经在他的竞选团队工作过，”马文接着说，“最荒唐的是，现如今她居然在苏富比拍卖行找了份工作，而且马上要嫁人了，而我却还不能靠自己的双手谋个生计——除了给老二解解压。”

马文一番话引得周围的朋友和室友一阵哄笑，也招来了不少白眼。

“喂，你指甲缝里还有没擦净的舒洁纸末呢，”简揶揄道。看到马文立刻盯着自己右手食指和拇指的紧张模样，大家更是乐得前仰后合。

戴维注意到一位穿着细条纹套装的年轻女人从一辆越野车的后座抱出来一个硬纸盒，然后向侧门走去。盒子似乎很重，那个女人一边费力地抱着盒子，一边还讲着电话。令戴维不解的是，为什么站在车子旁边的司机不帮她一把。

“哈里森在发表演讲吗？”戴维问道。

“十五分钟后在肯院的政研所里。”马文略带嘲讽地吐出了这两个机构的简称。

“我们能进去听吗？”

“我有这个打算，但你看，离这里太远咯！”马文抓起了他的啤酒，装模作样地指着对面的街道说。

简捕捉到了戴维一脸无趣的神色，说道，“好啦！我反正要去听听。我还得写新闻，没准儿那家伙能提一些非洲的情况。”说完，她掐灭了香烟，把一张20美元的钞票扔在桌子上，挽着戴维离开了。

当他俩穿过肯尼迪街走向政府学院时，简看到了十几个抗议者：几名来自剑桥城郊区的中年人，还有几个留着长头发的热衷政治的年轻人。这些抗议者挥舞着手中的牌子，公开谴责美国政府这个最大的恐怖分子。其中一个牌子上面印着“哈里森=杀人犯”。一位秃顶的抗议者，穿着狩猎背心向过往的人们散发着传单，上面清晰地勾勒出一个世界范围内的犹太复国主义阴谋。他嘴里还不停地喊着“我，也是犹太人！”。可是，并没有人愿为这些抗议的人们驻足。只有两三个穿着黄色雨衣的警察在附近来回踱着步子。

哈里森的这场演讲需要凭票入场，不过把门的伙计和简相熟。这个打着蝴蝶领结的小男孩偷偷塞给了简两张票，小声告诉他们，“日后再补偿吧。”

公开演讲选在一家多层剧院里举行。一时间，这位著名政治人物的到来，给这家剧院带来了不同于以往的怪异气息——名望、质疑以及疲乏的期待混杂在一起。记者席上挤满了来自《克里姆森报》、《独立报》、《哈佛沉默》、《哈佛政治评论》以及《十五分钟》等校内外媒体的摄影师们，他们早早地从办公室下了班，拎着市值2000美元的尼康相机来到这里，竞相拍照。唯独来自《波士顿环球报》的那位大腹便便、胡子拉碴的摄影记者与众不同，他独自跪在中间的过道上。因为之前他负责的与剑桥城相关的图片报道，都没有胜过他们的竞争对手《先驱报》，所以这一次他决定吃点苦头，希望能够出其不意。

哈佛政治研究所里那些民主党和共和党的成员们就坐在前排正中，不论男女都身着深色毛呢西服，其他学院的同学爱把他们叫做“严肃的男女青年”，不过他们自己对这个称呼倒并不介意。这场演讲就是他们的盛会，这里就是他们的舞台，他们都期待着结束后一起去酒吧狂欢，一边狂饮廉价啤酒，一边聊它个酣畅淋漓。哈佛民主俱乐部和哈佛共和党人俱乐部这两个多种族团体，也一改平日的牛仔装束，身着统一的卡其色的棉布裤，分别坐在剧院第二层的两侧——这是他们的老位置了。黑人男子论坛的会员们聚集在第三层，全都穿着贴身剪裁的套装。会员们每逢周五必须身着套装，这个1973年初建论坛时的规矩一直延续到现在。站在拥挤的人群中，人高马大的戴维看着自己身上随意的T恤，感到有些局促不安。

戴维注意到讲台台阶两侧站着两个身着深色套装的情报人员。他们的低调跟戴维记忆中索马里国家安全部队警员的形象形成鲜明对比。那些安全部队的人似乎特别钟情自己的制服，总是不厌其烦地在上面挂满各种奖章和荣誉勋章。但是，在今天这场演讲会上，戴维看到的唯一一枚勋章还是一位年轻的共和党人在他西服的翻领上佩戴的美国国旗。

“我怀疑今天晚上可能会在这里碰到什么怪人。”戴维身边一个政治研究所的学员说。

这时，简指着前排座位对戴维说，“看，你的小情人教授。”

苏珊·洛厄尔坐在第二排，是那一排里唯一一名女性。拉齐坐在她的左边，腿上放着一台笔记本电脑。

历史系主任亨利·罗斯站在讲台上开始向大家介绍总监哈里森，他在耶鲁大学认识的一位老朋友——接着，他又称赞总监哈里森是一位爱国者和享有盛名的外交官。哈里森走上讲台时，观众席上响起了礼貌的掌声。

苏珊对着拉齐小声嘀咕，“我真没发现他们还是老朋友。”

“他们是一块儿长大的，在纽约第五大道住同一栋楼。”拉齐转过头，望着苏珊纤长的睫毛，对她耳语道，“以前，两人经常指挥着自己的私家车让司机在圣伯纳德街上赛车。”

总监哈里森是个秃顶，国字脸，面色暗沉，脸上印着几块老人斑。他微微跛着脚走上了讲台，贴身裁剪的西装上一枚国旗徽章熠熠放光。他拿出了提要卡，刚要开始演讲，目光却捕捉到了人群中一个高大的非洲青年。尽管他不迷信，但这个身影还是令他有些心神不安。

确切地讲，今天演讲的主要话题都跟戴维的家乡有关。总监哈里森认为之前那些关于侵犯人权的报道合情合理，但是不论是他个人还是整个情报部门，都一致认为阿尔·卡提卜的索马里政府正在着手进行一次严肃的改革，希望稳定政局。索马里国家安全部队并不是一个犯罪组织，而且在他看来，这次事件恰恰可以当作媒体大肆渲染、夸大事实以致损害到各方面利益的一个典型来对待。

听到这里，拥挤的观众席发出一阵窃窃私语，因为哈里森今天所讲的内容几乎前所未闻。政治研究所的学员们也异常兴奋，因为他们第一时间掌握的消息明天就会变成国内各大新闻媒体的头条。紧接着，哈里森向大家详述了索马里国家安全部队是如何在反恐战争中作为同盟国发挥作用的，“我们要以哈塔西的大屠杀为戒，认识到必须相信一个稳固的政府，而不是那些街头黑帮或者那些期望在混乱中发家的所谓的解放者们。”演讲的结尾，哈里森将他所描绘的索马里现状称之为“一个令人担忧的事实”。

“怎么会这样，”简冲戴维说，“这和每一家媒体以及非政府组织描述的完全不是一个样子。他怎么可以这样说呢？”她随手在鼹鼠皮记事本上打了几个大大的问号。目睹一位有权有势的成年男子当众说着一连串的谎话，戴维心中有种异样的感觉。

苏珊·洛厄尔和拉齐交换了一下疑惑的眼神。一直以来，美国政府对待索马里政府强硬的态度——一项众人称赞的外事政策，突然在刚才，彻底转了个弯。

“他完全颠覆了我们的认识。明天维基百科上就会有新条目了。”拉齐说道。

“你说什么？”苏珊虽然没有听清楚拉齐刚才的话，但是，她也能猜个八九不离十。只是，她不清楚自己的那本书到底起到了多大作用。

哈塔西的大屠杀。

19

黎明将至。提克在沿原路返回的途中发射了一颗信号弹。他明白自己这个举动有多么疯狂，因为周遭视线所及之处，只见黑压压的灌木丛。说不定，数英里外，匍匐在一棵树上的一个索马里土匪透过抢来的尼康望远镜头捕获到了这个信号。或许，就像古老的金合欢树的传说中讲的那样，村子里遇难的孩子们的亡灵正栖息在树丛中，没准儿会注意到这个信号。再或者，那些不知道隶属于哪里的准军事部队的人，在亚的斯亚贝巴畅饮圣乔治啤酒之时，可能会留意到这儿的信号。

目前看来，这次出行真是非常的不顺。在离开那个村子之前，他已经用加密手机向上司伦特作了汇报。当时，电话那头的伦特听起来很古怪，二话不说立即启动了卫星定位系统。他告诉提克自己还会打过来，但却迟迟没有音讯。所以，提克决定驾车返回内罗毕。一路上，一幕幕过往的景象不停地在他脑海翻滚，思绪却依然一片混乱。好像炸弹激起的浊水被灌进了脑袋，没有一点头绪。每一个村民都拼死搏杀，手中的武器像是突然从地底下冒出来的一般。但是他们还未来得及有机会反抗，就落了个横尸遍野的下场。

这样的思考很痛苦，不过我喜欢。

提克的脑子被这些念头塞得满满的，忽略了脚下的路况，他的“陆地巡洋舰”突然倒向了一边，卡在了一个狭窄的排水沟里。提克只好下车查看，却发现这里是他来时小心绕行的路段。太不小心了。此时，天已大亮，攀升的气温把路面烤得异常炙热。他必须想办法从这种困境中解脱出来，倒车，再打个方向。但耳边总有一个细小的声音像蚊子一般嗡嗡扰个不休，他想努力将之逐出脑海，但声音却越钻越深。这个声音告诉他，这是一次美国的军事行动。

倒车，换档，前进，再倒车，提克试着小心地把车移出排水沟。太阳升得更高了，扬起的灰尘像水蒸气一般从路面袅袅升起，悬浮在空中。倒车，换档，前进，再倒车，他再一次尝试。该死的“陆地巡洋舰”依旧纹丝不动。提克暗暗责备自己太过大意。他熄掉引擎，盯着挡风玻璃前方烈日下空荡荡的马路，然后，打开了手套箱，拿出了那个他从村子里带出来的印有“哈佛”校徽的马克杯，在手中把玩起来。

提克又想起了那个芬达易拉罐碎片，锋利如刀片。如果不能成功脱逃，他一定会被当场处决。真该死，哈塔西那个侄子的身影像是被深深地烙入提克的血液里一样。他不由得思索着，自己十三岁那年会不会像这个小男孩一样如此拼命搏斗。

提克从车里走了出来，站在马路上伸了伸腿，想让头脑清醒一下。他知道自己一定会想出办法把车弄出来的。他站在泥泞的路边，低下头看着自己的鞋子。以前，提克从来没有感到内疚过；可是现在，不知道为什么，他竟然会有这种感觉。虽然，这一切并不是他的错。

这时，他的手机响了。

"哪位？"

"去奈瓦沙机场，"电话那边伦特说道，"那儿有一架飞机在等你。"

还没等提克回话，电话已经被挂断了。

20

演讲会结束后，简和戴维朝楼上走去。简的手机没有开通上网功能，所以她想用公用电脑查看一下邮件。在路过剧院二层座位附近时，他们停下了脚步。楼下，哈里森总监正在跟与会人员逐一握手，随行人员围成一个圈站在他身后。《克里姆森报》的一位同事也在人群中，一副跃跃欲试的样子，准备见缝插针给总监提一个问题。太好了，简心想，回去可以看看他的记录。

她和戴维继续往剧院第三层走去，正巧看到威尔伯阴着脸斜倚在这层的围栏上。他不停地摇着头，眉头紧蹙。简伸出手，轻轻地拍了拍威尔伯亮堂堂的脑门，好像在摸那些被游人摸得锃亮的雕塑一样，摸了就能带来好运气。

“嘿，‘黄龙先生’，”简学着威尔伯说话的样子，“这是怎么了？”

“如果有一天我们无缘无故就被投到监狱里去，我们的通话无时无刻不被监听，”威尔伯忿忿地说，“一旦到了那个时候，听天由命吧，所有人都会祈祷‘脸谱’社交网站这最后的一片‘自由之地’千万不要被卖给国务院！”

“就为这点事儿犯得着这么生气吗？”简问他。

“去你妈的！”威尔伯回骂了一句。

“喂！”戴维插嘴，试图缓和气氛。

“去你妈的街头青年。”威尔伯撂下最后一句，然后把上衣的帽子罩在头上，双手往兜里一揣，走掉了。

“他说什么？什么街头青年？”

简看了看戴维，冲威尔伯离去的方向翻了个白眼。“天知道，他这会儿肯定是回宿舍，继续读着小说探索宇宙的奥妙去了。”

简查看邮件的时候，戴维在一边思索着哈里森发表那一通言论的原因。美国媒体并没有对哈塔西的事件进行跟踪报道，按哈里森的说法，他们之前都报道全都是大错特错。但是，这个校园里的大多数学生都很清楚索马里国家安全部队的真面目——恶名昭著的战犯们的集合地。他们的行政部门已经因为明争暗斗而举步维艰；各种派系斗争也愈演愈烈，每个人都忙着在经手石油及其他资源的道路运输时揩一点油满足一己之利。要是有外围派系妄图分一杯羹时，一定会有人把他们干掉——骂他们是牲畜、黑鬼或是恶奴，天生就该是挨饿的命。再或者干脆从中作梗让他们这些外围的几个派系反目成仇。这种混乱贪婪的疯狂行为，正是哈塔西的斗争对象，并在苏珊·洛厄尔书的中得到了披露。这样一个政府自然成了理想主义者泄愤的焦点，甚至连不相干的人士也看不下去了。所以，戴维一想到自己的父亲曾经为追随哈塔西的一名战士缝合伤口，就感到无比骄傲，美国政府也一度谴责国家安全部队的种种行径，可以说和他父亲站在同一阵营。有些人甚至说国家安全部队在进行“种族灭绝”，虽然有些夸张，但戴维想这话也并不言过其实。可是，美国政府的态度为什么突然间大转弯了呢？

“我拿到会议邀请函了，”简高兴地指着电脑屏幕跟戴维说，“我要去肯尼亚啦。”她一把抱住戴维，给了他一个香吻。

好像没有邀请函你就不会去似的。戴维没做声。他还是会为简高兴，他想，毕竟她终于得到了这个工作休假的机会。戴维十分讨厌学校的假期，因为对他来说，回家最便宜的机票也是一笔不小的数目，更别提还要在伦敦希思罗机场呆上十六个小时等待转机了。除了勤工俭学岗位挣来的工资，戴维的父亲每年也会寄钱来帮他分忧，这样他才可以在每年暑假时回家和家人团聚一阵子。但是，戴维的积蓄只能够让他每年奢侈这一次。所以，每到圣诞节的时候，戴维就不得不和其他几个外国留学生一起游荡在清冷空旷的宿舍大楼里，回忆着家里的温馨时光，度日如年。

“这样一来，我必须在出发之前完成那篇新闻报道了。”简马上开始向戴维询问更多关于哈塔西和洛厄尔教授的细节，但是他根本没有用心在听。

再次返乡时，戴维十分风光。他会跟父亲一起，开着那辆老皮卡走街串巷，就像是一个流动诊所。作为一名兽医，戴维的父亲在当地很是受人尊敬，戴维被哈佛大学录取之后更是这样。虽然在乡亲们眼里，哈佛这个名字跟“美国”并没有什么两样。为了帮戴维买返程的飞机票，他的父亲毅然决定加倍努力工作，连最边远地区的那些客户都要去拜访。但戴维父亲却非常喜爱这些客户，戴维也一样。虽然到那里给动物治病根本就无利可赚——因为得到的报酬往往是几只羊——但是戴维的父亲还总是尽力去做。毕竟，那里有自己的亲人。

戴维的曾祖父在青年时期从农村来到镇上，为白人佬工作谋求生计。19世纪90年代正是干旱多发的时期，当时牛瘟横行，世界咖啡市场也濒于崩溃。更糟的是，1899年又爆发了天花疫情。生活在那个年代非常不易。戴维的曾祖父恰好为一个出手阔绰的白人佬管理家务。后来，他靠自己积攒下来的钱买下了一大块耕地。1925年，英国殖民政府宣布实行非洲“土著保留地”政策，戴维的曾祖父意识到不久的将来大批的非洲土著都会被迫回到“保留地”生活，房地产业要比农业更有利可图，于是他精明地卖掉了自己的土地。之后，他不断地收购、倒卖，家产日渐殷实，这样他的儿子——戴维的祖父才可以去首都学习兽医学。同时，他们的家族也终于跻身当地中产阶级的生活圈子。

不过，戴维的曾伯公却一直待在农村老家。现在，他的家族还住在那个小乡村里——他们就是那些住在偏远地区的客户。戴维的父亲总是非常乐意给表兄弟家里的牲畜剔除那些潜伏作恶的蠕虫，有时候还作为座上宾，就着小米制的粟酒,出席他们村子的会议。他当然也知道自己的这些亲戚十分了解哈塔西那些丛林里的斗争，有时还会为勇士们提供庇护，但是他却从未主动去打听，不想城里国家安全部队的人知道后惹上麻烦。但有一次，他正巧在那里碰到一位受伤的哈塔西战士，帮助他取出了大腿里的子弹。

“想想坎巴部落的领袖，斯佑科莫的预言，”在北上去探望亲戚的路上，戴维的父亲向他说道，“这个先知曾说‘我看到他们从水路上来……欲将一条长蛇横亘在国土中央……’这些话到底是什么意思？”

戴维的父亲很喜欢聊些他最近读到的东西，尽管他们住的地方很难看到什么书。戴维一直是一位孝顺的儿子，即便是作为哈佛大学的高材生放假回家的时候，待人接物依然是那么彬彬有礼，温文尔雅。不过，他还是注意到父亲正日渐苍老起来。

“在你眼里，拜访远房亲戚这种事情可能是多此一举，但实际上，这十分重要。预言里还说了，‘那些陌生的白人，白得能够一眼看透他们肚子里的肠子。他们会驻扎在我们的家园，使我们相互分离，然后再糟蹋我们的村落，掠夺我们的财产。’”

戴维猜测着他父亲是从哪里引用的这么一段荒唐的话，却突然想起了哈佛大学的韦德纳图书馆。在那里，一个核心类库图书管理系统会把这段引文按关键字切分成好几部分。比如，它出自哪里？作者的意图是什么？是谁散播的这段引文？引文中掠夺的财产去了哪里？但是，戴维却不知道如何向他父亲解释清楚这一切。他明白，在波士顿，他会接触一些父亲一辈子都没机会接触的事物，但直到这一刻，他才惊觉父子间的差距已然这么大了。

他们把车停靠在溪流边一棵老棕榈树旁。这时，一群孩子们跑过来欢迎他——他们深爱的戴维表兄。戴维从肩膀上卸下登山包，拿出了六七个印有“哈佛”校徽的马克杯，送给小孩子们做玩具。戴维的父亲也为自己留了一个，他把手搭在戴维的肩膀上，“能来拜访我们的远亲真好，不是吗？”

“我希望你能和我一起去，”简说道，“如果能让你带着在当地四处走走的话，那真是太好了。这样一来，我也可以真正了解那个地方了。”

“好啊。”戴维回答简，想象着如何把简介绍给他的父亲。

21

提克回忆起自己第一次来到非洲时的情景。

那个时候，提克和格林两家一起来这里狩猎旅行。他们两家人经常一起外出度假。艾伦·格林先生是提克父亲的一位好朋友，育有三个女儿。而提克一家，恰好是三个兄弟，六个孩子又年龄相仿。当时，提克三兄弟分别在纽约巴克利和埃克塞特私立预科学校上学，格林家的三姐妹则就读于曼哈顿著名的布里尔利私立女校。在提克眼里，格林家的三姐妹个个都亭亭玉立，站在她们身边，自己总是显得异常笨拙。虽然他并不知道三姐妹其实都对自己芳心暗许。

不难想象，这次的狩猎旅行开销会有多么昂贵，但提克的父亲承担了所有的费用。因为，作为外科医生的他刚刚拿到一种心脏起搏器的部分专利权。他们住的每一个帐篷里面都有两个黑人小男孩儿作男仆。每个男仆负责照顾一位宾客，包括每天晚上提前在被窝里放好热水袋，每天早晨负责叫醒客人，并用银质的托盘送上甜味的硬饼干、咖啡或者早茶，另外还做一些其它的杂活。提克打心眼里认为这种服务是不公平的——在这个世界上，怎会有一个公民去服侍他人这种事情发生呢？有这些男仆在周围，提克感到浑身都不自在。但做个男仆在旁人看来是份不错的工作。他们和成年男子一样，内心也有爱恨情仇，但心脏起搏器这样的“奢侈”医疗用品，他们也许一辈子都体会不到。导游告诉提克一行人，这些男仆们盼望着你能给他们下达命令，他甚至说如果客人们不吩咐他们去做事的话，这些孩子们将无所适从。

那天清晨，尚未破晓，提克一行人飞驰在马萨伊马拉国家保护区坑坑洼洼的小路上，蜿蜒前行，去乘坐热气球。彼时正值七月份羚羊迁徙的季节，一位穿着卡其服的导游告诉提克说，在肯尼亚你会看到世界上最壮观的野生动物大迁徙。他们一行人摸黑翻过一个山头，丰田“陆地巡洋舰”的车灯突然照见了成千上万双羚羊的眼睛，瞬间令提克想起夜幕下纽约万家灯火的景象，不过他没有把这个想法告诉旁人。提克在十六岁的年纪，就已经开始尝试着管好自己的嘴巴。

热气球连接好后，提克和格林两家人逐个爬进了吊篮里。吊篮大概可以容下十二个人。在他们周围，站着一圈穿着红色连身裤装的非洲人，他们匆忙地整理着绳子，然后用鼓风机给球囊不断充气。提克不知道他们是谁，来自哪里，但很好奇。同行的其他人，似乎并不关心这队穿着工服的非洲人，尽管一会儿他们就要负责把自己送到天上去。

当气球大概充满四分之三时，那位身穿短裤和及膝长袜的比利时热气球驾驶员点燃了球囊下方巨大的银色燃烧器，拉下了操纵杆。霎时，黄色的火焰呼啸着升腾起来，一丝轻微的灼热感拂过提克的面庞。

突然，一阵劲风刮过，传来一声脆响。紧接着，热气球开始紧贴大草原飞速地滑行，直奔远处六七辆“陆地巡洋舰”飘去。原来是锚线断开了。提克的父亲看到有孩子试图跳出吊篮，于是立即冲大家高喊不要把胳膊伸到外面。作为一名外科医生，他知道这样做的后果会非常严重——那孩子很可能会折断自己的小腿或胳膊。那个比利时驾驶员嘴里咒骂着，冲那些追赶着吊篮的非洲工人们高喊，让他们拉紧断开的绳子。可是还是有几个工人彻底吓得动弹不得了，目瞪口呆地看着眼前的这一切。格林家的一位姑娘惊声尖叫了起来，而那位比利时驾驶员正拼尽全力试图解开所有连接吊篮和热气球的夹子。他们眼看就要撞上那些汽车了。

还好有艾伦·格林在，虽然他已经没有年轻时那么健壮了，不过风采依旧不减当年。他一边用希腊语诅咒着，一边敏捷地跳上了吊篮的边沿，帮助驾驶员解开那些顽固的夹子。终于，顷刻间险情得到化解，篮子稳稳地停在了扬起的漫天灰尘里，而热气球则擦着“陆地巡洋舰”的车顶飘走了。比利时人一遍又一遍地向他的宾客们道歉，满脸惊叹地注视着格林先生。

那天晚上，提克和艾伦·格林两个人围着篝火坐在折叠帆布椅上，进行了他们之间第一次关于语言学习的探讨。当时，大家正在等待着晚餐——从内罗毕空运来的牛排。提克正在埃克塞特私立中学里学习阿拉伯语，在这之前，他从四年级时开始学习拉丁语，五年级时开始学习了法语。

“阿拉伯语学得怎么样了？”摇曳的火光下，格林问提克。旁边一个男仆给他端来了一个托盘，上面盛着孟买蓝宝石金酒和皇廷牌奎宁汽水。

“有些难，不过我很喜欢。”提克回答道。在十六岁这一年，提克习惯了用这种方式回答所有问题。篝火的另一边，那位曾效力于壳牌西非公司的导游正给提克的两个兄弟和格林三姐妹讲故事逗他们开心。

“于是，我开始仔细观察，”那个导游操着英格兰西南地区苏塞克斯郡的口音娓娓说道，“竟然看到一个中国男子把一条狗的头给锯了下来……”

提克听到他的兄弟们开心地笑了起来。

“你有没有想过学习这里的语言？”艾伦·格林继续问提克。

“是斯瓦西里语吗？在埃克塞特，没人教我们这些。”

“我是说上了大学之后。像斯瓦西里语、索马里语，还有刚果的林加拉语，其实阿拉伯语和东非的很多语言都是相通的。”

“我会考虑的。”提克说道。

“如果现在有机会上大学，我很可能会学习这些语言。白天，当我看到那些穿着连裤装的非洲人时，还在想这件事情。我想知道他们是从哪里来的。”艾伦·格林这样告诉提克。

每一次和艾伦·格林聊天，提克都想更进一步了解他、亲近他，他不想格林仅仅把他当作是朋友的孩子。听到格林刚才的一番话，提克没吱声，他不知道该说什么好。“艾伦先生，迈克先生，”一位男仆突然叫他，吓了提克一跳，“可以开始用餐了。”

第二部

伴着引擎巨大的轰鸣声，这架塞斯纳小型飞机翱翔在印度洋的上空。提克瞥了飞行员一眼，这个家伙除了目的地什么都不知道。于是，他又把目光投向机舱外，凝视着明澈如镜的海面上飞机的倒影。

加里萨，肯尼亚，200X年

“你害怕这里的白种人吗？”当父亲第一次带戴维来到当地的英国殖民学校报名的时候，他这样问自己的儿子。

戴维摇了摇头。

“这里的白种人，都不坏。”他的父亲说。

22

简易机场建在平原上，跑道是一段夯实的泥土，一直延伸到一百码开外。提克伫立在孤零零的跑道尽头，找不到任何树荫的遮蔽，方圆一英里内视线所及之处尽是斑驳的黑泥——周遭的草木都被雷电引发的大火焚烧殆尽，经年累月变成了现在的模样。

远处一条土狼暗金色的身影从黑黝黝的路面上倏然闪过。这时，他的手机响了。

“给你派了新的任务，手头上这个可以停下来了。”伦特在电话那头吩咐道，“关于之前的任务，你得先保密。我会再跟你联络。”听筒里传来几声重重的咳嗽，接着，提克听到伦特祝他在海滩玩得愉快。

“哈塔西攻击自己人民的新闻是怎么回事？”提克问他，“情况并不是那样的。”

伦特什么也没说，挂断了电话。提克根本不想搭飞机躲到什么安全的藏身之处去，他想现在就冲到伦特在大使馆的办公室。如果他有机会向伦特解释在这里目睹的一切，也许所有问题都会迎刃而解。如果他们听了他作为目击者的陈述，一定不会再颠倒黑白了。可以不称职，不能作恶事，提克在心里提醒着自己。但是，他还是不能把这些想法付诸行动。伦特告诉他上飞机，他就要上飞机——提克从来不违抗命令。

★ ★ ★ ★

伴着引擎巨大的轰鸣声，这架塞斯纳小型飞机翱翔在印度洋的上空。提克瞥了飞行员一眼，这个家伙除了目的地什么都不知道。于是，他又把目光投向机舱外，凝视着明澈如镜的海面上飞机的倒影。

这一次伦特的反常举动着实令提克感到意外。虽说中情局上下到处充斥着自命不凡的气息，滋养着虚伪和腐败，但伦特通常都很率直坦诚，他从来没有这样强硬地挂断过电话，也从没有如此这般发号施令。

自受训以来，提克还从未真正感受过局里森严的等级制度。他之所以能够免于其害，一方面是由于艾伦·格林这个教父；另一方面，神枪手，学校的优等生，这些出众的才华都令他在局里迅速站稳了脚跟。提克了解自己的才华，他也是中情局在非洲地区为数不多的没有外交身份掩护的情报人员之一。六人中，只有他能够流利地运用各种方言和当地人交流，而其他人似乎对这些当地语言根本不屑一顾。提克的身份是东非野生动物保护基金会的职员，主要负责联络来访的资助人、协助科学家们记录丹顶鹤数量逐年递减的情况，保护野生动物免遭偷猎者的捕杀。他还和一群生物系的研究生成了好朋友。他们是一帮有理性的年轻人，其中有几个是穆斯林——他们一提到国家安全部队也会神经紧张，甚至还知道苏丹首都喀土穆的基地组织成员已经将触角伸向了索马里首都摩加迪沙。不过，对提克的真实身份，他们却一无所知。学生们希望有朝一日能够看到更多来此赏鸟的人们，但是提克深知国家安全部队已经越来越偏执和激进，他们只会让这个数字有减无增。

飞机徜徉在云端，提克恍惚间萌生了一种错觉，仿佛自己正在被学校遣返回家的路上，或是正被送去留堂察看。提克受过的唯一一次留堂查看处分是在上高中时，因为没有按时完成一篇关于亚里士多德的论文。当时，他嫌阅读材料太过老套又晦涩难懂，一直拖着没有动笔，后来干脆把这事抛到了九霄云外。不过，最终他还是刻苦地把亚里士多德的宇宙哲学好好研读了一番，因为那种受罚的滋味实在不好受，他不想再有第二次了。飞翔在空中，他想象着自己正漂浮在亚里士多德所说的那个球形宇宙中。在他的上方，有月亮、星星、太阳和上帝。在他下方，所有的圣洁被污浊的链条取代——上帝创造的生灵万物，人类。人类的脚下是这个宇宙的中心——地球，再往下，就是地狱了。但那个该死的芬达少年为什么又冒了出来？舱外绵密的云朵宛如绵延的山脊，飞机穿过厚重的云层，提克望见即将降落的海岛满目葱郁。没想到临时避难所竟是这么一个景色宜人的地方。

跑道上矮草丛生，三个男人立在跑道尽头欢迎提克的到来。一下飞机提克就感到了扑面而来的闷热和潮湿，巴掌大的黑色草蛉嗡嗡地在他耳边叫个不停。虽然飞机降落在了小岛的中部，提克还是可以嗅到大海的气息。三人中的一位身材结实、橄榄肤色，穿着一件质地优良的蓝色亚麻衬衫。他主动与提克握手，“欢迎您来到芬齐，”说着拿掉了头上的巴拿马草帽，“我叫弗朗西斯科。”

弗朗西斯科说话带着轻微的咬舌音，这使得他的口音十分难辨认。其余两个是非洲人，都很沉默，弗朗西斯科也没有把他们介绍给提克。其中一个把提克的背包拎到了一旁的卡车上。

“伦特先生都已经安排妥当了，”弗朗西斯科说道，“在这里，不管什么事，只要我能帮上忙，请一定告诉我。总之，把这里当成你的家就好了。”

听到这里，提克感到非常意外。伦特的对外身份是大使馆的外交官，平日里尽量避免和他们这些不具有外交身份的情报人员有任何交集。但是这一次却不同，显然这个叫做弗朗西斯科的家伙知道伦特和他之间的关系。另一个非洲人发动了卡车，一行人沐浴着阳光一路颠簸前行，常春藤和凤梨的枝蔓不时拂过车窗。弗朗西斯科继续热心地为提克介绍，“在这里，你可以彻底放松下来。什么时候想吃饭就什么时候吃，想吃什么就吃什么。我们会为你提供五种风味菜肴：意大利菜、法国菜、四川菜，我们还有一位从东京学成回来的寿司师傅，还有我认为最棒的就是——正宗的斯瓦西里海岸美食，主打菜品当然是海鲜了。”

前方一百码开外，浓密的热带丛林渐渐隐去，露出一片空地，令提克感到眼前豁然开朗。卡车驶过空地的拐角处，提克看到一栋房子，只有三面有墙。墙上挂着块黑板，一群孩子坐在房子的背阴处正在上课。卡车驶过的声音惹得一个个小脑瓜纷纷转过头来行注目礼，老师不得不轻敲黑板来唤回大家的注意力。

“要是你喜欢钓鱼或是水上运动，”弗朗西斯科接着说，“我们可以为你提供各种用具，包括帆船和冲浪帆板，船夫乔治随时为你服务。我们还有一个小型的温泉水疗中心，”说着，他指向路过的一个简陋的鹅卵石小屋，“乌苏拉虽然是新来的，不过她可是个天生的按摩好手。”

提克深吸了一口气，海洋的气味愈加浓郁了。卡车拐过了最后一个弯，一座白色的石砌建筑伫立在众人眼前，高耸的屋顶是传统的马库蒂式茅草风格。房屋临海而建，印度洋的波浪轻柔而有节奏地拍打着白色的沙滩。卡车在这里停了下来。提克听到不知从哪儿传来一阵孩童的笑声。屋子的拐角处，站着一位白人女孩儿，偷偷地盯着提克。她的头发剪得像个“假小子”，耷拉着脑袋，双眼有些微凸。她先是远远地望着，然后眨眼间就不见了踪影。

弗朗西斯科转过头来，迎着提克的目光，开口道，“当然了，你也可以什么事情都不做，放心，我们绝对不会打扰你的。许多人来这里都只是为了清静一下。”

★ ★ ★ ★

弗朗西斯科安排提克住进了一座茅草屋，他还邀请了提克与他们夫妻二人共进晚餐，不知提克是否乐意。弗朗西斯科离开后，提克独自呆在屋内。他脱掉了衣服，只着一条短裤，打算到屋外去熟悉一下周围的环境。他的茅草屋建在一个小海湾上，从泊车的那栋白色房子沿着沙滩一直走下去就是。提克注意到刚才那个陌生的女孩儿一直站在沙滩上朝他张望，可是当他走出屋子冲她招手的时候，女孩儿却一溜烟跑掉了。整个海滩上，一共有十栋这样的茅草屋，目前除了自己这栋，只有另外一栋有客人。那栋屋子的主人此时正悠闲地躺在屋外的阳台上晒太阳，提克认出了他们，一位美国女影星和她那位来自英国的摇滚明星丈夫。海滩格外的静谧，弗朗西斯科也不知道哪里去了。

在一排雷射帆船和小型双体帆船的旁边，站着一位结实的非洲大个子。他自我介绍说名叫乔治，是这里的船夫，然后询问提克是否想乘船出海游览。提克没有接受他的邀请，而是继续沿着海滩漫步。这时，一位金发碧眼的女人闯入提克的视线，他猜这应该就是乌苏拉了。她身上只裹了条毛巾，手里捧着一本没了封皮的平装书。很快，提克就把这里转了个遍，没有发现什么可疑的迹象。什么事情都不需要他去做。这就是我来这里的原因吗？提克默默地问自己。什么都不去想，要真正做到可并不容易。想到这里，他朝着大海走了过去。

海水的温度令提克仿佛置身于一个温暖的浴缸。他仰面漂浮在海上，抬眼望去，碧空如洗。他闭上双眸，试着让紧绷的大脑松弛下来，任思绪漫无目的地游走。脑中先是出现了那个两度偷偷盯着自己的怪女孩儿，而后，芬达少年的影子再次浮现。虽然他已经试着让自己想想别的事情，但脑海里还是蹦出了这个小子。

那天晚上，白色房子高耸的屋檐下，弗朗西斯科、他的妻子克劳迪娅、明星夫妇以及提克五人围坐在一张圆桌旁享用晚餐，不时有微风从海面徐徐吹来。克劳迪娅看上去要比弗朗西斯科年轻30多岁，一头乌发，拥有日晒后古铜色的肌肤，肚子因为有了身孕而微微隆起。提克坐下的那一瞬，一阵孤独感莫名袭来，他感到心中一丝隐隐的刺痛。

在弗朗西斯科的推荐下，大家一致决定品尝斯瓦希里大龙虾。菜品呈上时，龙虾的外壳已经被厨师细心地划开，盘子底部铺着米饭，配着亮黄色的芒果色拉。在对盘中的美食品头论足之后，众人把话题转移到了教育上面。女明星问起了来时路上看到的那个学校。弗朗西斯科解释说，那是他专门为岛上的孩子们建的，不过还处在起步阶段。他计划着再多建几处，然后再装上空调。“我的孩子们都已经长大离开了这里，”他向众人说道，“去英国读书了。但是我希望等这个小家伙出生的时候，就不用跑那么远了。”说着，他轻抚克劳迪娅微微隆起的小腹，“没准儿我还能从伊顿公学挖来一个老师给我们上一年课。”

岛上目前大概有五百多名居民。数年前一位海军部长的儿子为了参加议会竞选筹集资金，把这个岛连同那栋白色的房子一并转给了弗朗西斯科——那个时候，岛上住的全都是大字不识一个的渔民。而现在，全岛约有一百多个居民在为弗朗西斯科工作。这栋海滩上的白房子本是弗朗西斯科的住处，但出于对这座岛屿的热爱，他把自己的房子改造成了一座酒店，用它来迎送天下宾朋。弗朗西斯科从来没有给他的小岛做过广告，客人良好的口碑成了小岛最好的宣传。提克暗自琢磨，曾经有多少个像他这样的情报人员来这里寻求避难？他们又会是谁？

立在一旁的非洲侍应一双大手变魔法一般源源不断地供应着红酒，众人喝了一瓶又一瓶。提克酒量不错，弗朗西斯科喝起酒来更是豪爽。那对明星夫妇起初还在啜饮，但很快那位丈夫就醉倒了。时间过得飞快，转眼间，最后一抹夕阳即将消失在天际。

“我有一个秘密，想跟大家分享。”女明星说，“我们也有宝宝了！”

干杯！

女明星似乎已经把克劳迪娅视为很亲密的朋友了，继而解释说这也是她询问那个学校的原因。和提克一样，她也是在纽约的私立学校毕业——只不过她比提克大几岁；他们都生活在上流社会的圈子里。因此，她想把孩子送到一个远离大众视线的纯净环境下去成长。弗朗西斯科对此非常赞同。他补充说自己已经离开纽约二十年了，但是并不怀念那里的生活，尽管那里的学校的确出类拔萃。

那个怪女孩儿的突然出现打断了他们的谈话。提克这才发现她似乎不能再被称作是“女孩儿”了，因为她的年纪与自己相仿。她体态有些臃肿，牛仔裤似乎并不合身，显得臀部愈加宽大，超大号的灰色T恤也难掩肥硕下垂的胸部。她朝餐桌走来，脸上带着一抹羞涩的笑容，想要躲在弗朗西斯科的身后。

“玛利亚，”弗朗西斯科说道，“我们有客人了。”

提克看到躲在弗朗西斯科身后的玛利亚偷偷瞄向自己。

“这是我女儿，玛利亚。”弗朗西斯科向大家介绍着。玛利亚从她父亲的肩膀后面探出头来，冲大家微微咧嘴一笑。那对明星夫妇微笑着向她挥手打招呼，但玛利亚并没有将目光从提克身上移开。

“你好，玛利亚。”提克起身，朝玛利亚微微鞠了一躬。

玛利亚的脸腾地红了，扭头向餐厅边上的围栏走了过去。她倚着围栏眺望着远处的海面，手指不停地在栏杆上滑动。不过每隔一会儿，她都会转过头来朝桌子这边看上几眼。

“有谁想再来点甜品或是咖啡的吗？”克劳迪娅问大家。

“倒不如再来瓶好酒，”弗朗西斯科接话道。自从玛利亚出生以后，他就开始囤积红酒，现在他的酒窖已经十分壮观了。在某个夜晚，当弗朗西斯科对着印度洋上空厚厚的积云独自啜饮时，就会更加深信一瓶酒才是在这个充满了罪恶的宇宙里首要而且是唯一真实的度量单位。他想，要是哪天喝得不省人事，自己就会再次深深忏悔当年玛利亚刚出生时自己像畜生一样的暴躁和冷漠，不然玛利亚也不会变成现在的模样。不过，他最终原谅了自己初为人父时的喜怒无常，虽然这花了他很多年时间。

“您女儿真可爱。”提克说。

23

拉齐暗暗下定决心，今天晚上一定不能在苏珊的普利策庆功宴上喝醉。不过，在出发之前他还是为自己斟上了一杯。拉齐拿着啤酒走到公寓楼外的门廊上，享受着秋日下午宜人的天气。他本来计划给路透社的一位朋友通个电话，询问哈塔西的事情，不过由于刚刚打了个盹儿，电话就没有打成。这时，从东边飘来几朵乌云，一副山雨欲来风满楼之势。街道上，秋风又起，卷起一地落叶。

当他喝完杯中的啤酒准备转身回屋的时候，却发现邮箱里塞着什么东西。来哈佛工作之后，除了学校发布的文件，拉齐一封信都没收到过。而现在，一个没有署名的气泡信封静静地躺在他的邮箱里。拆开来，里面装着一张光盘。拉齐走回书桌旁，按下了电脑的开机键——这是他一天里第一次碰电脑。把光盘插进光驱时，拉齐无意中打翻了烟灰缸，整缸烟灰弄得键盘上一片狼藉。可恶！还是等会儿再清理吧。

光盘带来的并不是好消息。屏幕先是漆黑一片，接着出现了哈佛大学的校徽。而后，画面里浮现苏珊的脸庞，耳畔响起了熟悉的声音。伴随着扬声器里苏珊尖细的嗓音，画面也开始切换，屏幕上依次出现了死去的孩童，燃烧的村庄，和裸露的尸体。

“没有人在索马里听到或看到什么。三十条人命算得了什么？关心那三十条在非洲受迫害的人命？我能赤手空拳再杀掉那么多人。”

最后，苏珊的头像和名字再次出现在屏幕上，下方印着“哈佛大学”的校徽。

“妈的！”拉齐骂道。这的确是苏珊的声音，他一定不会听错的。她说起话来总是容易激动。但是，这事儿肯定有蹊跷。

七岁的艾米莉·洛厄尔听到了嗡嗡作响的门铃，快步跑下楼梯。

“你是谁？”她隔着门问道。

“拉齐。”拉齐回答。

“怎么证明？”

“我知道你的生日，这算不算？”

“不，你不会知道的。”

“5月2号，对不对？”

“那是我弟弟的生日！”

门外，拉齐站在雨中，心想，起码自己这个教父并不是那么的不称职。

“那我知道你的全名……你叫艾米莉·伊莎贝尔·洛厄尔。”

小姑娘这才把门打开。拉齐进门一把把她抱了起来，引来艾米莉一阵尖叫。拉齐径直走向了厨房，管家埃莉正站在炉子旁搅拌着一锅意大利面，一只手里还攥着电话。“好的，再见。”看到拉齐走了过来，她急忙挂了电话——埃莉的朋友们、亲戚们还有大大小小的贾马尔们早已习惯了她仓促挂掉电话的举动。小贾马尔正坐在她的脚边，玩着掌上游戏机。四岁大的福特·洛厄尔则坐在厨房的餐桌旁，闷闷不乐地瞪着小贾马尔，一脸敌意。

“你好，埃莉。”拉齐冲埃莉打着招呼。

“呃，嗨。”埃莉回道。

“我能给你量量吗？”一旁的艾米莉从口袋里拿出了一把裁缝用的小卷尺，没想到尺子的长度只够顺着拉齐的脚跟量到臀部。

“你比我想的要高的多啊。”艾米莉说。

这时，苏珊·洛厄尔走进厨房，身上仅着一条浴巾，头发也用毛巾裹着。她从餐台上取走了她的黑莓手机，很自然地冲拉齐打了个招呼，并不介意自己一幅刚刚出浴的模样。

“嗨，”拉齐的脸涨得通红。真是活见鬼，拉齐心里暗想，我为她擦过眼泪，看过她裸泳的样子，可为什么这会儿却窘成这个模样？他在口袋里揉捏着那张光盘，但还没打算现在就放给她看。拉齐计划等到庆功宴结束的时候再告诉苏珊发生的一切。不过，和苏珊搭档这么长时间，拉齐知道她应该想现在就看到。

“妈妈，”福特开口说道，“贾马尔拿走了我的索尼游戏机。”

“就让他玩一会儿，”苏珊说着又走回了自己的卧室。“我马上就收拾好了。”

拉齐在福特身边坐下，小家伙现在正撅着嘴，心情越来越烦躁。他拉着一张脸盯着拉齐。

“今天晚上对你妈妈来说非常重要，”拉齐跟福特说道，“学校里所有的人都会来向她表示祝贺。”

但是，这似乎依然不能使小福特打起精神来。

“我过生日时，我们会在学校吃纸杯蛋糕庆祝。”艾米莉插嘴道。

拉齐从口袋里取出他的芝宝打火机。“看这里，”他冲福特说道，“这可比游戏机好玩多了。”然后，拉齐开始手把手地教福特怎么使用打火机，艾米莉也从旁边凑了过来。这时，电话铃又响了，埃莉又开始操着一口土洋结合的英语喋喋不休起来。

楼上，苏珊正对着她一整个衣柜的礼服发愁。她不知道该挑哪件来出席今天晚上的庆功宴。每到这个时候，她就会左右为难，也只有在为出席这种该死的学术鸡尾酒会挑选合适的礼服时，她才会如此头疼不已。没错，她实在有太多选择了。通常，黑色是最保守的选择，但苏珊的衣柜里却挂满了从藏青到纯黑浓淡各异的近二十件礼服。这都是拜她和哈里的共同爱好所赐，两人喜欢一起出去购物，享受着挥金如土带来的乐趣。终于，苏珊做出了决定，迅速换上了那件亚光黑色礼服，又坐在床边把高跟鞋套了上去。就在这时，拉齐敲门走了进来。

“你看起来美极了。”他说道。

“宴会上的那些人跟我打完招呼，转脸就会嗤之以鼻的。”

房间内虽凌乱却难掩房屋主人奢华的品位，卧室内的两个人望着对方，拉齐捕捉到了苏珊脸上的不解的表情：你来我的卧室想干什么？

“你的笔记本电脑在哪儿？”他突然说道，“我要给你看样东西。”

苏珊从地板上拎起她的超大号的手袋，取出了笔记本电脑。她插上电源，和拉齐一起坐在床上看了起来。

“这是他妈的什么东西？”看完整个录像后苏珊问道，“对方没有提什么条件吗？”

“你真的这样说过吗？”

苏珊努力地回忆着，凝视着屏幕上自己的面庞。这台电脑伴随了她整整五年，她也是对着这块屏幕写完了那一整本书。可那又能怎样呢？她本应怒火中烧，应该跟所有联络人断绝来往。但不知为何，她只觉得周身的无力感湮没了愤怒的火苗。

“伦特，”苏珊突然想起来了，“一定是他搞的鬼。这些话是我说的不错，但原话并不是这样的。”

“这是个恐吓。”拉齐说道。

“我们去庆功宴吧，”苏珊叹了口气，为了让拉齐感觉好受些，她接着说，“我们会把事情弄明白的。”

当他随苏珊走下楼梯的时候，拉齐却感到内心一股抑制不住的喜悦。虽然这个该死的录像带异常诡异，但此时此刻，走在她的身后，他仿佛又回到了之前两人一起工作的那段日子。拉齐站在苏珊身旁，看着她向福特和艾米莉道别，好像什么事情都没有发生过一样。

“好了，宝贝儿们，”苏珊亲了亲他们的脸蛋。“在家要乖乖的，明天早上见。”

“你要去哪里？”艾米莉问她妈妈。

“噢，亲爱的，我已经告诉你很多遍了，因为我得了那个奖所以今天晚上有个庆功宴。”

“你不许去。”福特突然说道，小脸僵得像是蒙上了厚厚一层冰，浇上热水就会炸裂开来，似乎情绪随时都会爆发。

“我真的要走了，小甜心，”苏珊一边和拉齐朝门口走去一边说着。“晚上回来的时候我会去卧室看你们的。”

福特终于忍不住嚎啕大哭起来。小贾马尔抬头朝这边看了一眼，随即又埋头专注地打起了手上的游戏。埃莉似是对这一切都见怪不怪了，站在一旁，脸上的神情似乎在说：“又来了”。福特一边哇哇直哭，一边跟在苏珊和拉齐的身后来到门口。苏珊只得蹲下来，再一次安慰自己的儿子，但是这一点用都没有。福特坚持要求苏珊留在家里，艾米莉这会儿也过来和他一起闹着。

“埃莉，”苏珊实在招架不住了，“过来帮帮忙行吗？”

福特紧紧抱住苏珊的大腿，让她没办法再挪开步子。艾米莉学着福特的样子缠着妈妈，虽然是闹着玩，不过也叫得很大声。小贾马尔跟着他的妈妈来到了门口，双手捧着游戏机冷眼旁观。终于，苏珊又蹲了下来，在埃莉的帮助下硬是把福特从她的腿边拉开了。

“贾马尔，”埃莉咆哮起来，“把游戏机拿过来，”边说边向贾马尔大手一伸。在苏珊把屋门合上前，拉齐看到屋内最后的一幕便是贾马尔向埃莉交出了手中的游戏机。比肯山细雨如丝的夜色中，拉齐和苏珊沿着埃康街的鹅卵石小路一起前行。

坐上计程车，拉齐拿出了随身携带的小酒瓶，询问苏珊要不要喝一小口。

“我不是一个称职的母亲。”苏珊用手指轻敲着车窗。

“英国诗人拉金不是说了嘛，是你的父母造就了你现在的性格，不必内疚。”既然苏珊不喝，拉齐自己啜饮起来。

“拉金说的倒轻巧，他可不用在给孩子喂奶的时候还要担心评职称这种事情。”

“这张光盘是被偷偷塞进我的信箱里的，没有通过邮递。这说明他们人就在这里。”

“已经不是第一次了。”苏珊说道。

“但这是在剑桥城，不是喀土穆。”

“好吧，但是拉齐，不管他们是谁，我都不在乎。”

在拉齐眼里，她总是这么强硬的一个人。雨水拍打着计程车的窗户，借着窗外射进来的灯光，拉齐打量着身边的苏珊。微弱的光线使得苏珊的肌肤看起来异常柔滑，就像水下的贝壳。记忆里那个迷人的苏珊又走了出来，那个时候她还是那么年轻，皮肤也比现在更柔滑。那段时间，他们跟着托马像个没头苍蝇一样搞调查，同甘共苦、亲密无间，却从未做过任何越轨之事。很多时候，在某个土匪横行的小镇上一家跳蚤满地的旅馆里，他们都不得不挤在同一间屋内过夜。他还记得自己当时几乎喝光了身边所有的酒，却依然没有越雷池半步的勇气。有时候，拉齐自己都在猜测，苏珊难道就没有过这样的想法吗？她一定也想过。他自认为自己还算勇敢，但在面对苏珊时，却始终无法迈出第一步。或者他已经做过这样的尝试了呢？拉齐一度怀疑自己是不是在某次酒醉之后借机亲吻苏珊，他自己毫无印象但不代表苏珊不记得，所以她才会一直刻意躲避他。不过，事实上，拉齐十分清楚问题出在了哪里。他比苏珊矮，或许在苏珊看来还是个酒鬼，而且他从来都不曾也永远都不会成为一个真正的有钱人。作为一个出身于颇具威望的波斯家族的贵公子，当他的表兄弟们在纽约或者洛杉矶的社交场合浑身上下珠光宝气地四处炫耀之时，他的贫穷显得更为怪异。而这一局面是因为有些像他一样的家族，由于投资不当，在关键时刻失了手而造就的。对拉齐来说，他的学历就是他全部的家当，他完全可以借此顺理成章地成为一名银行家或者医生，过着富足的生活。不过，他没有去做这样的工作，而是选择做了记者。那次伊穆迪的故事令他一鸣惊人，这位伊朗籍记者的声望，一路从波斯湾传到索马里。拉齐知道自己也算英俊潇洒，但却不是苏珊喜欢的类型。他一直不明白为什么。或许，他只是不想让自己明白。种族主义无处不在。

直到他们一起要去采访哈塔西本人的时候，拉齐才明白自己已经爱上了苏珊。这些年来他们一起共同进退，在这个课题上耗尽了时间和精力。只不过苏珊的目标不是新闻报道，而是做博士论文的相关研究。可是，当机会终于到来的那一刻，两人中却只有一人能去。原因很简单，飞机上只剩下了一个座位。如此戏剧化的一幕就在污泥遍布的机场跑道上上演。面对这种情况，托马也表示无可奈何。拉齐觉得自己让出这个名额不仅仅是出于对苏珊的爱，而是他知道自己并不会将研究继续深入下去，将所有的资料集结出版成册。没错，这次访问的确可以使他再次名声大噪，但是那又怎样呢？只不过又是一篇五千多字，发表在《大西洋月刊》上关于政治行动的新闻报道罢了。拉齐希望苏珊可以令这个故事大放异彩。他的愿望实现了。六年后的今天，他们一起驶在前往普利策庆功宴会的路上。

事后，苏珊向拉齐表达了感谢。只是未曾像拉齐期待的那样，与他共枕而眠。

再然后，她回到了伦敦，在那里遇到了生命中的另一半——哈里。

当苏珊建议拉齐申请哈佛大学为期一年的尼曼基金项目时，

他曾经想拒绝，但最终还是答应了。

此刻，苏珊·洛厄尔依然凝视着窗外。

“请问，”拉齐向司机问道，“我可以在车里吸烟吗？”

24

提克立在湛蓝的海水中，思索着：我现在可不是来度假的。他们一定也希望我好好思考一下，或者做些别的什么。但是，他对来此的目的一无所知，而且，他不喜欢这种无所事事的状态。如果来这里是为了叫我好好思考一番的话，我现在满脑子都是哈塔西的事情。每天早晨，提克都会坐在炙热的沙滩上，望着无边的海岸线，回想逝去的一个又一个类似的清晨，从他来这里的第一天起。

十一个月前，在这座石屋里，提克已经度过了两天漫长的等待，却依然没有接到上级下一步的命令。这时，不知从哪里飘来一阵无线电波嘈杂的声响，将他从睡梦中拉回现实。他裸身下床走到窗前，俯在窗台上瞭望无边的大海。今天的海滩显得格外热闹，船厂的工人们忙碌地搬运着集装箱。岸边散布着凌乱的纸屑和动物粪便。他就这样一动不动地看着，窗石粗糙的纹理在他的前臂上留下了清晰的印记。孩子们正在海滩上踢足球，还有几只山羊在岸上的垃圾堆旁低头嗅来嗅去。

“早上好。”身后突然传来一个陌生的声音。提克下意识地想到自己的手枪不在身边，而是在屋子的另一头。

“早。”提克小心翼翼地转过身来。眼前的这个男人有着古铜色的肌肤，鹰钩鼻上面架着一副金边眼镜，身穿白色的马球衬衫。

房间里突然响起了布兰妮的《满足》，是这个男人的手机铃声。

“对不起，我接个电话。”他冲提克说道。

趁这个男人接电话的功夫，提克迅速地穿上了他的卡其布套装。

“谢谢。”提克听到他用阿拉伯语向电话那头道了谢，然后挂了电话。就这样大摇大摆地闯进别人的房间还讲着电话，提克暗忖，还真是把这里当自己家了。

“我叫托马。”对方自我介绍说，并伸出手来。提克和他握了握手，但却一言未发。

“很抱歉就这样闯了进来，”托马递给了提克一张照片。“这照片拍了有多久了？”

这是提克大一时拍的一张黑白照片，画面上的他正茫然地看着镜头。“大学学生证上的照片。”提克答道。

“幸亏你现在看上去跟照片没太大变化。”托马说，“嗯，很抱歉，我来晚了。你知道的，开车过来很不容易，‘被困在了莫比斯城，还好有孟菲斯蓝调陪着我。’我的车就停在楼下。”托马半开玩笑地甩出一句鲍勃·迪伦的经典歌词。其实，提克和托马都并不信任对方，但毕竟因为工作的原因，他们也算是一条船上的人了。

两个人驾车行驶在离开小镇的路上，途中被横穿马路的牛群挡住了去路。托马缓缓地把车停下来，暂时熄了火，提克耳畔响起了一阵阵清脆的牛铃声。

“你上大学的时候学的是语言？”托马问他。

“是的。”

“你和其他学语言的人不太一样，他们可比你健谈多了。”

“你想和我聊什么？”提克盯着眼前那个小男孩，他正在用鞭子抽打着一头小牛犊。

“给我说个谚语。”托马说道。

提克用斯瓦里语说道，“来到大荒漠，让我们放声高歌。”

“很不错嘛。猴子们的欢乐确实都止于沙漠。不过，我喜欢这一句：‘那不是我，我不是幸运的那一个。’”托马一边说着清水合唱团这首著名的反越战歌曲的歌词，一边观察着提克的表情。

“这根本就不是一个谚语。”提克纠正他。

这时，那头小牛犊却站在马路中间，不肯再往前走了。小男孩儿还在不断地抽打着它的后腿，驱赶着它。“他的方法不对。”托马指着那个男孩儿，冲提克说道。

然后，托马从汽车里走了出去，接过孩子手中的鞭子。由于隔着挡风玻璃，提克听不到他对小孩子说了什么。只见托马换了种方式驱赶着眼前这群恼人的牲畜，不一会儿就把它们赶到了路边。然后，他转过身低下头把鞭子交还给小男孩，还教他应该怎么做。看到这些，提克突然感觉这个家伙不是那么惹人厌了。

眼前这个山谷自远古时代以来就是一个绝好的天然藏身处。今天，这里薄雾蒙蒙，能见度很低。直到下午，他们两个才到达山脚下，一栋破旧的意大利殖民风格的建筑很不协调地立在一片野生灌木丛中。至此，他们已经在这段山路上颠簸了近一百英里了。

“有一个叫肯尼迪的人曾经在这里住过。”当他们一起绕过这所房子走进一个简易畜栏时，托马告诉提克。畜栏里凌乱地散落着几只废旧轮胎。该死，当提克发现自己已然置身于一群马匹中间时，他在心里暗自咒骂道。总是这么一团糟。

“肯尼迪这个名字在这里可不常见。”提克主动接过话茬。

“跟美国历史上最伟大的总统同名。”托马略带嘲讽地轻哼了一声。“他的父母非常重视教育，经常读意大利文书籍。但最后离开了这里，好像跟一个意大利国际援助组织的人一起。”

“那他后来去了哪里？”提克继续问道。

“内罗毕？谁知道呢！喂，”托马冲着正帮他套马鞍的小男孩说道，“你知道肯尼迪后来去哪里了吗？”

“不知道。”男孩高兴地回答着。他从来没有这么近距离地观察过一位白人，所以提克的出现令他异常的兴奋。同时，他又自豪无比，因为给托马套了好几次的马鞍，这还是头一次在生人面前被托马提问。这个孩子在提克面前高高地挺起了胸膛，这不禁使提克想到了上高中时那次狩猎旅行中碰到的黑人小孩。托马看到提克还能够骑马兜两圈，心里稍稍松了口气。因为并不是所有美国人都能做到这一点的。虽然电视机里的他们无所不能，但真实生活中很多事情美国佬们是做不来的。

提克之所以学习骑马是因为他的教父艾伦·格林是一个农场主的儿子。当时，作为一个从牧场长大的孩子，格林在哈佛就像是一个异类，但他最终还是证明了自己的出类拔萃，毕业后一路平步青云，最终进了中情局，闯出了自己的一片天地。通常情况下，格林先生很少休假。但是有一次趁休假时，他邀请了提克一家来到位于新墨西哥州，占地二十五万英亩的联合牧场。

在那次去新墨西哥州的度假旅行中，提克和格林先生的关系愈加亲密。提克的父亲很鼓励他的儿子和格林先生多多交流，虽然他当时并不清楚这样做将会极大地影响儿子以后的人生道路。作为一名头脑灵活又经验丰富的外科医生，提克的父亲对骑马可并不在行。可是他最好的朋友，艾伦·格林，就不一样了。与提克的父亲整日呆在无尘手术室围着心脏瓣膜打转的工作不同，格林先生在这个林林总总的大千世界中累积了丰富的阅历。提克总是被格林对这个世界的独特感悟所吸引，他的父亲明白这一点。

这次外出度假，格林基本上教会了提克马术的要领。提克虽然很有天赋，但是却缺乏耐心。一天下午，他一直嚷嚷着要练习跑步步法。因为父母规定他和家里的其他小孩只能练习慢步、快步、慢跑，不能加快速度。但是，那天，提克没有理会父母的叮咛，戴着儿童宽沿高顶毡帽，策马扬鞭飞驰而去，但最终还是因为无法驾驭而从马背上摔了下来。后来，这件陈年旧事，还时常被两个家庭提起。

当时，格林先生见状急忙朝提克飞奔过去，他又惊又悔——既害怕提克有个什么三长两短，又懊恼自己未能在起步时及时拦住提克。他跪在提克身边，初为人父时那份担惊受怕的感觉再度悄无声息地浮现。在他的眼里，幼小的婴孩就像是装着果酱的小陶罐，轻轻一碰就会碎掉。他甚至不敢去想孩子的前额是否已经被马蹄撞破了。

当一位牧马人慢慢向上掀起提克的毡帽时，格林松了一口气，除了受到点惊吓，提克并无大碍。艾伦·格林事后告诉提克，下次可以和他一起练习跑步步法。那次事故让提克记忆犹新，尤其是当时格林先生脸上的表情。他似乎从格林的目光中看到了一丝赞许。

提克和托马两人肩并肩沿着山脊缓缓向上骑行，相互之间的敌意似乎顷刻间化为乌有。不过，提克的话题仅限于工作，他聊起了这次拜访的一位新任军阀头子，暗中接受美国政府的金钱资助，目标是颠覆索马里国家安全部队。托马以前碰到的那些客户总是对他的家乡非常感兴趣，而且有时候会问起他的家人，这样做的目的只是为了让气氛更加融洽。想与当地人交朋友，这种方式不啻为一种好策略——托马能从他们的眼神中感受到这一点。可是，提克却不一样。他要么是过于投入上面派下来的任务而无暇顾及这些琐事，要么就是对托马的情况毫不关心，才会总是对工作讲个没完。当托马主动和提克提及自己的家人时，连他自己也感到有些诧异。

“我来自非洲的桑给巴尔。1969年的时候父母离开了卢旺达去到那里，父亲是一位索马里人，母亲是图西族人，那个时候她刚刚怀孕。”

“我是纽约人。”提克说，想必托马应该很清楚他的身份。

“地下丝绒乐队的老家。”托马笑道，为自己广博的知识而洋洋自得。

两人终于来到了山顶，找到一处树木茂盛的地方作掩护，坐下来吃午餐。薄雾正在渐渐散去，两人喝了些水。提克从他的背包里取出一对耳塞插入手机，播放起哈勒姆沙克斯的街舞舞曲和硬核乐队的歌曲来。他们一人戴一只耳塞，托马虽然对这种风格的歌曲不大感兴趣，但还是听完了两首曲子。两个人一边听着音乐，一边望着眼前一片阴霾的山谷。他们一起分享了托马随身带的牛油果和面包，后来又吃了点提克随身携带的巧克力棒。

吃完午餐，他们翻过山头，沿着山脊的另一侧向下走了几公里。当下山的小路开始变得狭窄起来时，托马告诉提克他们就快到了。在一对巨石的中间，他们看到了一个洞穴的入口。

“没人把守。”托马警告提克要小心。他们拴好马，往漆黑的洞穴里探头看了看。这种洞穴即使用卫星探测器也没有办法弄清楚里面的布局的。

当他们两个人低头俯身朝里面走去的时候，一股汗渍混杂着腐烂兽肉的味道扑面而来。洞穴中间摆着一圈石头，上面驾着一口锅，地面上还堆着一些燃烧后留下的灰烬。紧挨着洞穴墙壁，堆着一些包装箱，地上的席子应该是用来睡觉的。如果被迫待在这里寻求避难，那将是一件多么可怕的事情啊，一想到这里，提克就不寒而栗。突然，他听到一阵连续的啪嗒声，似乎是从另一间洞穴里传过来的。提克和托马对视了一眼。提克做了个手势示意托马跟着他走，然后，顺着光滑的石壁在黑暗中小心摸索着拐了个弯，往洞穴更深处走去。这里伸手不见五指，而且温度也更低了。提克可以明显地感觉出来这一间洞穴要比前面那间大得多。黑暗中，他止步细听，竟然有人的呼吸声，刚才那啪嗒声也响得更加急促了。

“有人吗？”提克小心翼翼地询问着，不想吓到任何人。啪嗒声随即停了下来。托马就站在提克的身边。

提克从口袋里取出小手电筒，拧开了四下观察起来。这是一间高低不平的洞穴，轮廓有点像直角三角形。一位褐色皮肤的男子靠墙而坐，他穿一件破烂的帆布短裤，上身松松垮垮地套着一件满是破洞的衬衣。这个人剃着光头，脑袋上遍布痘痕和伤疤。在他的右手边，杂乱地堆放着一叠黑色的口径9毫米手枪，大概有五十把。还有几个包装箱，里面装满了从其他型号手枪上卸下来的废弃部件。奇怪的是，当提克的手电筒光直直地从一旁照进他的眼睛时，这个男人并没有把头转过来朝他们看上一眼。看来，他是个瞎子。提克注意到，他的手里还握着一把组装了一半的手枪。

25

苏珊从来都对派对这种事情打不起精神。每每有派对要参加，她总是会感到莫名的紧张，因此常常把自己灌醉。再加上总是有很多色迷迷的男士排着队跟她搭讪，更是令她头疼不已。不过，今天的这个派对却不同寻常，因为她是主角，而且这一切都是为了奖励她的聪明才智，与美貌无关。可是现在，她却一点儿也高兴不起来。

苏珊此时虽然醉意微醺，但是还能清晰地感受到丝丝恐惧从她的鬓角蔓延开来。毫无疑问，她确实被下午的那张光盘吓到了。画面里的自己看起来就像一个女魔头。合成那条录音的方法数不胜数，她明白。可是，那些话却一遍遍撩拨着她心底最原始最残暴的欲望。回忆起她和哈塔西在一起的那段日子，有时候她甚至想象过帮他干掉那些敌人，调动美国政府的飞机大炮，从空中扔颗炸弹下来把他们炸个尸横遍野。当然，她总是将这份冲动埋藏在内心的最深处。但是不论苏珊怎么努力，她依然无法做到在派对上收放自如。

苏珊一走进会场，就看见另外一位获得普利策新闻奖的图多·登曼教授已经在门口等着了，她的脸被雨水打得滑溜溜的。拉齐侧身闪过了图多和门口的侍应生，径直朝酒吧走去。苏珊本来想跟着拉齐一起进去，但是图多一把抓住了她的胳膊，向她道喜。不一会儿，苏珊就看见拉齐快步走了回来，递给她一杯葡萄酒，随即又消失在被雨水模糊的玻璃窗后。

这个时候，两位穿着燕尾服的本科生来到了苏珊身边，要求和她合影。他们在苏珊身前摆了个握手的姿势，可是苏珊还是没有想起来他们姓甚名谁。快门再次按下的时候，亨利·罗斯也出现了。他用一手环抱着图多·登曼和她合影，又以同样的姿势和苏珊拍了张照。但随后苏珊将他领到了房间的一个角落里，这让他感到有些意外。这两个身材高挑的人，走到哪里都特别显眼。

“我想在哈塔西这个课题上继续做些研究，就是那个所谓的大屠杀。”

“别着急，苏珊，我们会帮助你的。”

老混蛋，苏珊心里暗想。“那真是太好了，”她接着说道。“你能不能安排我和新任国家情报总监见一次面？”

其实，这种会面苏珊自己就可以联络，但是动用罗斯的关系也许可以更快一些见到哈里森，而且没准儿她和哈里森之间也不会显得那么生疏。所以，苏珊这会儿开始拍起罗斯的马屁。

“你不是和哈里森是老朋友吗？听说你们小时候一起叫司机在圣伯纳德街上飙车呢！”

“哈哈。”罗斯大笑起来，假装自己被逗乐了。其实，苏珊这种对什么事都了如指掌的口气令他十分反感。“我会尽力帮你去安排。”

跟罗斯聊完天，苏珊感觉好多了。至少，她现在也有所行动了。这时，她抬头看见哈里走了进来，他闲散的步态完全遗传给了女儿艾米莉，而那张英俊又坦诚的脸庞，虽然略带婴儿肥，又不禁让苏珊想起了儿子福特。通常，苏珊只要一想起儿子和女儿，脑海里就会马上蹦出丈夫哈里的模样，这样一来她偶尔在心底泛起的出轨冲动就会随即消失。苏珊清楚，其实在哈里心底也曾有过同样的想法，她是如此地了解自己的丈夫，比如他喝完第三杯马提尼之后，一定会和那些志同道合的同事们聊起资金的稳定性和潜在的流动性需求——不过，他比那些人看起来更像一个好男人。苏珊还知道，哪天下午他要是载着另外一个女人到市中心的酒店里独自偷欢，晚上回到家面对自己，哈里一定会悲痛欲绝的。但是，他们两个都牢牢地守护着婚姻的底线。所以，苏珊常常想，这也许正是自己选择和哈里结婚的原因。或者说，她希望是这个原因。此刻，哈里正站在门口向别人夸赞着自己的妻子，虽然这个派对本来就是为了嘉奖苏珊而开的。苏珊把这一切看在眼里，她知道哈里欣赏自己的工作，而这让苏珊更加深爱着哈里。

在苏珊全心投入有关哈塔西的研究的那段时间，哈里和苏珊往往要到晚上睡觉前才能见上一面，除此之外，两人共度时光的方式就是定期的大采购。初恋炽热的感觉消退以后，他们两个人谁都极少再向对方互诉衷肠，日子就这么波澜不惊地过着，夫妻二人的感情经过平淡时光的打磨，换来了成熟醇美的婚姻。当初他们的婚礼是在一个小型农庄里进行的，典礼前，苏珊曾短暂地思索着一个很重要的问题，如果两个人不把自己陷入无端的废话当中，那么他们就会逐渐成为习惯用理性解决问题的夫妻。这会儿，苏珊正朝丈夫哈里走去，经过窗户时，她瞥到外面一个人正弓着背站在建筑大师勒·柯布西耶著名的混凝土垂悬建筑下面吸着烟，那个花呢西服的肩头是如此熟悉。于是，她来到门外，想要和他单独聊两句。

拉齐这会儿正在幻想着苏珊走出来和自己聊天的情景。一直以来，他时常会沉浸在这样莫名的幻想中。当他们入住同一酒店的时候，他会幻想苏珊半夜里叩开自己的房门，或者干脆从窗户爬进来钻进自己的被窝。当他们一起在野外宿营的时候，拉齐会幻想苏珊悄悄溜进自己薄薄的睡袋。他甚至会幻想跟苏珊在飞机上的洗手间里激情一把。有时候，拉齐会控制自己不去瞎想，但是效果甚微。圣经十诫中说“不可贪恋他人的所有”，但这话对拉齐根本没用。拉齐对哈里很有好感，但是一直以来他都认为只要自己不逾界，就对哈里没什么伤害。不过，以前幻想了那么多次都是徒劳，因为苏珊一次都没有出现过。可是今天，幻境变成了现实。她向他走了过来，和他一起站在屋檐下避雨，两人静静地站着。

“我可不可以……”苏珊开口道。

拉齐随即拿出万宝路烟盒，晃出一支香烟给简。为了不让雨水把它打湿，他的动作很小心。当拉齐为苏珊点火的时候，她纤细的手指轻轻地搭在拉齐的手上，护着芝宝打火机喷出的火花。其实，无论是谁来做这个动作，拉齐都一样喜欢。在拉齐眼里，这个动作透着些许的暧昧，以及他对香烟的痴迷。不过，当苏珊摆出这个姿势时，拉齐的心底总是泛起异样的涟漪。恰恰，每次拉齐为苏珊点烟，她总会做出这个熟悉的动作，特别是她喝醉的时候。不过，他很确定苏珊只不过是下意识的行为罢了。

“你知道吗，”苏珊说道，“如果那天你去了，得奖的就会是你。”

“不过，奖章在你身上戴起来更好看。是一个奖章吧？”

“其实，是一张巴尼斯精品店的礼券。”

“我刚才想给托马打电话，”拉齐说着把手机拿了出来，“无法接通。老是这样。”

“见鬼！”

只要帮助苏珊获取到最新的消息，拉齐就会很开心，哪怕是不好的消息。有时候他会觉得，只有在这些时候苏珊才会专注地看着自己。而拉齐的眼睛则一刻都没有从苏珊身上移开过。半支烟还未燃尽，苏珊就把它轻轻地弹进了雨水里，“我去下洗手间。”

★ ★ ★ ★

苏珊朝地下室走了过去，那里有一排公用电脑。她静静地站在那里上网浏览英国广播公司的新闻报道，直到哈里走进来找她。他从苏珊身后拥着她，和她一起看着电脑屏幕。

“狗屁！”哈里看着新闻说道。

苏珊决定先不告诉哈里下午那张光盘的事情，但独自承受这份压力令她身心俱疲。苏珊想回家了，可是哈里觉得他们应该再待一会儿，他告诉苏珊这些负面新闻不能毁掉这个美好的雨夜。

“你甚至不打算跟拉齐告别吗？”哈里最后问她。

“他会理解的。”

楼上，拉齐正在借酒消愁，在猛灌了自己几杯葡萄酒之后，他又跑去代达罗斯酒吧继续买醉。他有些后悔自己选了这个酒吧，但地窖酒吧离这里还有好几条街，拉齐只好退而求其次了。

酒吧打烊前，拉齐叫了最后一杯酒，他发现自己的烟也抽完了，于是他打算向身边一位穿着燕尾服的大学生讨一支烟。这个大学生身边还坐着一位穿着燕尾服的学生，他们应该是朋友。他们的窃窃私语没能逃得过拉齐的耳朵，两人正小声嘀咕什么“棕色皮肤的兄弟”，还有什么“在烟草种植园工作”。

拉齐盯着他们，问道：“你们在说什么？”

“哦，非常抱歉。没有自我介绍一下实在是太失礼了。不过看你总是在这里喝酒，我猜你应该也是酒吧常客吧。我叫卢卡斯。”说的对，拉齐心想，我们都是“吧虫”。

“我叫威利。”卢卡斯身边的那个学生说道。拉齐分别和他们握了手，接着，卢卡斯和威利又互相握了手。他们邀请拉齐去其他地方继续寻欢，不过拉齐打算回家了，所以拒绝了他们的邀请。他希望自己不要总是喝得烂醉如泥，而且下定决心不和本科生一起厮混。

★ ★ ★ ★

亨利·罗斯回到家，轻轻地把西装挂在衣架上，取下袖扣，放回盒子里，慢慢折起装饰上衣口袋的方巾，小心地与收纳盒中其他丝巾叠放在一起，最后换上了他的条纹睡衣。接着，他拨通了老朋友迈克尔·哈里森的电话，此时哈里森正在纽约准备在午餐会上发表一篇外交关系演讲，主题是计划风险和流氓政府。

“她想和您见面。”

哈里森在电话这边叹了口气，这会儿他正坐在马克酒店的高级总统套房里。“好吧。”他的眼睛瞟向套房洗手间的门口，那个名叫亚历克西斯的应召女郎正在里面刷牙，这个二十七岁的娘们儿一个小时竟然还要一千五百美元。“我来安排吧，谢谢你，亨利。”

“应该做的。”

“说实在的，这一次你真得帮大忙了。”哈里森总是很擅长这种露骨的吹捧，接着他又疑惑起那个妞儿为什么在洗手间待了那么长的时间。

“真的没什么的。”罗斯说道，自己在电话这边骄傲地笑了起来。我也不是什么难伺候的老学究。

哈里森挂了罗斯的电话之后，又给艾伦·格林打了过去，告诉他苏珊·洛厄尔想要见面的事情。格林说没关系，包裹已经送到了，我们想要的效果也已经达成，足矣。

“真想上了她。”哈里森哑声低语。

隔着洗手间的房门，哈里森听到应召女的手机响了起来。这不禁令他兴味索然，也浇熄了他酝酿多时的情欲之火。

26

一开始，提克用索马里语和这个盲人打招呼，可是他一点反应都没有。于是，提克又尝试了其他几种语言，但这个盲人始终都没有开口说话。当提克开始说阿拉伯语的时候，突然，盲人张开了嘴巴，但却没有发出声音。借着手电筒的光,提克看到原来这个盲人没有舌头。短暂的沉寂过后，他又开始组装起手上的枪。

提克和托马决定出去再等一会儿，他们依旧能听到从山洞里传来一阵阵装卸手枪的啪嗒声，片刻也没有停歇。提克在马匹旁找了块空地坐了下来，仰头看见远方一对小鸟在暮色中盘旋，由于距离太远，一时辨认不出是什么品种。托马则思索着，也许他们要见的那个人在天黑之前才能赶到这里，这样看来至少还要等上一个钟头。然后，提克起身告诉托马自己要到周围走一走。

“没什么好看的，”托马说道，但是提克没有理会他径直走开了。站在山脊边缘的小路上，他得以更近距离地观察刚才那两只小鸟。原来它们是两只鸢鹞鹰，在广阔的天空中翱翔嬉戏。它们仿佛两块磁铁一般，一会儿牢牢地吸在一起，一会儿又飞离对方很远。提克远远地看着它们，鸟儿们有时似乎笨拙地好像要从高空摔落下来似的。提克分辨不出它们这样互相追逐究竟是在争斗还是在嬉戏。争斗还是嬉戏呢？渐渐地，两只鸢鹞鹰越飞越远，最终变成了两个小圆点，和天边那一抹棕绿融为一体。

想到回去之后又要面对托马那个家伙，提克决定在这里再待上二十分钟。让他多等一会儿也算是个不错的考验。太阳即将落山时，提克突然听到了一声枪响。他小心翼翼地折回洞穴顶部，在一处灌木丛中隐匿了起来。提克看到托马躺在地上，膝盖上方中了枪，鲜血汩汩直流。开枪的那个人就站在托马的身旁，细眯眼，饱经风霜的一张脸因为酗酒而显得有些浮肿。很明显，这不是他们来这里要见的那个人。一帮穿着旧迷彩服的年轻人站在他身后不远的地方，每个人手里都拿着枪，其中有几个看到托马疼得面部扭曲的样子还放声大笑起来。

作为一名训练有素的特工，提克明白，事已至此，自己必须立即想办法脱身。他看了一眼托马，他很安静，但削瘦的面颊还是因为疼痛布满了汗水。他倒在一滩烂泥地里，镜片也被污泥模糊了。再这样拖下去，托马会死的。不过，死之前他一定有不少遗言。

提克取出他的西格-绍尔手枪，从洞穴顶部鱼跃而下，跳到了小眼睛男人的背后，顺势一把搂住了男人的脖子，把手枪重重地顶在他的太阳穴上。贴得这么近，提克闻到这个男人身上散发着一股刺鼻的酒臭，混杂着咸腻的呕吐物的味道。顾不上恶心这些，提克从后面朝这个男人的双腿踹了一脚，迫使他跪倒在地上。提克的身手异常敏捷，以至于周围那些穿迷彩服的士兵完全没有回过神来。

接着，提克叫托马骑到马背上去，再给自己牵过来一匹。看着托马艰难地从地上挣扎着站起来，提克用当地语言警告其他人放下手中的枪不许动。有一个人想反抗，但还没容他朝托马举起手中的枪，跪在地上的小眼睛男人就开始歇斯底里地冲他哭嚎。他冲跟他一起来的那伙人呼喊着，一切都照着这个白人说的去做。

托马费力地拖着那条伤腿爬上了马背，伤口冒出的鲜血把马鞍都染花了。接着，提克拽住他的人质一跃腾上了马背，手中的枪还是稳稳地戳着他的脖子。看着提克和托马带着他们的头儿一溜烟跑得没了踪影，余下的士兵们一阵骚乱。两匹马驮着三人在狭窄的山间小道上一路疾驰。

“你是哈塔西的人吗？”马背上，提克在人质耳边低吼道。此时，他已经把枪转而抵住了那个人的肋骨。

“以前是，”那个男人哀求着，“求求你，不要杀我。”

一行人又继续骑行了大概两公里，提克一把把那个男人从马背上推了下去。看着他滚下山坡的样子，虽然腿上已经疼得没有了直觉，托马心里还是感到无比的满足。

“谢谢你，没有见死不救，”那天晚上，托马这样对提克说。当天，他们又回到了提克第一次见到托马时的住处。托马抱着威士忌喝了个酩酊大醉。因为没有医院可以去，提克就让托马躺在自己的床上给他绑了一些止血带。提克则非常清醒，他靠在窗台上，望着夜幕下海滩上的海运集装箱和不远处的印度洋，又想起了白天时看到的那两只鸢鸮鹰。它们究竟是在争斗还是在嬉戏呢?

“喂!”听到托马在床上叫自己，提克转过了脸。

“时代在改变。”

这是美国民谣歌手鲍勃·迪伦同名歌曲里的一句歌词。每一次，托马念叨着摇滚歌词的时候，他那又长又细的睫毛就会有节奏地上下摆动。提克突然觉得托马这个家伙在借歌词笑话自己。他什么都没说，又把头转了过来，凝视着窗外。

27

光盘在当天下午就被寄到了《克里姆森报》，收件人一栏只写着“编辑收”。光盘的内容很可能成为引爆全国的独家报道，这激发了克拉斯迈耶一种近乎性冲动的疯狂，于是，他急忙召集了五个最信任的编辑。此刻，他们正立在阳台，商讨着对策。是简坚持让所有人都去阳台，因为这样在讨论问题的同时大家也还可以吞云吐雾一番。而报道这条可能成为全校最轰动的新闻的重任落在了简的身上，有些人甚至因此而对简心存妒意。

“主张杀戮并不能证明洛厄尔有罪，”简说道，“但这会使她名誉扫地。”

“她的普利策奖也可能被收回。”克拉斯迈耶补充道。

“道理非常简单，”克拉斯迈耶说，“洛厄尔的书有失真实，她笔下的自由战士其实是个军阀头子。她不仅误导了我们，甚至还引发了撤资运动。近一段时间，她的身影一直出现在各种头版头条，俨然成了非洲的白人代表！”

“对于光盘的出处，我们不得而知。”另一个编辑插了一句。

“但我们所知道的是，光盘在我们手里，而她也将不得不回应我们，”克拉斯迈耶说，“全国的新闻报道绝不会对这一新闻熟视无睹。而你要做的就是对这件事进行真实报道。”

“我一定会确保它的真实性。”

看来我们都成了该死的关键人物了，简想。

当晚，简和戴维坐在她的床上。屋内朝向芒特奥本街的窗子紧闭，把秋日的寒冷拒之窗外。他们相互倚靠着，看完了那张光盘，里面是苏珊·洛厄尔的声音。

“我觉得她不会那样说的。”戴维说。

“可这的确是她的声音。”简轻敲着她的手提电脑说道。

“我希望报道这条新闻的不是你。”戴维说。

“偏偏就是我。在她所有学生中，你与她最亲近，所以你可要给我提供些信息呀。”

“不行！”

“世上没有什么绝对的对与错，”简试着令自己更有说服力，“书中的内容可能只是她胡编乱造的。如果她对伤亡果真一点也不在意，那你还相信她不会捏造事实吗？”

这时，戴维老家一个邻居的面庞浮现在他的脑海。那人脑袋一侧原本长着耳朵的地方现在只剩下一个洞，他经常不停地用手指掏着那个洞。他很高大，微笑时常露出宽大的齿缝。戴维孩提时，他常常取笑戴维立志要当医生这件事。他所有的衣服都大两号，看上去像是松松垮垮地挂在他细长的脖颈上似的。戴维还记得以前自己常从后面猛拽他宽松的衬衣，然后一溜烟地跑掉。

戴维的父亲曾向他讲述过这位邻居的遭遇，却没告诉他原因。有一天，国家安全部门的人将他抓去，命令他双手抱头，然后将他的头狠狠地摁在了汽车轮胎上。他开始尖叫求饶，但那些人一刀砍向他的左耳。当时，他的耳朵仍粘连着未被彻底削掉，而那人用手使劲一揪，一把将耳朵扯了下来，另外一个人还冲他大声喊着：奴隶的耳朵！

“别自找麻烦。”这就是戴维的父亲对所讲的故事下的结语。

“我没什么可说的。”戴维说道。

简以后还会设法说服他，但现在她已筋疲力尽，因此她合上电脑，依偎在戴维的膝上。

两人相拥着躺在床上，谈论着暑期的实习。简有大把的选择，如果她愿意，甚至可以去享誉全球的苏富比艺术品拍卖行。虽然她想多做些慈善工作，或一些公益事业，但她很可能会再次选择《名利场》杂志。对于她来说，实习是一件理所当然，而且易如反掌的事，就像上大学一样。但戴维却不这么认为。他没关系没门路，而她也从没主动提出要帮助他。他想如果进了那个俱乐部，说不定俱乐部里的某个人可以帮他找到一份实习工作。

我需要一份工作，他心里盘算着。实习经验是找工作的必要前提，这个道理谁都明白，如果他毕业后真的找不到一份工作该怎么办呢？受过高等教育又怎样？通晓三国语言又怎样？进了哈佛又怎样？他需要得到一个哈佛学生应得的，而非仅仅背井离乡，身在异国却不能因此而有所回报。

简已睡熟。他很庆幸她没继续在苏珊·洛厄尔这件事上纠缠不清，因为他有更重要的事情需要处理。他起身时，感觉到简光滑纤细的脚踝滑过他的小腿。伴着一旁简轻柔的鼻息，戴维借着电脑屏幕的亮光趴在桌子上，开始仔细核查他的夏季实习申请表。

28

波浪悄无声息地拍打着沙滩。日子一天天地流逝，望着藏青色的天际被镶了金边的云彩从也门方向浮向他所住的茅草屋上方，提克也变得越来越焦躁不安。一到晚上他就会和弗朗西斯科举杯畅饮，而弗朗西斯科却对自己的过往只字不提。对于弗朗西斯科与伦特的关系，提克很是疑惑不解，但对于弗朗西斯科曾从西班牙马德里一路到此，中间还途经一个位于肯尼亚欢乐谷叫哈达达牧场的咖啡种植园的长途跋涉，提克倒并不觉得奇怪。弗朗西斯科认为提克是一个防御性极强，最近却时运不济的人。

早晨提克驾着一艘太阳鱼帆船，顺着小岛的下风面，经过他们就餐的主楼，驶出了水湾。在清澈的海水中，一条鳐鱼从他下方游过，布满白沙的海底令他不禁想起撒哈拉沙漠的沙丘，虽然他也只是透过刮痕累累的飞机窗口看见过一次撒哈拉沙漠而已。环岛航行了大约三英里，他把帆船拖上了岸，拖过涨潮线，之后漫无目的地朝丛林走去。一群说不上来是什么品种的猴子卧在一棵倒落的树上相互梳理着灰蓝相间的毛发，这幅景象令提克感到非常有趣。

提克曾经梦想着成为一名生物学家。孩提时他就喜欢四肢着地，在中央公园广阔草坪上匍匐爬行，这种乐趣所带来的强烈喜悦对于他这样一个男孩来说别有一番趣味。他同时也深深地着迷于昆虫的生活，在学校时虽然喜欢研究细胞，但他对动物学却尤其热衷。他并不是将喜爱的动物人格化，而是将其归于一种比达尔文进化论更神奇的宇宙智能。在一次狩猎旅行中，他曾亲眼目睹三头狮子为争夺一只跛脚的大羚羊而相互厮杀的情景，之后就时常梦到这个景象。那次狩猎旅行中同行的其他人对此也同样着迷，但提克相信自己可能会花上几年的功夫来追踪那些狮子的足迹并研究它们的生活习性，虽然这些早已被那些别的什么专家研究过了。他感到人类的残忍令人毛骨悚然，但不知为何，动物的残忍却是一种解脱，所以才激发了他的研究兴趣。但他知道，自己还有更重要的工作要做。

提克听到头顶上传来飞机的轰鸣声，越来越近。这时猴子们一哄而散，从声音上判断，飞机很明显降落在了岛上。那对明星夫妇近几天都不会离开，所以可能是从内地运来的供给品或者新客人。听着空中的轰鸣声，提克预感弗朗西斯科也许正搜查自己的茅草屋，或者，他可能早就在那地方装上了窃听器。飞机轰鸣声消退后提克听到了一阵窸窸窣窣的声音，中间还夹杂着模糊的人声。

提克循声走去，透过悬垂的藤蔓看到了那间三面环墙的校舍和楼前的那片空地。他没想到自己已经沿着内陆走了这么远。沙沙声还在，但很微弱，于是他继续向校舍的方向走去。校舍的背阴处，玛利亚躺在地上，赤裸着下身，双腿微张。只见弗朗西斯科的一个厨子一只手放在她身上，另一只手正摸向自己的私处。玛利亚表情扭曲，脸也涨得通红。她可能正被那厨子强迫握着他的下体做着不堪的动作，但提克看不清楚。他快步冲了过去，并大声呵斥那厨子走开。

玛利亚开始哭泣，而那厨子一边提着裤子一边向草丛逃去。提克于是转向玛利亚，俯身问她是否受伤，但玛利亚只是呆呆地坐着，时而轻声啜泣，时而低声呜咽。当提克哄她穿上牛仔裤后，她瞪着哭红的大眼睛，冲着提克大吼，提克不由得退后了几步。但玛利亚的怒气来得快，去得也快。发泄过后，她闷声坐在那里，垂着脑袋。提克扶着她的胳膊，陪她一起沿着主路向石房子走去。

他们一边走玛利亚一边哭。当他们听到后面有汽车向他们驶来时，提克扶着她靠向路边。一辆敞篷车进入了提克的视线，他看到曾载过自己的那个司机开着车，后面坐着弗朗西斯科和伦特。玛利亚像往常一样冲自己的父亲招手，好像什么事情都未曾发生。

29

黄昏来临，卢卡斯和威利准时出现在施佩俱乐部门外，前来参加著名的睡衣派对。他们束着宽腰带，打着领结，扣着袖扣，下身只着一条四角内裤，没穿长裤，外套依然是雷打不动的燕尾服。俱乐部门口一群女生正等着入场，其中一位向他们走了过来。

“穿燕尾服的家伙们。”女孩冲他们喊道。她身穿银色长裤，上装搭配一件银色胸衣，裹着一条披肩，脚蹬高跟鞋，头戴一对粉红色的兔耳朵。两人不约而同地朝这个女孩鞠了一躬。

俱乐部里传来了低沉的贝斯声，他们尾随着女孩们逃离秋日的寒冷，来到了潮湿闷热的地下室。木质镶板墙上挂着深褐色的照片。拐角处一只巨大的填充玩具熊冲着天花板做出咆哮的姿态，像是正对那吊灯发出阵阵威胁。放眼望去，到处都是穿内衣的女人们与穿四角内裤和背心的男人们。

“嘿，卢卡斯，”威利说道，“我想我们应该放把火把那只熊给烧了。”

“那也不一定能帮我泡到妞。”卢卡斯提醒他。

卢卡斯找到了那个带着兔耳朵的大一女生，并把她带到了后门。

“那么你们现在都上些什么课呢？”他问道。

“我选了苏珊·洛厄尔的非洲核心课程，但我现在觉得她的话全都是狗屁。是个人都知道她因为涉嫌抄袭还是什么玩意儿被指控了——”

一个来自佛罗里达的左撇子投手不小心撞到了她，使她的啤酒洒到了地毯上。

“没事，”卢卡斯说，“明天会有人处理的。跟我来，我让你见识见识什么叫刺激。”

卢卡斯可不想把这大一女生拱手让给那左撇子。今天晚上的大麻好像被掺了迷幻药，妈的，鬼才知道这些都是威利从哪儿搞来的。眼前的一切仿佛都在跳动，而他不得不在恍惚中继续费力前行。

“种族和血统都至关重要。”他对那女孩说，说着便向外面的花园走去，并顺势从吧台上抓了一瓶啤酒。威利已经到了，正站在一群俱乐部会员中间，互相传递着一只碗里的东西。卢卡斯和威利又互相握手打了个招呼，那大一女生趁机用手机写了一条短信。

“你带我们出来看什么把戏呀？”那大一女生一边点着烟一边问道。

花园里，那左撇子也在。他从桌上的塑料袋中掏出一只苹果，然后走到花园的一个角落里，对着一面墙发呆。

“他是要把那玩意儿蒸发掉吧？”有人说。

那棒球投手正要离开，这时威利突然喊道，“等一下！这样的把戏需要引子。我要你们都抬头看着天上的月亮。”人群开始饶有兴致地向他们聚拢。威利以前也做过这样的演讲。

“我们读经诵典的脚步从未停止…当代的伟人们都屈服在疯狂和贪婪的脚下……挥舞着狼牙棒将我们驯服成电视名人……他们要将我们赶进教堂……赶下酒桌……让我们远离一切崇高与神圣，远离瑰美壮丽的山川，抛开‘永远忠诚’的箴言。然而你看，他们并不能将连锁煎饼屋从我身边夺走……乔治亚州的红色山岗、纽约城的古怪诗人和乘着他妈的齐柏林飞艇到来的我的希伯来同胞们…小型飞机在我们周围坠落，在海上爆炸……他们让我们追随包着头巾的幽灵们……我的黑人兄弟，你们在哪？让我们换个花样，将原本对准他们的马克沁机枪指向别处，这个决定虽姗姗来迟但还为时不晚……人口增长只不过是个暂时的假象，人的生死无法勉强。阿拉真主是怎么说的？他什么也没说，你们这些傻瓜，他已经魂归西天了，我已把他囚禁在我的地下室了。”

人群中爆发了更剧烈的笑声。谁知道威利说的是些什么混账话，但他是在刻意出丑，而且他的目的达到了。带着一丝醉意，借着赛场上的一丝狠劲，左撇子把苹果向墙壁猛砸过去。苹果爆裂，汁液四溅，人群中又爆发出一阵欢呼声。

卢卡斯问身旁的大一女生是否想四处走走。

他们上楼进了厨房。卢卡斯猜想厨房应该没人，他的确猜对了。厨房幽暗的灯光下，屋内宽敞整洁，到处银光闪闪，并配有专业级的水龙头、刀具和碗碟。在水槽前，卢卡斯转身吻了那女孩，而她也回吻了他。

“知道吗，他是我铁哥们儿，”他埋头嗅着她的秀发说，“但他就是个疯子。”

“不过，”那女孩说，“我倒觉得他的话似乎有些道理。”

他们跳了一段华尔兹，缠绵着进了储藏室。玉米片、罐头和码得整整齐齐的盒装意大利面上方堆放着硬纸板和各类调味粉，它们散发出的干燥气息令两人无比放松。这个房间使他们忆起了各自的童年时光，于是两人不由得更加激烈地翻云覆雨起来。

“对了，”她喘着气说，“我还选了些与饥荒相关的课。”

“你觉得怎么样？”卢卡斯问道。

“千篇一律，没什么意思。”女孩说。

“你想出去走走吗？”卢卡斯问道。

30

清晨的第一声鸟啼应和着邮政投递车引擎的轰鸣。戴维整晚都在绞尽脑汁，只为写出一篇关于哲学家约翰·斯图亚特·穆勒的论文。他现在正趴在桌上打盹，突然听到门缝传来沙沙的声响，像是有信件被塞了进来。他立刻从椅子上弹了起来，匆匆穿过房间去捡那封信。信封上熟悉的蜡封映入眼帘，上面写着戴维的名字。他过关了。拿到信封的那一刻，戴维真想打开门看看是谁送的信，并希望可以从中找出关于这个组织及其幕后筛选过程的蛛丝马迹。尽管他非常想这样做，但最终还是按捺住了这一冲动。他不想因为过于好奇而有任何失礼的言行，继而留下对自己不利的把柄。不管怎样，只是个送信的罢了。他坐在桌边，平生第一次如此小心翼翼地拆开信封。信上写着：带上一身替换的衣服，在约定时间到约定地点会合。

信上说下星期天在柯克兰大楼前集合。那天，戴维比约定的时间提前了十五分钟到达，他打算先去河边溜达一圈再回来，免得在旁人眼里看起来过分积极。但楼前已经站了六个穿着大衣、打着领带的青年男子，在寒冷中来回踱步，说话时呼出的气体在空中凝成一团团白雾。人越聚越多。

这时，罗伯特出现了，鼻梁上还架着一副深色眼镜。戴维一个箭步冲到了他面前，解释说上次酒会中是因为正在与人喝酒，并不是有意撇下他不管，希望罗伯特能够理解。看到戴维对此一直过意不去，罗伯特感到很欣慰，但嘴上只说自己当时已经他妈的醉了。

他们注意到斯潘塞正盯着他们。这时人群中突然让出了一条路，一辆装了深色玻璃窗的巴士从他们身后驶来。罗伯特微笑着向斯潘塞招手，嘴里轻声说："嗨，你这个卑鄙小人。"但这话只有戴维听得到。

所有人都上了车，一路上车厢里一直很安静。大多数男生都已筋疲力尽，还有很多人仍宿醉未醒。毕竟今天可是星期天的早晨呀。车子逐渐驶离了城市，途经深秋里郊区的一片树林。偶见几片残叶呈现出斑驳的色泽，孤零零地挺立在枝头。一些男生已经睡着了。

戴维倚在窗户上，感受到了窗外的一丝寒冷。人们都说非洲人讨厌寒冷。他甚至知道一些非洲人常开玩笑说美国这边是多么的天寒地冻，多么的不适合他们非洲人居住。但他觉得这些都是胡说，因为他喜欢寒冷。当他坐飞机在马萨诸塞州西部上空俯瞰时，他喜欢那些在树林和山丘上星罗棋布，看起来温暖诱人的房子。在这儿，你几乎看不到漫无目的、无所事事的人们在路边徘徊。因为这里太冷了，不可能整日在外面四处游荡。也许正是这一点造就了北半球现在的面貌。洛厄尔教授在第一天的课堂上就把这一理论称作古老的种族笑话。

终于，大巴减速缓缓驶离主路，停在一道大门前。和他们同行的一个俱乐部成员下了车，这人独自坐在前排睡了一路。他按下了门边柱子上的按钮，门缓缓开启。大巴沿着绵延的砾石车道继续向前行驶，戴维透过窗户，向荆棘密布的矮树丛眺望。这里的树丛没有人工修剪过的痕迹，新英格兰地区那茂盛的灌木丛紧紧簇拥着狭长的车道。

他们把车停在车库旁边的砾石停车场，车库的三个门都紧闭着。戴维和罗伯特下了车，甩了甩僵直的双腿，然后与其他男孩一起跟在那个睡眼惺忪的俱乐部成员后面向前走去。石板的尽头是爬满常春藤的木质栅栏，满目葱郁。围栏后一幢三层高的楼房赫然耸立，气势恢弘。众人推开围栏的小门，来到房子近前。房前的院落被打理得井井有条，门廊前面有一块铺着石板的就餐区，摆放着铁艺餐台餐椅。精心维护的草坪一直延伸至远处地势较低的一汪池塘，岸边垂柳依依。池塘彼岸是漆黑一片的松山，晨光中笼罩在山顶上的薄雾正慢慢消散。戴维看到草坪中央有四个人正在玩槌球。

“这玩意儿就是他妈的槌球？”罗伯特问道。

一个中年黑人侍者用银色托盘端着血腥玛丽酒向他们走来。

“干杯！”罗伯特拿起一个高脚杯一饮而尽。

戴维没喝酒，而是打算去吧台要杯橙汁。但其他人似乎都在开怀畅饮。

这些人还是上次酒会中的老面孔，但总人数少了一半。而且这次酒会中的长者也换了新面孔，其中那个佝偻着背、满头银发、身穿猎装的老人似乎就是这所房产的主人。与每个年轻人握手的时候，他昏花的蓝色瞳孔就会猛然一亮，他还会喋喋不休地询问一些诸如他们在学些什么，从哪里来，或是“蕾克列芙女校的姑娘们今年表现如何”之类的问题。

大家都逐渐进了屋子，当罗伯特第三次去吧台找酒喝时，戴维独自走开了。他扫视整个房间，寻找着艾伦·格林和杰克逊·奥利弗的身影，结果却是一场空。但这时恰巧有人帮他解了围，此人戴维以前见过，这一次，他又向戴维做了自我介绍，并领着戴维四处应酬。很多人都会询问戴维家乡的事，而不管他说什么，众人似乎都很感兴趣。戴维觉得自己给别人留下的印象还不错。

几名侍者开始布置起精致的早午餐，包括各种肉制品、蔬菜、蛋类、水果和各类调味料。另外几位则忙着为大家倒咖啡，递奶油。当戴维与结识的新朋友围坐在一起品尝小芦笋尖时，却看到罗伯特一个人孤零零地坐在另一张桌旁，离人群远远的。戴维表面看起来对此并不在意，继续津津有味地吃着，但心底却希望有人能陪罗伯特聊聊天。

用餐结束时，坐在大巴前排的那个俱乐部会员站了起来，用叉子把玻璃杯敲得叮当作响，宣布触式橄榄球赛就要开始了，想参加的同学尽快做好准备。戴维当即就做出了参加的决定。他转头瞥了罗伯特一眼，发现他正与这所房产的白发主人攀谈，根本无暇理会这边的球赛通知，这多少令戴维有些惊讶。

男生们在放置猎枪的房间里换装完毕，意气风发地踏入草坪。戴维并没有全身心享受这比赛，因为虽然在体格上来说，他是外接手的不二人选，但他有些太过紧张而且对规则也不甚清楚。但他知道这并不只是一场简单的球赛，这事关加入俱乐部的资格，像是个神秘的代码，提供了一个展现自己的特殊舞台。

罗伯特很晚的时候才加入球赛，却把所有人都整得筋疲力尽。“丢人的美国佬，”他喊道，“这可是你们自己创造的游戏。”

当所有的男生都在排队上车准备回剑桥城时，一辆黑色的梅赛德斯停在了砾石车道旁。驾驶座的门开了，站在队伍末尾的戴维看到了艾伦·格林。戴维有些遗憾格林没能早点儿来，这样他们就可以在酒会期间好好聊聊了。这时，格林看到了戴维并向他招了招手。戴维也赶忙挥手致意，同时也很高兴这一幕被身旁的这些准会员们尽收眼底。戴维仍在招手，但却突然意识到格林是在示意他过去，于是他急忙来到汽车旁，心中暗暗觉得自己表现得像个傻瓜。

“想搭顺风车回学校吗？”格林问道。

艾伦·格林的一生中目睹过不少罪恶。他领略过谋杀的场面：一个男人，在被弄瞎了的妹妹眼前，灵魂迅速从身体抽离（被绑在布满铁钉的拷问椅上鞭抽棒打，满身汗渍，饱受皮肉之苦）。他从不认为以这种方式目送灵魂的离开，或目睹灵魂抽离前的痛苦，是一种乐事。但他知道自己必须这样去做。他告诉自己，他与那些在雅典的白俄罗斯人有着根本的不同。那个白俄罗斯人习惯享用福尔马林浸泡的一罐拇指，并把它放在他写报告时要吃的一罐腌蛋旁边，他可是出了名的冷血。格林认为自己是名职业军人，他并不质疑自己的工作，只是有时会这样描写自己心头冒出的疑虑："我的信仰就像那冰冷的美国牛奶，它们无非是漂浮在上面的一层泡沫罢了。"他对退休怀着极其悲观和恐惧的态度，就像他在妻子面前自嘲时说的那样，退休后就只能终日四处闲看。

格林在马萨诸塞州的乡间小路上开得飞快，谈论的话题也不停地变换着：从哈佛、非洲、华盛顿，到纽约和好莱坞。他在戴维面前呈现出一个戴维闻所未闻的世界观，而这其中的重点在于：明智之士可以主宰这个荒唐的世界。这一点是戴维从未想过的，但听格林这么说，戴维觉得这也有几分道理。

"我想你一定会开手动档的车吧，"艾伦·格林对戴维说。"这年头没多少人用手动换档了，真是可惜。你会对车子更加了解，而且，这样会更有趣。"

戴维确实会开手动档的车，因为他家乡还没什么自动档的汽车。家乡的崎岖道路有时会像手指被突然削去那样戛然而止，然后大家只得被迫赶紧换挡。但他并没有告诉格林真正的原因，也许就像格林说的那样，开手动档的车能给人带来更多乐趣吧。

“你开过梅赛德斯吗？”格林问。说话间，他已把车停在一棵光秃秃的榆树下，细小的枝杈伸展在半空，如同网状的棂槛。“想试试吗？”

戴维心里想的是不用，但嘴上却说：“好的，谢谢。”当戴维笨拙地挂上三档时，艾伦·格林一直望着窗外。但旋即，他又把头转了回来，戴维能够感觉到这位长者的眼神一直定格在自己身上，他于是暗自庆幸自己因为需要看着前方的道路而不用转过头来回应格林的目光。

“你是受苏珊·洛厄尔指导选课的学生之一，是吗？”他问。

“是的，”戴维说，心里寻思着格林怎么会知道。“她是个称职的导师。”

“你觉得她真的干过那事吗？”格林继续问。

“什么事？”

“戴维，忠诚也要有个度呀。”

“对不起，我只是不知道您在说什么。”

“显然，哈塔西坚持如果她想留下或接近他，那么她就必须亲手解决一个囚犯。”

戴维想说这太疯狂，但终究没说出口。他脑海里浮现出办公室里，洛厄尔教授倚在桌旁，批改着他的论文的景象。

“我从没听说过，”戴维说，“哈塔西也绝不会这么做。”

“但书确实很精彩，”格林说，“虽然只是昙花一现而已。”

戴维点了点头，视线却未曾离开路面。

那天下午，戴维一直期望着能够见到简。她就如同一剂良药，能够帮助戴维缓解潘趣酒会所带来的压力。但与格林的谈话颇为蹊跷，之后他脑袋就一直空蒙一片。他走进简的房间，见她正在整理衣物。

“我可不想带我的狩猎服。”她给了他脸颊一吻，接着说道。

“你不说我都快忘记了，”戴维说。他其实并没忘，只是不让自己去想这件事罢了。他之所以这样说，是想让简感觉她在自己心目中的地位还没潘趣酒会、夏季实习申请、甚至没自己的课程重要。他本想让她感觉自己忙于自己的生活而忽略了她，但却事与愿违，因此感觉很泄气。

“我听到一些关于洛厄尔教授的传言，着实令人震惊。”戴维开了口，然后把他从艾伦·格林那里听到的话告诉了她。

“等一下，”他话音刚落，简急忙说。她打开电脑，“把你刚说的再说一遍。”

“你不能——”

"求你了，戴维。我绝对不会提到你的名字。"

戴维又想起了上星期在洛厄尔教授办公室时，她说她多么痛恨国家安全部队时的表情。于是他犹豫了。

"你的话只是作为背景材料而已，戴维，"简说，她正盘腿坐在床上，做好了记录的准备，"我又不会用它做违法的事。"

31

夕阳西下，海上风力渐弱，提克正缓缓航行在清澈如镜的海面上。伦特点了支烟，斜倚在左舷上，抽了起来。然后他把吸完剩下的烟屁股弹进了清澈的海水，这多少令提克有些反感。

"你要知道，我们也没想到会发生这样的事，"伦特声明，一脸认真地说。

"准备转向。"提克说。伦特的谎言使他决定改变航向。虽然他一直在克制自己，但那个芬达少年的身影依旧萦绕在他的脑海。

伦特又点了支烟。这时海上风力渐强，提克逐渐减速，旋即调成后侧风行驶，帆船掠过层层涟漪，渐渐远离了陆地。两人眼前一望无际，只有那茫茫的印度洋。提克谈到了他与哈塔西的会面。

"那么你对那伙人有什么印象？"伦特一边说一边暗自庆幸

这孩子还活着。去他妈的艾伦·格林。伦特心里盘算着，总之，虽然提克的生还会造成一些麻烦，但提克若是死了，自己的事业也会被连累，那样情况会更糟糕。而且我他妈的也不想让这孩子送命。

“布莱克福德，这是我知道的唯一一个名字。那些人里面只有他是美国人，而且他们的装备跟美国部队很像。”

“我们才是他妈的美国人。”伦特说。

伦特声音中突如其来的愤怒让提克有些吃惊，接着伦特又开始咒骂目前这个乱糟糟的局势，他受够了，他要把提克送回家。只需再过一个月，他就可以与其他特工们完成交接工作，从内罗毕全身而退。这个哈塔西任务彻底结束了。他妈的彻底搞砸了。话尾，伦特语调变得柔和多了。

“提克，不管在那里发生过什么，那都不是你的错，也不是我们的错。但不管怎样一切都结束了。”

虽然那个芬达少年的身影仍在脑中挥之不去，但听到伦特这样说，提克心里好受多了。因为他知道自己会像往常一样服从命令。挣脱羁绊令提克释然，但随之而来的是一丝愧疚，他能感到自己内心的挣扎。

“掉头。”伦特一边说一边把第二个烟头弹到海里，“让我们回到该死的陆地上吧。”

32

天气晴朗，却狂风大作，树叶就像学生随手扯碎的论文一样，堆积在排水沟里。但卢卡斯和威利是不可能写论文的。他们俩正走在去代达罗斯酒吧的路上，去品尝那里的蒸鸡蛋，这道菜总是搭配着美味的鲑鱼。卢卡斯因为活着而高兴至极，即使是在宿醉中他也无比乐观，而威利则更悲观消极一些。这就是生活，他一边想一边为自己的敏锐的洞察力而洋洋自得。生活真美好，他正计划着去欧洲度假，在那里参加滑雪后的社交活动。他昨晚烂醉如泥，所以对欢愉时刻中的尴尬毫无印象。那些应该是来自加勒比海达连湾的新生们，他琢磨着。还好那个大一女生来自那里，这样自己就不用担心该怎样面对她了。因为自己昨晚毫无绅士风度，只顾着尽情作乐去了。另外，还有一个新发现——

“天哪，趁这清新的空气还没熏死我之前，赶紧给我掏根烟吧！”威利大叫着，惊扰了卢卡斯的思绪。

“你还没看那些新广告？”卢卡斯问，同时递给他一个银色烟盒，“上面画着一颗跳动的心脏，一个支离破碎的肺还有一个身患癌症的胖子。”

“哈哈哈哈。”威利大笑，心里却对卢卡斯在昨晚的睡衣派对上搞到了那个大一女生这件事醋意十足。他像疯子似的大笑着。

"哈哈哈哈。"卢卡斯也学他大笑起来。威利有时真他妈的像是疯了。

"哈哈哈哈。"威利继续嚎叫着。

他俩立在那里，模仿着彼此的笑声。但两人逐渐都被笑声所感染，模仿声变成了真正的大笑声。两人不停地笑着，笑得腰都直不起来，威利的眼角甚至都挤出了泪水。由于吸烟加上笑得过于猛烈的缘故，威利一边笑一边干咳，最后干脆把烟头也扔到了一边。

33

此时，拉齐正立在哈佛园的宣传栏前面。他经常在宣传栏前徘徊，仔细翻阅学生社团的宣传页。当晚早些时候，当年他报道阿尔·伊穆迪事件时的一个旧情报来源在他的语音信箱留了言，但只留下一个名字和回电指示。拉齐查了此人的底细，发现他曾与阿尔·伊穆迪密谋盗窃了伊斯兰金融总部和多家伊斯兰银行，人刚刚在索马里遇害。这完全说不通呀，这人为什么会出现在非洲之角呢？他理应是在法国南部才对。这太让人捉摸不透了。拉齐并没有给线人回电，而是出去小酌了几杯。酒吧里，身旁的一个女人说她是个护士，但拉齐却想到了苏珊·洛厄尔。那女人一直喋喋不休地讲着她的病人，这让拉齐觉得她并不是个称职的护士，然后他离开了酒吧。现在，他正在宣传栏前来回踱着步，思考着是否该回到酒吧，去看看那护士怎样了。

“该死！”拉齐咒骂着，望着面前的一张海报。那是一条关于波士顿非洲行动组的会议通知。早午餐、集体讨论，还有研讨会。

“去她妈的。”

第二天早上醒来时，拉齐的脑袋依旧在嗡嗡作响。他出了门，去参加在哈佛园塞维礼堂举行的波士顿非洲行动组会议。跟那女护士的对话早已被抛诸脑后。

礼堂里几乎都是些十来岁的年轻人。拉齐没有理会签到表，绕过一个穿着绿色T恤，正建议同伴加入网络论坛的金发女孩，径直向食品区走去。这里的松饼都是用专业模具烤出来的，他往嘴里塞了两个，然后灌了一大杯清凉香甜的橙汁。

他在观众席上离主席台较近的地方坐下，偷听着那些参加会议的论坛成员聊天。他想：要是在校园里再听到有人讨论失眠症的话，那他就会，嗯，就再他妈的去喝一杯。除了他自己、那个一头卷毛的家伙还有那个来自苏丹喀土穆大学法学院、待会儿还要操着浓重口音发言的学生之外，礼堂里都是白人。那个瘦削的人道主义“本土女王”正在发言，观众席上等本科生对她的发言赞叹不已。这个女人拥有法律和政治双学位，胸部丰腴，做过田野调查，口音无法辨识、略带一点英国腔。演讲的内容充斥着撤资、受挫和希望。但她在整个发言中对哈塔西大屠杀和最近的一些新闻却只字不提。

拉齐作为记者的本能战胜了他的宿醉反应，于是他举起了手。那个人道主义女王指向他，“好的，你有问题吗？”

“谢谢，”拉齐说，“我想知道，最近关于哈塔西和美国决定为阿尔·卡提卜提供新支援的新闻沸沸扬扬，针对这些新闻，我们作为波士顿非洲行动组会作何反应？”

她并没有立即回答，而是首先查看了首席分析员的分析摘要。然后，她回答说，鉴于这些发展势态都是最近才发生的，因此委员会还未对此达成共识，但想必也会对我们的支援方针有所影响。另外还说这个问题在研讨阶段提出来，是极具代表性的。

好吧，拉齐心想，我他妈的还真期待她能给出什么有价值的回复呢。

当她发言结束时，学生主席——一个相貌平平，又矮又胖的女生久久地拥抱了女王。她非常敬畏女王，希望将来也可以像她一样成就一番事业。那个学生主席欣赏女王的特立独行，后来还曾去了非洲，因为她相信女王所讲的一切。这一幕被拉齐看在眼里，他觉得那个学生主席就像变形虫一样想要把女王吞掉。

拥抱之后，学生主席说，“接下来我们将提前休息三十分钟。我真心希望大家能够互相结识一下，以增进了解。因为有些人是大老远赶过来的，非常不容易，你们应该起身与来自地球另一端的同学做个自我介绍，相互认识认识。”说着，随手指向一个穿着风衣的家伙，“因为你跟他此行抱有相同的目的，我们同是为了非洲的朋友们，也许他们此刻正坐在另一个房间里。但不管他们是否出席，我们依然要记得此行的目的。”

那天下午，拉齐去酒吧之前先沿着河边散了一会儿步。他思考着自己到底知道些什么——一无所知——同时反省着自己当初是否应该选择记者这个职业。在酒吧，他总结若想要获得信息，只有三个可靠来源：酒保——一身乡村摇滚乐手打扮，头发向后梳得锃光瓦亮，戴着墨镜——此刻正跟人讨论着新英格兰爱国者橄榄球队坚毅果敢的风格和有史以来的最佳表现；电视，正播着大学生橄榄球赛；拉齐本人，镜中的他，疲惫，沧桑，宿醉未醒。

他想起了自己还是学生时，在华盛顿特区的参议院办公大楼的实习经历。他曾问过一个参议员副手一个稚嫩且愚蠢，但结果反被认为极有深度的问题：“政策制定所需要的信息是从何而来？”那个助理说所有特定政策的制定者都拥有固定的信息来源，比如情报机构，智囊团或来自公众的压力，那个助理接着说，当然，信息来源要与所制定的政策契合。所以从这些方面综合判断，要处理的信息源越少越好。拉齐想，今天我会把注意力放在电视上，然后拿出我最好的状态试探一下这个酒保。

当拉齐还在乔治城大学读大学三年级时，他就已然一副酒鬼的样子，当时他还担心暴饮会导致自己的头发脱落。因为他经常会头皮发痒，所以有时也会忧心忡忡地望着水槽中脱落的头发丝儿。当他喝到第三杯时，他看到在记忆的结晶中，自己站在造物主门外。他记起了他不再担心头发脱落的那一天。面对自己的记忆，他放声大笑。

“你还好吗？”酒保问。

“我的信息来源太局限了。”拉齐说，令酒保有些摸不着头脑。

赐予我与人为善的能力吧，他心想，然后又要了一杯酒。

34

虽然会面的要求是苏珊·洛厄尔提出的，但哈里森总监坚持把见面地点定在苏珊的办公室，说是想“见识见识著名作家的办公室。”她觉得哈里森有些太咄咄逼人，而且令人生厌。她本想把地点定在肯尼迪政府学院的某个小型会议室里，但哈里森说，会议结束后他想在去走廊那头的办公室跟他的老朋友亨利·罗斯打个招呼，于是这就成了他改变会见地点的另一个原因。这令苏珊感觉好像是一个糟糕的约会对象饭后坚持付账，然后还要一路护送自己回家一样，说不出的难受。当然，有一点不同的是，这次见面是她自己主动提出来的。

哈里森翘着二郎腿坐在椅子上，冲着苏珊抿嘴微笑。他们聊了一会儿苏珊的弟弟们，他们跟哈里森的小孩年龄相仿，并且毕业于同一所私立预科中学。但他的几个孩子都没能子承父业，像父亲那样进入外事部门工作，这一点令哈里森很是失望。前天晚上他在俱乐部靠着壁炉喝着苏格兰威士忌时，还一直在想这件事。

他希望能在俱乐部里与苏珊·洛厄尔进行这次对话——不过也只是想想罢了，这可是正式采访，远非聊天那样轻松。不过，他倒是经常希望可以带个女伴去那里，那是他的地盘。但带女伴去是有违规定的。通常女人是不允许进俱乐部的，除非她与俱乐部会员的婚龄超过二十五年。即使是这样，这种情况发生的几率少之又少，更何况他永远也不会把自己的妻子带过去。

苏珊与哈里森交情并不深。他们只见过一次面，在某个智囊团招待会上。哈里森对苏珊的工作没有任何意义，直到这次，局势变得如此复杂。苏珊很清楚，在充分了解并吃透他的想法之前，自己不能太过草率。这就是她作为记者，擅长掌握采访节奏的特殊技能——她知道何时才是发问的最好时机。但她也必须把事情的真相弄清楚，毕竟这次采访终究与加深彼此的友谊无关。

他对苏珊获得普利策奖的事表示了祝贺，这一点苏珊早有预料。于是她对他表示了感谢，借机直截了当地问他最近是否听说过关于哈塔西的消息。

而他则说虽然他们的政治立场时常出现分歧，但在一件事上他们一定有共同的见解，说这话时他的声音听起来真诚得令人发腻。她从不同人的口中都听过类似的语气——参议员、革命游击队员、内罗毕的小偷、神父、犹太法师、东京禅师、占星家、建筑师、恐怖分子、在好莱坞夏特蒙特豪华酒店的电影制片人、警察和消防员、她的家人、成功小说家、乞丐、出租车司机、甚至还有个宇航员。

苏珊笑道："那是什么？"

"我们同样深爱着这个国家。"

"当然，"她回答说，"我们会不遗余力地保护它。因此我们绝不容忍有人来搞破坏。"

"你真是个聪明的女人。"

还没等她插话，哈里森又开始继续高谈阔论，说这项事业比美国人的生命还要崇高。还说哈塔西这些人试图扼杀自由，他们想要熄灭世界上的所有的希望之光。他们要的是沉默与恐惧。他们要女人们臣服。而我们要做的就是要保护所有像洛厄尔一样的女人们的生存权利，否则女人们将不复存在。

"你也将不复存在。"他坐在椅子上，把身子微微前倾。

一番话令苏珊牙关紧咬，她稍作调整，尽量不把厌恶的表情挂在脸上。她问哈里森上星期在肯尼迪政府学院做的那场演讲到底与哈塔西有什么关联。

"我们有理由相信哈塔西与基地组织有联系。"哈里森一字一句，厉声说道。

"真的吗？我以为他在打内战。"

"那只是他的说辞而已。"

"那么他到底是什么样的人？他太神秘了。"

“这些都无据可查，”哈里森严肃地说，“我知道你们这些人都希望他是个自由战士，但他不是。甚至从一开始，我们就知道他与表面声称的形象完全不符。换句话说，索马里国家安全部队和阿尔·卡提卜虽然残忍，但据我们所知，与哈塔西相比，它们算是够心慈手软的了。”

“但他没滥杀无辜呀。”话一出口，她就觉得自己有些失态。但她的理智已被遏制不住的愤怒吞噬，她必须要从哈里森那里得到些答案。“我同意你说的，”她补充道，企图掩饰自己的真实想法，“他跟土匪是一丘之貉。”

“苏珊，”哈里森说，“我可不是土匪。”他说这话时双眸冷酷无情，将身子向苏珊靠得更近了一些，似乎集中了全身的力气开口道：“这些话私下里我才会跟你说的，苏珊，我喜欢你，我觉得你是个聪明优雅的女人。所以如果你在他身边还留有什么人，比如金发美女、朋友、同事或者厨子什么的，任何与这个恐怖分子接触过的人……”哈里森没有再说下去，而是仰靠在椅子上，盯着苏珊，然后站了起来。“教授，祝贺你获得普利策奖。”说着，转身走了出去。

★ ★ ★ ★

苏珊仍坐在桌旁，凝视着窗外。五分钟后，有人敲门。

“请进。”她说。

哈里森咕哝着说他把公文包落下了。包就靠在他刚坐的椅子旁边，他弯腰取过包就转身出了门。苏珊想笑，却笑不出来，于是她继续向窗外望去。

35

提克还没来得及仔细审视死亡，就已被它包围，眼睁睁地看着死亡把自己越裹越紧。他并不明白死亡是什么，也许直到真正入土的那一刻也没人明白。但一些人却频频与死亡擦身而过，而提克很早就明确了自己的心意，他想近距离与死亡对峙，在死亡面前抹去额头的血迹。

征服它，回击它。这就是提克一直试图想要做的。他同时思考着，作为一个合格的士兵，当死亡不期而至，不容得你有一秒钟的思考时间就必须奋起迎战。这太可怕了，就像一场噩梦。你必须保持对死亡的关注，并娴熟地掌控它。但还有比这场噩梦更可怕的事：面对死亡毫无头绪、惊慌失措、歇斯底里。在与死亡交锋的第一回合就败下阵来。

提克甚至已将自己的父母置之度外——因为每个人都有父母，他们可能身患癌症，双手颤抖，或正经受着死亡仪式一般的现代医疗保健——但他依然能够感到骨骼中死亡的震颤。他盯着自己皮肤下突起的肌腱，总是幻想着那无限的可能性——动植物吞噬人类的无穷能力，甚至能把人整个消化吸收。他觉得要想明白死亡，就必须与之形影不离，但这样太危险了，可能会把他逼疯的。只是见过一些尸体还远远不够——那跟电影中的场景没什么两样，除非，当时你也在场，只不过在和死亡搏杀时占了上风。这就是提克长久以来的想法。

托马离开医院的那个早上，他们正开车驶出内罗毕，突然一个衣衫褴褛的小孩冲到“陆地巡洋舰”前面。只见他满脸的鼻涕眼泪，情绪却异常兴奋。他的心脏每跳动一下，下巴下方衬衫口袋里的那一瓶胶水就会跟着晃动。所以他每次呼吸都一直都在闻胶水的味道，来驱赶饥饿。他尖叫着，要托马问身旁的提克“把该死的钱交出来，你看我一分钱都没有，而他却富得流油！为什么你要载这个白人，快点给钱。快给我！”他伸出一只手，手掌向上，另一只手朝他们挥舞着，而提克开着车继续缓慢向前行驶。但那小孩不肯闪开，接着就冲着他们恸哭起来。

在这一刻，提克似乎又看到了在哈塔西的村子里那个拿着芬达易拉罐碎片的男孩被子弹撕裂的景象。眼前的小孩和芬达少年仿佛重合在了一起。他有话想对那个“胶水小孩”说，想向他解释关于白人和钱的问题，但这些目前都不再重要，因为在提克眼里，转眼间胶水已炸飞了那小孩的骨髓，子弹也掀开了“芬达少年”的胸膛。每次看到有人点烟，提克的眼前就会浮现那人面朝下躺在地上的景象；每次看到有人开车，他就仿佛看到被撞的血肉模糊的内脏。关于这些幻象的原因，他想解释。但他又能如何解释呢？无从说起。绕过那“胶水小孩”时，提克直直地盯着他，在心里默默安慰自己：只不过是工作中遇到的一个乞丐而已。

“你知道关于在街上撞了人这件事，内罗毕政府是怎样规定的吗？”他们甩开那个讨钱的“胶水小孩”后，托马说道。

提克确实知道，因为这是人所共知的。使馆的官方旅游提示手册是这样说的：“如果你在街上撞了人，不要停车，继续行驶，因为你一旦停车，他们的朋友很可能会敲诈你。你也并不会因此而被起诉。”

除非你是真正肇事逃逸，托马话音刚落，提克突然这样想。无论是谁，肇事逃逸后一定会被绳之以法。这种想法令提克心中一惊，于是他赶紧打消了这种念头。

当他们绕过乞丐小孩，绝尘而去时，托马瞥了提克一眼，暗自笑了笑。提克透过挡风玻璃，出神地望着前方。托马暗想，这个故事总能震慑住他们。

36

苏珊拿着一杯酒，再次来到了屋顶。自从上次与哈里森会面之后，她心里就一直压着一团火。这时手机响了，是来自《克里姆森报》的一个叫做简·贝克的记者打来的，询问她对哈塔西大屠杀有什么看法，中间还提到最近关于她为了接近哈塔西亲手处决了一个囚犯的传闻。这真是太离奇了。

“我做了什么？”她反问道。

简·贝克早已下定决心自己绝不会被吓退，所以解释说这是洛厄尔教授的一群学生向《克里姆森报》反映的，并希望《克里姆森报》可以查证谣言是否属实，虽然他们不想影响课堂分数，但他们觉得有责任……

“等哪天你们他妈的长大了，我就会解释给你听。”苏珊说着挂断了电话。

之后，她把黑莓手机关了，这样她就可以整理思路，专心思考哈塔西的事。哈里森明显在撒谎……托马也被切断了与外界的联系……加上英国广播公司的报道……还有政府发表的奇怪声明。现在又冒出一条关于自己处决囚犯的传闻。也许还是不想为妙。

一杯酒饮毕，她打开了手机，后悔当时不该对那个记者发脾气，同时也不敢相信自己刚才冲动的言辞。她想自己应该主动打给《克里姆森报》，要求与那女孩通话。但眼下她有一条未读消息，是亨利·罗斯主任为了他所谓的“局势”问题而专门发来的。他说他确定一切都会平息的，他对苏珊的人品毫不怀疑，但面对最近媒体的广泛关注，以及哈佛大学非洲和美国黑人研究系的连续审查，这些问题是不可回避的。系里不可能出面表态说支持哈塔西大屠杀，这些话题都太敏感。一切都简直如同二战时期德国纳粹对犹太人的大屠杀。

学术委员会肯定会尽量谨慎行事，但他们需要她写书过程中的所有记录。如果委员会打算维护苏珊本人，并为苏珊的书辩护的话，他们必须首先事先做好全面准备。

第三部

天还没有亮，于是他决定出去跑步。大学毕业后他就再没有这样跑过步了。以前他的朋友们会说他真是个铁打的“硬汉”，但现在看到他在这里跑步，一些人会叫他疯子，或说他太鲁莽，因为他在内罗毕破晓前的黑暗中跑步就像个缓慢移动的活靶子。

内罗毕，肯尼亚，200X年

提克向来滴酒不沾，但这次他却买了一公升杜松子酒。凌晨四点钟，在狭小的卧室里，他盘腿坐在地板上，背靠床沿，凝视着摆在他面前的五个空芬达饮料罐。杜松子酒瓶已经见底。他把最后几滴酒倒进装着芬达饮料的塑料杯里，然后踉跄起身，眺望窗外烟雾弥漫又闷热的夜。他意识到烟头已烧到了自己的拇指尖，却依旧一动不动地夹着它，直至烟头烧到皮肤，最终在手上熄灭。然后，他把烟头弹向窗外的大街上。他拉开窗边桌子的抽屉，取出一把手枪。

“这，”他一边点着头一边说，“是判断失误。”

他转过身又瘫坐在地板上。“他妈的……”他挥舞着手枪，自言自语道，同时缓慢地靠回床边。“眼睁睁看着几具尸体，却又无能为力。”看到手中的枪，他大吃一惊，就好像自己也不知道枪是怎么跑到手里的。“要把子弹卸了。”

他于是卸下手枪的子弹夹，并用拇指将一颗子弹抠出。

“第一点，”他把子弹立在其中一个芬达瓶罐上。“我得到的太多了。”他从子弹夹中抠出另一颗子弹，立在另一个瓶罐上。“第二点，我的工作做起来得心应手。第三点，”卸下第三颗子弹后，他迟疑了一下，但还是把它立在了瓶罐上。“今晚我太不专业了。”

他笑了笑，然后眉头紧蹙。

“第四点，并不仅仅是几具尸体，而是整个村子的人呀。这可不是细微差别。”他继续卸着子弹，身体开始摇晃，语速开始加快。“是呀。看看现在的你，酩酊大醉，连五都数不到，还在这儿自言自语，你这混蛋。”他说话已经开始含糊不清，深呼吸后又点了支烟。“明天，工作。而今晚，”他把枪管对着拇指，“把拇指烧伤了。”他强迫着自己再次站起来，检查了门锁，把枪放回抽屉，然后又费力地把床头的闹钟定了时间。之后就不省人事，仰面倒在了他铺好的床上。

37

提克从芬齐岛回来后的第一晚，就酩酊大醉并且自言自语。第二天早上他早早地起了床，想到昨晚无节制的狂饮和不安的大吼大叫，提克就觉得很尴尬，决心以后要坚强一些，而且留在内罗毕的这些日子里要保持身体健康。提高抵抗力。

天还没有亮，于是他决定出去跑步。大学毕业后他就再没有这样跑过步了。他回想起当时他放弃了在体育馆里用着跑步机，同时观看即时播报战事新闻的电视，而是选择了沿着河边的小径在寒冷中奔跑。以前他的朋友们会说他真是个铁打的“硬汉”，但现在看到他在这里跑步，一些人会叫他疯子，或说他太鲁莽，因为他在内罗毕破晓前的黑暗中跑步就像个缓慢移动的活靶子。但他坚持为自己而跑，而且这样做可以缓解他的宿醉反应。跑完全程时，明艳的太阳已经跃出了内罗毕的地平线，散发着柔和的光晕，将金色的光芒洒向大地。当阳光照耀在基贝拉、玛萨瑞和科罗戈乔贫民窟那像是蒙上了一层铁皮似的海面上时，环绕着太阳的那层光晕似乎更加厚重了。接下来的每天早上他都会坚持跑步，并把跑步作为帮助自己度过艰难岁月的法宝。因为他必须通知其他特工自己要离开这里了，而提克讨厌这样。没有人对提克的离去表现出过多的惊讶，因为这种事情时有发生，别的特工离开时也对他们说过同样的话。提克每天的生活一成不变，顽童和街边叫卖的小贩依旧会对他纠缠不休，直到被提克流利的斯瓦西里语吓了一跳才肯作罢。生活中唯一的不同就是之前发生的事情会令他很困扰。他还因此做过好几次噩梦，但梦醒后就忘记了。提克阅读了所有与哈塔西相关的新闻，大多都是些负面消息。但每天早上，他仍然坚持跑步，雷打不动。

还有十天提克就可以乘飞机回家了，今晚他要去位于内罗毕西南部的卡伦故居参加晚宴。抵达高大的安检门前时，各种鲜亮的色彩令提克感到目眩：油绿的草坪、亮丽的蓝花楹，还有紫色的九重葛。穿过安检门，提克走在砾石路上，脚下嘎吱作响。他本不想来参加这次晚宴，但他觉得来露个面也属于他职责的一部分。那些派对无非就是相互打探消息罢了。“这么优秀的特工，五年才培养出一个呀。”伦特曾这样说。奢华一向是种不错的掩护，也许这可以让他忘记那个村子，布莱克福德和那里的一切。他需要转移注意力。提克知道自己看起来越是容光焕发，就越是不需要多说话来应酬。他有三套一模一样的西装，派对前一天他把其中的一套送去干洗了。

那天早上他读了《纽约人》杂志里城中话题这一版的主要内容。文章说学术委员会正在围绕苏珊·洛厄尔所写的那本关于哈塔西的书展开调查，还说普利策奖被收回的事很可能在历史上再次上演。提克还饶有兴致地发现，首次将整个洛厄尔身陷哈塔西事件的丑闻公诸于美国媒体的是一个叫简·贝克的哈佛本科生，她同时还是《克里姆森报》的一名记者。文章中称简是“看起来像电影《双面娇娃》里斯碧尔·谢波德一样的美人儿”。之后她还做过一期电视访谈。与此同时，要求苏珊·洛厄尔对此作出回应的声音铺天盖地而来，但苏珊对此始终保持沉默。

事情怎么会演变到这个地步的呢？提克心想。如今洛厄尔也身陷泥潭。太倒霉了。但至少她还活着。更何况运气这东西根本就不存在。

只能奉命行事的感觉真令人羞愧。

走到白色砾石车道尽头，一个男孩为提克打开了第二道门，并把他引到前廊，女主人正在那儿打着电话。看到提克，她立即挂了电话说道："迈克尔，快来见见简。"女主人是一位微微有些发福的中年贵妇，举手投足间颇有老一辈殖民者的腔调，她开门见山地向提克介绍说："她在哈佛读书，甚至比你还要优秀。"语气中有一丝骄傲。

她挽着提克的胳膊，穿过房间，来到落地玻璃门前。门外是一片绿油油的草坪，满眼苍翠。草坪尽头支着一个烧烤炉，米尔顿·兰伯特正站在烧烤炉旁尽情享用一瓶大象牌啤酒，并偷偷瞄着简·贝克的无袖衬衫胸前不小心泻出的春光。

从审美角度判断，提克和简对各自在私立学校时所受的教育是同样的满意。握手时，两人的背都习惯性地挺得笔直。提克还发现，自己很喜欢简纤细的双臂所呈现出的光滑色泽。

"太不可思议了，"简指着坐在花园拐角处坐在白色椅子上的乐师们说，"我还从来没听过弦乐四重奏呢。"

提克在纽约上五年级时就听过，那时他刚加入尼克博克礼仪学校，学校位于中央公园和麦迪逊大街中间的一所褐石建筑中。第一堂课就有一个身穿晚礼服、微胖的老绅士跟所有学生依次握手，同时问候道：“你好，先生。”或“你好，小姐。”男孩们和女孩们在豪华的舞厅相对而坐，然后被老师叫起来，轮流结对，学跳狐步舞、华尔兹和恰恰。

提克那时很讨厌尼克博克。第一天上完课回到家，他就对父母说他不需要专门去学怎样握手，还说他绝不会再去学校，语气听起来像是毫无回旋余地。握手还用人教吗？我知道该怎样握手！但他父母坚持他继续去学校。提克并不爱发脾气，但那次却极力争论，甚至大声咒骂尼克博克。虽然对提克的倔强忍无可忍，甚至因此被激怒，但他的父母仍然会坚持与他理论，并向他解释，直到提克无力争辩为止。他们从来没专断地说：“就这样定了”，但他们也从来没妥协过。提克最终身心疲惫，只好承认这也许是个不错的选择，然后继续去学校上课了。过了一段时间，他发现自己还挺喜欢这个学校。他在那里学会了跳狐步舞、华尔兹和恰恰，孩提时学到的东西往往会伴随人的一生，提克也不例外，从此跳舞对他来说就变成了一种自然的习惯。

提克大四时，有很多参加成年舞会，和出入正式社交场合的机会，他早已忘记自己当初是多么讨厌跳舞，跳舞对他来说是再正常不过的事情。那些正式社交场合，正如单人床边墙上挂的荒唐海报或“脸谱”社交网站上的可笑留言一样愚蠢至极。但提克还是全情投入，尽情舞动。虽然说起来有点可笑，但不管怎样，回头想想，跳舞就好像也变成了他的另一份工作似的。

★ ★ ★ ★

“可否赏光跟我这个老头子跳支舞呀？”兰伯特问简，同时将啤酒瓶放在烧烤炉边。

“但没人跳舞呀。”

“我们会成为一道独特的风景。”兰伯特坚持说。

简笑了笑，握住了他伸出的手，但眼神却望向了提克，欲言又止的双唇和轻挑的眉稍都在传递着求救的讯息。于是几分钟后，提克走上前去。简轻吻了兰伯特的脸颊，而后开始和提克共舞。伴着四分之三的舞曲节拍，提克拥着简环绕着花园翩翩舞动，裙角飞扬之处客人们纷纷举杯示意，满脸笑意。

“这场面就好像是美国上流社会的女作家伊迪丝·华顿来到了非洲一般。”简开始品头论足。

“希望如此。”提克说。他正品味着她搭在自己肩膀上的玉手不经意间所传递的微妙感觉。他突然发现自己早已忘了单纯喜爱一个漂亮女孩的感觉是多么奇妙，这些也暂时抵消了上个月所发生的事情对他不断的侵蚀。

“当然，我还有相当严肃的事情要做。”简说，想让提克知道自己并不只是个傻乎乎的观光客而已，“你听说过哈塔西的事吗？”

“第一篇关于苏珊·洛厄尔的报道是你写的。”提克说。

“哦，天哪，你看了？我觉得哈塔西这个人物很有趣。委员会还在调查她的书。”

“你很惹人注目呀。”提克说。

"因为那个处决囚犯的谣言的关系，近一个星期我确实挺引人注意的。你也知道三人成虎嘛，"简笑着说，"只是我运气好罢了，而且我相信真相终究会水落石出的。"

"真相？"提克问。

音乐声停了，琴弦似乎还在低吟。他们转过向屋内走去，因为米尔顿·兰伯特正在叫他们过去一起坐。

餐桌上摆放着水晶与银质餐具，晚宴中三人眼神交汇、谈笑风生。提克脑中仍塞满了苏珊·洛厄尔和哈塔西，但嘴上却只字未提。等等再说吧。他们一边喝着咖啡或白兰地一边交谈着，酒过三巡，兰伯特又开始改喝巴罗洛葡萄酒，而且是杯不离口。提克和简的酒量虽然比不过兰伯特，但两人也没少喝。

席间三人相谈甚欢。对于简的无所顾忌，提克的回应意味深长，而兰伯特的反应则幽默诙谐。对于兰伯特所说的一些出人意料的话，简也会幽默回应。她还会时不时在两个人面前卖弄一下风情。如此这般，三人的互动相当活跃，他们谈论的内容涉及到政治、野生动物、艺术、女主人以及女主人的那些高傲自负的朋友们（说到这个话题时，提克并没有搭腔）。其他客人被这边的独特风景和热烈气氛所吸引，也相继加入了他们这一桌的讨论。兰伯特对新成员的加入表示欢迎，而简也注意到了提克在与每个人交谈时所表现出的收放自如。这令她与别人聊天时也会留意提克都在说些什么。

提克起身去洗手间，顺便出去透透气。屋内的卫生间被人占用了，所以他不得不穿过房子去后花园的另一个卫生间。开胃菜之后乐师们已经把乐器收了起来，但提克关了水龙头之后却听到一阵舒缓悲伤的小提琴声。

音乐声是从后门外飘进来的，所以提克来到门边的窗口。他看到一个看上去有几分醉意的乐师独自坐在空荡荡的后花园，舒缓地拉着小提琴。提克隔着玻璃凝视着窗外，仔细聆听着音乐，突然一只手搭在他肩膀上，吓了他一跳。

简站在他身后，抬头望着他。

“音乐又来了。”她说，此时的她已微醉，激动地拉着提克的手，和着小提琴独奏的音乐，一起在走廊翩翩起舞。

“这场晚宴的花销会令非洲兄弟们吃不消的，”她说，“我们太腐败了。”她的手搭在提克肩膀上，而这个肩膀使他想起了戴维。事情就是这样顺其自然地发生的，她想，她与戴维的关系很可能会就此结束。不管提克身上的异国情调怎样浓重，在卡伦故居这里也好或在简没去过的地方也好，她跟提克之间并不存在什么天壤之别。他确实极富魅力，但却并非来自异国他乡。而且他也不是黑人。简已经在戴维身上花了很多时间，现在她可以松口气了。很简单，简心想，你只需跟随心的指引。

“我曾在舞蹈学校学过跳舞。”提克说着，身体突然感到一阵“性”趣盎然，同时脑子里也闪过一丝这样的念头。也许就是这样，可能他自从在尼克博克起，就一直过于死板地遵守着规定，现如今又做着一成不变的工作。他正与其他特工在交接工作，但如果简可以使苏珊和哈塔西丑闻浮出水面，也许她有能力制止事件的进一步发展。也许提克可以把她也发展成为自己的专属特工。提供专属两人的独立信息服务。虽然他并不知道想法成功的几率有多高，因为期间她做的每一件事都将会都影响事态的发展。但他自己想要做点什么，制定一项计划。总比自言自语强。

与在花园不同，他们在门厅中的舞步更舒缓，更简短，而且他们可以更肆无忌惮地开着玩笑，因为这里只有他们两个人。期间提克问了很多问题。音乐声停了，简去了洗手间，而提克再次回到了前花园的派对。此时其他客人有的已经离开，有的正准备起身。女主人站在火炉旁边，正轻声地对黑人侍者吩咐着什么。火光摇曳，映衬出她的白色皮肤和他的黝黑的脸孔。兰伯特站在她旁边向提克招手示意，邀请提克睡前小酌。

“我们可以聊聊那些共同的朋友。”

提克还未来得及答应，简就出现在了他们身边，因此兰伯特也向简发出了邀请。

“我的‘苹果’音乐播放器上带扬声器，”她看看兰伯特，又看看提克，接着说，“我们可以再跳一会儿。”

提克点了点头，并用食指蹭了蹭烫伤的拇指，这是他今天一整天的习惯动作。

38

漫长的一天又过去了，期间鲜有几个电话打来。苏珊·洛厄尔坐在办公室里，轻击鼠标，点开了下一张照片。电脑屏幕上闪现出哈塔西和她自己的面庞。照片不是刻意拍摄的，两个人都没看镜头，照片中的她正在微笑，但她实在记不起当时在笑什么。而他正盯着地面沉思，用那只动物头骨的手杖指着他在地上做的画。苏珊努力回忆那些日子，企图从中找出关于哈塔西，也关于她自己的一些线索。她曾经工作起来是多么的游刃有余呀。她怀疑如果流言是真的，当时自己怎能完全忽略这个男人的本性？下一张照片中，他们正相视而笑，彼此握手。她看着他的啤酒肚，和他的坦率站姿。不，她是对的。这个世界全是狗屁。她突然怒火中烧，一时的愤怒就像荆棘一样不停扎刺着她的胸膛，这促使她拿起了电话。

苏珊曾极力克制自己不给罗格·克努斯特打电话。事实上，上回他出现在地窖酒吧时，她就努力克制自己不去找他算账，并当面给他一拳。但现在，她决定给他打电话，把话说清楚。

“是你告诉拉齐说哈塔西的弟兄们被杀了，”她问，“那关于哈塔西屠杀的情报你是从哪儿听到的？”

“我在三角洲特种部队的线人说是哈塔西自己干的，”克努斯特说，“因为哈塔西发现村子里有叛徒。”

“不像他的作风。”

“这是我为了写书搜集到的情报。”

“你线人的幕后老板们会牵着他的鼻子走，让他怎么说，他就会怎么说。”

“如果他在这一点上撒谎，那他可能从头到尾都在说谎，那样的话，我的书不就是谎话连篇了嘛。写书的过程中，我自始至终都参与了采访，我相信这个人。”

若不是隔着电话，苏珊几乎想啐他一脸，“所以你的意思是，仅仅因为不能改变过去，所以你就是对的吗？”

“不要怀疑我的人品。”克努斯特语气平静地令人恼火，“你还是执迷不悟。他和其他那些人都是一个德行。”

苏珊挂了电话后情绪并没有好转，也许自己应该跟那个叫简·贝克的女孩谈谈。执迷不悟？真是这样吗？

39

戴维收到了最后一次潘趣酒会的邀请，这是进入期末俱乐部的最后一道门槛。受邀人还特别要求必须准时到场，并准备一篇脱稿演讲。罗伯特也在邀请之列，但这使戴维有些忐忑不安。他们俩是仅有的两张异国面孔，他可不希望俱乐部会员认为他们俩个有什么关系，但他担心大家偏偏就是这么认为的。

湿冷的夜色里，两人走在鹅卵石小道上，罗伯特说："这条路走上去感觉真好。"晚宴的地点设在湖滨俱乐部，是一位绅士所开，坐落在比肯山上。

"我很好奇参加晚宴的都会有谁。"戴维说。

"无非是上次参加酒会的那些家伙再减去一半。"

两人边走边聊，戴维很想问罗伯特他对这个俱乐部有何感想，他是真的想加入还是只想玩玩而已。但他忍住了，不想表现出一副自己很在意的样子。他记得有次自己曾经问过罗伯特，而罗伯特却对此嗤之以鼻，满脸不屑地说着什么"苏格兰傻瓜"，或者诸如此类的话。当时罗伯特说了什么他已经记不太清了。

这时他手机响了，显示一个陌生号码的来电。

"哪位？"

"戴维，我是艾伦·格林。"

戴维赶忙把听筒换到另一侧耳边，慌乱中手机差点滑落到地上。

"戴维，我想让你考虑一件事情。波士顿非洲行动组很快就会召开新闻发布会并且进行小组讨论，我想你可能会感兴趣。"艾伦·格林此时正坐在办公桌前，一边说着话，一边凝视着一张提克和自己的女儿们骑在马背上的照片。

"我对这些并不是很了解。"戴维说。

格林略微调整了一下照片的摆放角度。

"好吧，那你先考虑考虑，然后再给我回电话。我是认真的，我觉得你应该参加。”

我可不去，戴维心想，格林为什么偏偏这个时候给我打电话？搅得我心神不宁。他努力调整心绪，晚上的宴会才是正事。

晚宴席间高脚杯轻轻碰撞，红色的液体在杯中摇荡，和着牛排餐刀的刮擦声，交织出悦耳的音符。晚餐的传统就是发表一篇演讲当作祝酒词，而准会员们则会审慎斟酌。节奏，时机，对话切口都显得极为关键。伴随着他们的演讲，一幅幅古老的画面也铺陈开来，连餐桌上的不锈钢牛排餐刀仿佛都按捺不住激昂的情绪，飞身而起，想要冲向战场，快意拼杀，作为现代武器为自己古老的前身一雪深仇。

斯潘塞也过关斩将来到了这里。罗伯特与他四目相对，然后对着他做了一个猥亵的口交动作。斯潘塞决定第一个登场演讲，真该死。

“他若无心恋战，那就放他离开。”斯潘塞开口说。

隔着桌子，罗伯特对戴维翻了个白眼。“亨利五世在阿金库尔战役的演讲，”他说，“他妈的一点新意都没有。”戴维不理睬他，继续看着斯潘塞。

斯潘塞继续说：“把钱给他，赶紧打发他离开，因为我们不想与这种人同归于尽。不管是谁，只要能够活过今天，安全归来，每年的今天都是纪念日，他们会向同伴展示身上的伤疤，并绘声绘色地讲述当年的英雄战斗。这些故事将流传给子孙后代，永垂不朽，直至世界尽头。我们也永不会被人们忘记，我们中只有少数人才会幸存，我们是一支兄弟队伍。今天与我一起浴血奋战的人，就是我的兄弟，我的手足！听到我们是如何骁勇善战，与大家出生入死时，那些临阵脱逃的人就会因此而自惭形秽。”

斯潘塞刚坐下，罗伯特就站了起来。他先是暗讽前一段演讲都是些英国的“狗屁”，然后开始背诵起了《我们的英雄》，这只是首经典的爱尔兰歌曲，而且是他在觥筹交错间所能想起的唯一一段。他并没有翻译那首歌，但当他坐回位子之后，整桌人都一边咧嘴大笑，一边鼓掌喝彩。

“我觉得这些都是他的胡编乱造。”斯潘塞对他旁边的人说。

轮到我了，戴维想，罗伯特也讲完了，他也该起身完成自己的祝酒词了。他酝酿了很久，最终决定用英文背诵一个来自家乡的故事。这是他可以信手拈来的唯一一篇，故事很长，而且家乡的人每次听到都会大笑。那是一个关于乌龟进了天堂的创世故事，而且全文押韵。这故事早就被我熟记于心，戴维想，所以肯定不会出错。故事是父亲讲给他听的。

整个故事他讲的流畅而完美，引来了观众的阵阵大笑。他感到一丝宽慰在血液中奔腾，想到这天佑的成功，戴维情不自禁地微笑起来。之后的一段时间，他玩得很高兴，与会员或准会员们一起喝酒侃大山。这个秋天他经常与这些人一起打发时间。他们确实是我的朋友，他想。

晚餐结束，正当他们准备起身离开时，门口传来一阵扭打叫喊声。越过摩肩接踵的人群，戴维看到斯潘塞跌跌撞撞滚下楼梯，嘴角还留有一道血痕。而罗伯特站在一边，冲他大叫，威胁他敢不敢再说一遍，“你个王八蛋！”

40

兰伯特的卡车一路摇摇晃晃地沿着漆黑的公路向市中心驶去，提克开车尾随着兰伯特。越靠近市区路灯更多，光线也更亮，但路灯中间的黑暗地带像是为劫车贼提供了一道天然的庇护。虽然提克自己也已微醉，但他对此并不担心。令简按自己意图行事并不是什么难事，但至少他为自己的计划迈出了第一步，并且这也不算是违抗上级命令。他会让简相信自己所见的关于哈塔西屠杀的真相。他在脑海里放电影一般思索着整个方案。他首先会说服她，然后她会回到纽约，之后就……就怎样呢？写篇专栏？推翻她之前的说法？他慢慢思考着，一个人的力量能有多大呢？一份专门给大学里的小屁孩们看的报纸又能产生多大影响呢？就算是哈佛这样的大学又能改变多少事实呢？破坏洛厄尔的名誉很简单，但帮她洗清罪名却是难上加难，而且通常要达成这一目标代价颇高。在提克与简的交往中，他隐瞒了这一想法，他想通过她来为他人正名。提克不喜欢瞻前顾后，模棱两可。他心意已决。不管值不值得，他会让她重新如实描述这次屠杀。同时，他也能借此跟她一直保持联络。

他的车前灯闪过走在路边一对男女。夜间寒意袭人，路边那个身穿T恤推着手推车的妇女一定感觉很冷，提克心想。黑暗中很难辨认，但手推车像是堆满了水果。车灯照射下，成堆的芒果如白日里一般橙黄翠绿。

兰伯特把车停在斯坦利酒店前面，提克从窗口探出头，看着简带着几分醉意优雅地从副驾驶座下车。一个身穿红色双排扣长礼服的门童为她开了门。她把羊绒披肩搭在肩头，头也不回地径直走进了大厅。他本想简至少会说声再见，但现在看来她是要马上上床睡觉了。看来，只能再找机会跟她聊聊了。

兰伯特把前臂撑在提克的车窗上，探进头来。

“你是打算留我在她房间单独跟她对饮吗？”兰伯特狡黠地冲他眨了眨眼。

简房间的酒柜里只剩下两瓶大象牌啤酒，客房送餐时间已过，楼下的酒吧也早已关门。兰伯特说他马上就可以找来更多啤酒，于是把他们两人单独留在了房间。

“你为什么会喜欢我？”兰伯特一出门，简就这样问提克。

“谁说我喜欢你？”

然后他就吻了她，两人继而深情拥吻。

★ ★ ★ ★

转眼间，兰伯特就抱着十二瓶啤酒进了门。很明显，他在厨房有熟人。

“你想要冰的吗？”兰伯特开玩笑地问提克。提克想，简可能不会懂的，因为在非洲唯一的冰啤酒只有在狩猎旅行中才找得到。但她的反应却出乎他的意料。

“我的狩猎旅行还没开始呢。”她说，然后继续解释说，在周末，她和父母会飞去肯尼亚西南部的马萨伊马拉国家保护区开始他们的狩猎旅行。

“总比那个徒有虚名的恩格罗恩格罗景区好，”兰伯特说，“现在那儿他妈的简直就是个动物园。”

“今天真是个好日子。”简说。

“所有一切都在枯竭，”兰伯特说，脸上一副厌世的表情，同时敲击着窗户，眺望着窗外内罗毕漆黑的夜，“就像你身边的男人，”他说，“一个濒临灭绝的物种。”

“我看他挺健康的呀。”简说。

“哦，他正奄奄一息，”兰伯特说，“这个地方已经没什么值得我们留恋的了。”

简仰面躺在她的床上。房间里天旋地转。我背叛了戴维，她想，这次快乐的非洲之行最终还是以这样的方式画上了句点。她点了支烟，把烟圈吐向头顶正缓慢旋转的风扇叶片。兰伯特越过简，看了一眼提克，然后大笑。

“提克，”她依然躺着说，“你想跟我和我父母一起北上去马萨伊马拉吗？我没开玩笑。你应该去。虽然我醉了，但我没开玩笑，”她情不自禁地不断重复着，仿佛已经置身于这次狩猎旅行之中……“黑色的原野上，那些奔驰的白色马群。”今晚我是不会留提克在这儿过夜的，她这样想。

提克静静地望着她，说道：“我会考虑的。”按上北下南的常识判断，他想，她的意思应该是让自己跟她一起南下。但不知怎么的，他发现简缺少方向感这一点反倒是很可爱，很天真无邪。简的眼睑开始不停下垂。提克想，她是喝了不少，已经酩酊大醉了。此时，提克也感到一阵倦意来袭，他对简说：“简，谢谢你。”然后将视线从躺在床上的简身上挪开，望着兰伯特，“不早了。”

“朋友们，谢谢光临，”说完，简就闭上了眼睛。

简身上的衣服并没有给她带来过多的羁绊，她很轻松地脱掉了衣服。门刚关上，她就感觉自己要吐了。她跪在马桶前，在白瓷的映衬下，吐出的红酒在水中弥散开来。她一边擦着嘴巴一边踉跄地向床边走去，同时心想，有时酒是不得不喝的。能与提克，甚至与兰伯特，共度一个愉快的夜晚，喝成这样也是值得的。她还没来得及再次想起提克，就已趴在床上不省人事了，鞋也没脱，被子也被压在身下。

41

晚宴之后的第二天下午，戴维在图书馆书库中如炼狱般的荧光灯下，寻找着与约翰·斯图尔特·穆勒有关的蛛丝马迹，戴维此时虽仍宿醉未醒，但胸中依然为昨晚的事愤懑不平。也许他应该给格林打电话，去参加那个发布会，说不定这可以帮助他加入俱乐部。罗伯特把事情整个搞砸了，戴维几乎可以肯定他入会的希望渺茫。

但哈塔西并不像他们口中说的那样邪恶。而且这样做会是对洛厄尔教授的一种背叛，同时也对不起他在教授的帮助下完成的那些论文。他曾经对她是如此地心怀感激。因为他初到此处时，一切都看起来那样艰难，她那时就像他的朋友一样，为他提供帮助。而在这里，朋友是必不可少的。

得知自己被哈佛录取时，戴维很是骄傲。但很快，这份兴高采烈被注入了一丝恐惧。他父亲曾去过一次伦敦，他开始向戴维描述在波士顿可能会发生的情形，还说很多初次“去那里”的人会因为不知所措而停止思考，还有一些人因为迷茫和尴尬而假装那里的一切都令人失望。他可不想戴维变成这样。戴维应该找到属于他自己的道路。到时候不管他觉得多么奇怪，他必须对周围的一切抱着欣赏的态度，对所有人都礼貌相待。更重要的是他必须时刻保持警惕，因为这样一来，回家时他就可以学到更多，满载而归。谈话结束时，他父亲说，不用担心，你终归是要回来的。

但到大一结束时，也就是他开始跟简约会的时候，戴维开始觉得他毕业后不会再回家乡谋生。但关于初到此地时的情形，他父亲的那些描述是对的。戴维乘飞机去美国的经历就是对他的第一次考验。他一路都很警觉，所以当飞机降落在希思罗机场时，虽然疲惫不堪，但他对自己的表现很满意。这很简单嘛。一路上其他人都在昏睡，他却依然清醒，凝视着窗外，想象着飞机是如何呼啸着划过长空，虽然坐在机舱里感觉飞得很慢。停靠在希思罗机场时，没人下飞机，但戴维却并不明白中途停留是怎么回事，而且他也没有打算问别人。当他意识到自己下错了飞机时，对自己非常失望，异常焦虑不安。

辗转之后，飞机终于降落在波士顿的洛根国际机场。这次，戴维决定行事要机灵一点。他从行李传送带拿起行囊，准备去搭乘通往哈佛的地铁。他在机场外找寻地铁入口时，被眼前巨大的停车场深深地震撼了。他很喜欢这种景象，想把自己淹没在浩瀚的车海中间。这就好像电影中的场景，几个游客站在空旷完美的停车场中，商量着下一步的计划。他当然没站在那里，当下最重要的是尽快赶到哈佛。

波士顿的公共交通很发达，地铁很容易就找到了。从窗口向外望去，地铁跨过河流，途经摩天大厦，直奔终点，这感觉真棒。戴维很难想象这些建筑是怎样从一片平坦中拔地而起。与这些气势恢弘的高楼大厦相比，家乡他所熟悉的那些窄仄的石灰房，或者是他父亲住的档次更高一点儿的两层粉刷小楼，甚至是家乡那个宽敞的殖民学校都像是临时草草搭建的一样。内罗毕的建筑也不例外。

在哈佛的第一天是与一群外国留学生一起度过的，简短的参观，熟悉宿舍，分发电子钥匙卡。但一天过后，到了晚上大家都好像已经各自组成了不同小团体。而戴维则显得有些不知所措，没有能够加入到他们当中。

他回到了空荡荡的房间。留学生比其他人提前一周到校，所以戴维的室友下周才会过来。恐惧感再次湮没了他，戴维感觉自己像大海中飘零的一页小舟，找不到任何方向。他刚从机场降落，就稀里糊涂地出现在了这里。在广阔无垠的美国大陆，他甚至不知道该去往何处，他该怎么办呢？他睡觉时依然担心自己是不是做了一个错误的决定。这一切都来得太突然了，他突然有种坐上飞机返回家乡的冲动，反正不出两天就到了。他期待着这个漫漫长夜快点过去，这样他起码第二天早上起床后能找些事情做。比如，吃早餐。哈佛的第一夜过得极其漫长。

第二天的情况好了很多。在校园逛得久了，对哈佛的陌生感就会逐渐消失，而且他很快就交到了一些朋友。学校用各种方式对学生表示欢迎，为他们提供冰淇淋机，开介绍性会议，举办各种活动展览，并且还提供了波士顿观光游。游览中，虽然波士顿最高建筑物约翰汉考克大楼和波士顿公园的风景让戴维大开眼界，但他仍不忘时刻保持警醒。但在波士顿公园看到的一幕却令戴维忍俊不禁。公园的人工草坪几乎可以与天然的绿地相媲美，鸟儿理应会很多，但戴维看到的却是一排黄铜锻造的鸭子模型，周围还有游客对着它们拍照。那些假鸭子就那么突兀地杵在草坪的正中央。

他其实可以将这些好笑的事情与一些人分享。在哈佛他有三个老乡。父亲的话在他们身上都得到了印证，他们的眼神好像在说：这里也没什么大不了的。他们痴迷于高科技，到处炫耀着他们的手机。但他们的出身并不像戴维那样贫困或偏僻，这也是横亘在戴维和他们之间的差距。

没什么大不了的，他们中的一个人反复这样说。图书馆也没什么大不了的。把整个图书馆数字化，那才够神气。刚进学校的那段时间，戴维觉得，不管在哈佛园的任何角落，他都看得到那庞大的图书馆。虽然他很想把这学期要用的书都借出来，但他不知道该怎样做才好，没人告诉他要怎样使用图书馆，而且他也不想就这样贸然闯进去。他的一个老乡告诉他，在哈佛的库珀书店可以买到上课用的书，虽然大家都说离开始上课还早，十月底才正式开始，但他还是早早地就去那里看了看。在库珀书店，他看到不少人提着整塑料袋的书往外走。他无意中听到一些学生的谈论，然后就匆匆离开了——他们说这学期光买书就花费了七百美元。当他最终进了图书馆时，为自己当初的没有来由的紧张感到异常尴尬。刚进校时像这样的事情还有很多，戴维都已经记不得了。

然而，有几件事情，他却记得很清楚，比如他的第一堂讨论课。他有个小包，是他母亲有天从市场带回来的，那个市场云集着来自全世界的废弃品、次品或是二手货。那小包上还印有佳洁士牙膏的商标，他整个高中都用它来当笔袋。讨论课快结束时，他听到有个女生对她朋友说这个笔袋是多么的过时。过了很久，直到戴维遇到简之后，才明白过来当时那个女生话里的含意，他才感觉被那个女生的话所刺痛。

也就是从那时起事情才开始有所变化。戴维学期初就参加了各种非洲俱乐部，比如非洲鼓乐俱乐部。其实他对鼓乐从来就不感兴趣，但这么多人都加入了，所以他也就跟着随波逐流。除了加入非洲鼓乐俱乐部，他加入非洲政治和非洲语言俱乐部的原因也莫过于此。他讶异地发现自己与白人同学一起吃饭的机会竟少之又少。他所坐的餐桌上围满了黑人，虽然并不总是非洲人，也有美国黑人。刚进哈佛的一段时间，他跟这些同伴们一起还乐在其中。但之后这件事就逐渐开始困扰他，他也不清楚根本原因是什么。但很快他就发现自己更喜欢跟简共进午餐，而不是与那些说非洲语言的同学们一桌。

戴维的手机响了，铃声刺激着他宿醉的神经。电话是他父亲打来的。他很少与父亲电话聊天，因为越洋电话很贵。看到那一长串号码，戴维有些诧异——家里那边现在已是深夜——这瞬间驱散了昨日晚宴带来的余愠。电话那头，父亲的声音总是听起来既遥远又刺耳，而且还会有语音延时。他说话之前都要先稍作停顿才能保持通话顺畅。他到这边后第一次与父亲通话时就发现了这个现象。如果父亲话音刚落，他就马上开口，父亲就会听不到自己的声音。但这一次父亲讲完后，他却久久没有开口。

电话中，父亲说村子里他所有的表兄弟们都被杀了。不幸罹难的还有他婶婶，“我的妹妹”，父亲在电话那头缓慢地说。父亲说完之后戴维停顿了一下，但却发现他已开不了口。他周围书库中的成千上万卷书，突然变得异常陌生和不祥，就像他到这儿的第一个星期时的感觉一样。

最后，戴维问他父亲谁是杀他表兄弟们的凶手。虽然他们中间隔着遥远的距离，信号中还不时夹杂着“嘶啦嘶啦”的杂音，但他依然能够听出父亲声音中的愤怒和悲伤。

“没人幸存，凶手无从得知。”

电话这头，戴维等待着父亲继续开口说话。

“所有的报纸，还有白人报纸，都在说这次屠杀是哈塔西策划的。”

42

“如果你不是本地人，又没了继续呆在这儿的理由，那么……” 一架奇努克414直升飞机的机舱中，兰伯特话音渐弱，接着点了根烟。

黑暗中，他和提克坐在弧形金属机舱里几个板条箱上。离开简之后，他们就驱车来到了机场。兰伯特说有时睡觉之前，他喜欢在他的直升飞机里喝酒，他总共有三架直升飞机。他冲着侧门的一个警卫亲切地笑了笑，并热情地握了握手，接着递上一根烟，随后那个警卫便把两人带到了私人飞机库。好大的直升飞机，提克在心里暗自赞叹，兰伯特真是富得流油。兰伯特的飞行技术要么超级糟糕，要么极其娴熟。两人拿着一瓶威士忌你来我往地喝着。

“就像我跟你的妞说过的那样，这里以前要比现在有趣得多，”兰伯特说，“你们这些人太无能了，还有，我告诉你，那些本地人根本不是什么善类。”

警钟在提克的脑海中鸣响。你们这些人？自己怎么又醉了？自从上次在卧室狂饮之后，他可是给自己定下了规矩的。兰伯特在说些什么呀？狗屁。提克不喜欢兰伯特摊牌这样说，即便他知道这是他们这行的规矩——所有人都知道他的真实身份。逆向心理防卫。即使你自己糊涂的时候，所有人也都知道你是谁，他一边想着一边睡眼迷离。他摇了摇脑袋，想要保持清醒。他必须跟上兰伯特的思路，多听少说。

“这地方现在简直糟糕透顶，”兰伯特继续说，“比如哈塔西，或阿齐兹·阿尔·伊穆迪，或者管他妈的真名是什么。如果他可以回到沙特阿拉伯或迪拜，坐在游泳池边享受，你认为他还会坚持这么干吗？这就是为什么他在索马里东海岸的布拉瓦港口有自己的秘密基地。这是伦特告诉我的。你也知道，他本可以成为伊斯兰金融总部的头儿，但因为他贪污了数千万美元的赃款，所以他们想要了他的命。他可不是来这儿参加圣战的，而是来找藏匿之处的。你们都喜欢他，不就是因为他什么都不信，不是吗？”

提克点了点头。接下来就是沉默，沉默，因为两个人都已酩酊大醉，醉得已毫无精力做任何反应。但他曾经听过类似的话，也因此稍微令自己清醒了一些。如果哈塔西不是一个土生土长的孤儿和革命者，那么一切都将毫无意义。如果关于哈塔西的神话不是真的，那么一切都将毫无意义。现在看来，那神话的确像是精心编造的。而我，也参与编织了这个神话，提克心想。

“但我挺喜欢这儿……”兰伯特继续说着，随手将烟头弹向机舱门外的黑暗中，“我同样喜欢别人搭我的顺风飞机。”

“可以搭你飞机越过边境吗？”提克问。

黎明前提克回到了内罗毕的家，惊讶地发现床上有个信封。他走时明明锁了门。因为昨晚狂饮滋生的宿醉作祟，过了好大一会儿他才明白过来，很明显有人进来过，把信封放在了这里。他们肯定有钥匙。他在床边僵立了好一会儿，凝视着枕头上的那个白色信封。

提克离开床边，检查了卫生间和厨房。然后再次折返卧室，用折叠刀割开信封。里面只有半页剪报："美国情报总监称赞……"

剩下的剪报都被撕掉了。标题下用黑墨水写着一个经纬度，标着下星期的某个日子，大写字体。另外还附着：你一个人来。

43

拉齐的手机、闹铃和电视突然同时响起，一时间房间内充斥着各种刺耳的高科技噪音：闹铃声、提示音、奏鸣曲，令人痛苦不堪。头天晚上，拉齐定了所有的闹钟，以确保他今早可以醒来。而他的确是醒了，喉咙一如往常的嘶哑干燥，头痛也是家常便饭。他之前着了凉，鼻子一直也不通畅。但至少他醒了。他点了根烟，凝视着镜中的自己，一边刮着脸一边吸着。他跟苏珊约好了去吃早餐。他本来建议他们俩约个时间去喝一杯，但她提议去吃早餐。她一贯都自有主张。

他正刮着脸，突然手机又铃声大作。拉齐也因此不小心刮伤了自己，他咒骂着，将烟头吐进了水槽，只见烟灰同他刮下的胡茬在水槽里搅合在一起。他将手机贴近满是泡沫的脸颊，脑子里幻想着说不定手机会突然短路爆炸，那他后半生脸上就要印着个手机形状的疤痕过活了。

“拉齐？我是比尔。”

比尔·贝斯特是他在乔治城大学的同学，在《华盛顿邮报》工作。拉齐一直都很喜欢跟他来往，虽然偶尔会对他处处彰显自己高贵身份的做法很反感。比如他的名片，就是用高级重磅纸质，特殊定制的。自从他们在大学美国民主课上分抄笔记以来，两人就一直保持着这种互帮互助的关系。拉齐的钱包里还夹着一张贝斯特的名片。

“我把你叫醒了吧。”他说。

每每有人认为是他们打电话叫醒了自己时，拉齐就会很懊恼，好像他总在睡懒觉似的。当他在半睡半醒间需要翻个身去接电话时，他会更恼火，因为这种状态下，他不可能假装自己已经清醒了而不是穿着鞋睡着了。他看了看房间角落，他的鞋和袜子凌乱地堆在那里，这都是在他还没失去意识之前脱掉的。

“我觉得你会对今天的《洛杉矶时报》感兴趣。”

“上面有奥斯卡奖项预测吗？”

“你还记得玛琳娜吗？”

当然记得，但拉齐也只是与她有过一面之缘，当时苏珊也在。他们与托马三个人当时在肯尼亚的拉穆小岛逗留了一个星期，打算在海边游泳放松，是托马把当时正坐在佩波尼旅馆酒吧喝酒的玛琳娜指给他们看的。苏珊坚持托马跟他们一起来拉穆，并主动负担了他这次旅行的花销。玛琳娜来到此地同样是为了放松，她在刚果刚刚做成了一桩惊险的生意，给买家丢下一批质量上有缺陷的军火后，她的一台古董飞机竟出现故障不能起飞。买家的一位中士发现了这批卡拉什尼科夫冲锋枪的问题后，把怒气都撒在了飞行员身上。玛琳娜很享受在炽热的沙滩上独自为伴，所以当苏珊在酒吧主动自我介绍时，她着实吃了一惊。

苏珊从头至尾都举止优雅，并向她介绍了自己的新书，但闲聊之后，她还是礼貌地对玛琳娜不谈公事的态度表示尊重。这些问题挑明之后，她们相处得很愉快。晚上大家肆意狂饮，喝着甜甜的"老朋友"鸡尾酒，那是旅馆著名的特色酒。拉齐一直都想写篇关于玛琳娜的文章，但除了那次在酒吧打过一次照面之外，其他有关玛琳娜的事都是些传言而已。就连她的真实姓名都难以查证，更不消说那些各种流言，有人说她是做军火交易的，还有人说美国政府允许并鼓励她的军火买卖。拉齐觉得托马竟能认出她，这运气真是好到令人难以置信。而他却说他也只是与哈塔西的一名副手一起见过她一面而已。但那时，托马却总是能幸运地见到哈塔西。以至于苏珊有时把这当做是理所当然的，认为托马随时都可以与哈塔西碰面。我也是这么认为的，拉齐想。

"玛琳娜怎么了？"拉齐对着电话问。

“她在迈阿密被美国烟酒枪炮及爆裂物管理局和联邦调查局的人逮捕了，并举行了联合记者招待会。”

“迈阿密？”

“她显然是在那儿找到了新市场，一些支持委内瑞拉总统查韦斯的反美民兵组织。”

“一些什么？他们要干什么？要夺回德克萨斯吗？”

“联合声明中是这样说的。”

拉齐想到了哈里森总监在政策上的突然转向。“也许她在错误的时间出现在了错误的地点……”他没再继续说下去，等着比尔把话说完。

“也有可能一开始他们就已经盯上她了。”

拉齐挂了电话后想，这是什么狗屁逻辑。虽然贝斯特的关系网很广，但他的逻辑总是偏离正轨。拉齐确定玛琳娜曾协助美国政府武装哈塔西，所以他们才会默许她的军火生意。让她武装哈塔西，总比政府自己出面好。美国政府只要向外输送一批武器，全世界的人就会把当年里根政府秘密贩卖军火的“伊朗门事件”给揪出来，令政府再次陷入类似的危机之中。拉齐期待着把这一消息告诉苏珊，因为这再次证明了哈塔西背后有个组织一直在追踪他。他们可以把每条线索联系起来，在这点上，他也许可以帮助苏珊。

拉齐已经迟到了，走进哈佛广场楼上餐厅吃早餐时他仍想着这件事。在拉齐眼里，今天的苏珊在比往常更加容光焕发，好像她的美貌已经感染到了周围的一切。她茶杯里散发出的蒸汽袅袅升起，融进了晨曦之中。阳光下，杯子里的橙汁闪烁着耀眼的光芒，苏珊的秀发也被蒙上了同样的色彩。

因为人品受到了质疑，所以苏珊比以往更加小心翼翼地控制自己的情绪。她的疑惑和焦虑有了新的用武之地——变成了新买的鞋子和更加精致的妆容。不管怎样，她只希望可以为她的作品讨回清白，但她所做的只是毫无意义地打电话而已。若是哪次着装稍有不佳，她便会勃然大怒。她明白自己应该亲自回到那个地方，再次找到哈塔西。但她并不打算这么做。而且这么做似乎也没有什么意义，她很讨厌自己总是冒出想要回去的想法。同事们处处防范着她，学生们对她的猜疑声不断。但最难受的时刻就是当老朋友们主动向她伸出援助之手的时候。虽然知道他们是关心自己，但她的确很讨厌这种感觉。最近哈里的对她的保护欲过于强烈，曾经的婚姻平衡状态已消失不再。以前两人婚姻的维系全靠她和哈里对彼此留有空间，但看着苏珊在公众面前被指名道姓地非难，哈里试图为她做了太多。他不停地问苏珊"还好吗"，每次他这么问过之后，苏珊都会既生气又伤心。但这个时候，至少外表得体还是很重要。她正想着，拉齐便朝她走来，他可不注重外表，但至少他随时都愿意帮助自己。

拉齐正要告诉她关于玛琳娜的事，但她先开了口。

"我们的朋友玛琳娜昨天被捕了，"他刚一坐下，苏珊就说道，“在迈阿密，想不到吧？”

拉齐极力克制想点一杯血腥玛丽的欲望，继续听下去。

“很明显，中情局再也不会跟她合作了，”苏珊折起材料纸放在她的水果沙拉旁边，“即使有朝一日她能再出来，他们也已经把她列入敌人一栏了。”

“她会出来的。”拉齐说。当苏珊离开餐厅去讲授人权课时，他点了今天的第一杯酒。

44

现在是十一点差一刻，如果在十年前的某一天，此时此刻，简就会听到剧烈的爆炸声。她可能会猛然抬头，褐色的双眸惊恐地圆睁，但却对周围惨重的伤亡一无所知。如果提克此时跟她在一起，他可能已经一个箭步冲出了咖啡店，沿着基马蒂街一路狂奔。出了这条街左拐是以肯尼亚第一任总统夫人的名字命名的尼娜妈妈公路，再右拐则是以连任五届的肯尼亚总统莫伊的名字命名的莫伊大街。在这条街上，提克会看到美国大使馆的残骸。

但今天坐在荆棘树咖啡厅，简并没有听到爆炸声，咖啡厅里只听得到客人的低语。她正在酝酿一封写给提克的邮件。措辞很费神，但按她自己的话来说却是“乐在其中”。首先在称呼上她就犯了难：“提克”、“亲爱的提克”、“迈克”、“嘿”、

“喂”。看着最终写下的“喂”，她自己都忍不住咯咯地笑了起来。

很长时间以来，她都再没遇到过这种心动的感觉了，或者说她这种波澜不惊的感情生活已经持续了很久了。至少从九个月前遇到戴维时起，这种怦然心动的感觉就再没出现过。与戴维的相处模式与跟提克在一起时的感觉是有区别的。对于简来说，一开始她就知道自己可以征服戴维。在与戴维的恋情中，主动权始终在她手里。但跟提克在一起的感觉是如此不同。她希望提克会给自己打电话，来接自己，然后跟自己共赴温柔乡。或者自己可以去接他，然后跟他共度良宵。邮件该怎么写，她毫无头绪。也许诀窍就是以诚相待，真诚地告诉他只要他需要，随时都可以给她打电话，自己都会满足他。但或许这样太被动了，她应该说自己很渴望能够立即得到他。但问题就出在这儿，怎么写都好像不对。我就不能保持冷静吗，什么都不写，表现得什么都不在意，她想。这样我在他眼中就会变得更具魅力。但话又说回来，如果想表现得不在意，只要不发邮件不就行了吗？

简知道自己要怎么做了。邮件还是要写的，但她可以不直接把话挑明。用个什么只有他们两人才懂的笑话来开头呢，他们昨晚到底都聊了些什么呀？她看了看手机，这时一个基库尤族侍者端来了她点的拿铁。侍者放下咖啡时顿了一下。他眼前的这个女孩光彩照人，浑身上下洋溢着幸福的气息，也许她刚刚得知了自己要做妈妈的喜讯吧。侍者很高兴自己早上读了些圣经中的赞美诗。虽然此时还有很多桌客人需要招待，但他想溜出咖啡店，跑到街对面的超市给手机充值。他要给他弟弟打电话，恭喜他就要第一次当爸爸了。

喝第二杯拿铁时，简开始想提克什么时候才会回到美国。如果他不回来，那她才会觉得匪夷所思。道理很简单，谁不想与家人住在一起呢？因为与家人在一起生活会很方便，而且，美国这边的拿铁应该也会更好喝。提克会回来的，他们会正式确立恋爱关系。也许有朝一日自己还会嫁给他。

她还是个孩子时，就时常沉浸在结婚的幻想中，但自从她上了大学之后，这种幻想就越来越少了。她小的时候，全家住在比肯山的房子里，那时她会在会客厅里玩过家家。记忆中，那时她会将长帘掀开一条缝，偷偷溜进母亲的会客厅，借助着小河反射进来的亮光，坐在地板上，摆上一套自己的小茶具，与想象中的丈夫聊天，话题跟私立学校有关。

上高中之后，她学会了与男孩们接吻，正是这个阶段，她意识到自己在很长一段时间内不会结婚。但单身的日子也不会持续很久，毕竟她还是要在自己花样的年华里做个好妈妈。简了解自己的基因优势。如果你的父母聪明又漂亮，那么你就很有可能会继承这种优良特性，这是亘古不变的道理。在纽约，有些来自埃塞俄比亚提格雷州农业区或湖南农民的孩子，被神奇地运送到上东区——纽约的富豪区，被那里的家庭收养。但人们还是会很奇怪，为什么这些孩子会闯那么多祸，甚至被送进少管所呆那么长时间。原因其实就这么简单。想到这些，简突然心头涌上一股强烈的渴望，环抱一个婴儿的渴望。

提克绝对是理想丈夫的不二人选，她想。邮件仍然只字未写，但她的大脑闪过一个大胆的念头。她把拿铁放在一边，为了以防不小心点到发送键，她在写之前先将“收件人”一栏的地址删除。她写道，自己可能爱上了他，他也许就是命中注定的那个人，她已经预想到了他们结婚生子的场面，但那些当然是在他们经历了足够的风雨之后才会有的。他们为什么不能立即全力以赴地搏一把呢？她又检查了一下，然后把这些话都打了出来。

表面上看来，简依然像在鸡尾酒会上一般自信满满，但内心深处却有一丝不易察别的愧疚感弥漫开来。尽管她知道应该把自己放在第一位，但还是不由自主地想到了戴维。但是，这就是生活，不是吗？

她想到了戴维的面庞，脑海中浮现出当她亲口告诉他自己爱上了别人时，他会有怎样的反应，眼眸和厚厚的双唇会呈现怎样的表情。这时她注意到，咖啡店转角处，那个侍者一边听着手机，一边兴奋地在空中挥舞着拳头。戴维会没事的，她这样想。不管怎样，他最终不会返回非洲老家的。

45

雨下了一整晚。戴维急匆匆地走在一条潮湿的石板路上，到哈佛园的另一端去。他想利用课堂间隙的这点时间，去查看信箱是否有关于实习的信件。表兄弟们死了，戴维想。实习是毕业后找工作的通行证，通向成功的途径。自从接了父亲的电话，麻木和刺痛的感觉就会不时来纠缠他。是哈塔西干的。而他女朋友报道了整个新闻。她总是对的，他想。而他自己永远都是错的。甚至在自己曾经信任过的，著名的洛厄尔教授这件事上也是一样的。从现在开始，他会听简的。图书馆台阶上，他看到简的两个朋友坐在那儿，向寒冷的空气中吐着烟圈，柔软的长款外套松垮地披在身上。

他会更加努力地埋头学习，说不定可以得到一个实习机会。因为罗伯特的恶劣行为，他确定他们两个人都跟俱乐部无缘了。想靠新关系找工作这条路也被堵死了。想到这他就气得牙痒痒。自从上次酒会的斗殴事件发生之后，他就一直故意躲着罗伯特，到哪儿都是步履匆匆。表兄弟们死了。工作无望。你肯定是要回老家的。

★ ★ ★ ★

就在那天，天气依然潮湿，罗伯特找到了他。他们面对面站着，就立在那个为纪念在第一次世界大战中牺牲的人们所建的纪念教堂台阶前。“他叫你黑鬼。”罗伯特说。

戴维想绕过他离开，但罗伯特抓住了他的胳膊。

“他嘲笑那是一首来自黑暗大陆的黑鬼唱的歌。”

戴维把他的胳膊推开，“你把我们都毁了。”

“真不敢相信我他妈听到了什么。”

“没想到你把我也拖下水。”

“把你拖下水？我他妈在为你说话。”

“我不需要你替我说话！”戴维喊道。

“你他妈这是怎么了？”

“我没问题，”戴维说。没问题。“问题出在你身上。”

“去你妈的。”

他们甩开手朝不同方向走去。戴维安慰自己：罗伯特不过是个醉鬼而已。这时，以前他家乡的那个醉鬼，浮现在了他的脑海中。那醉鬼一把年纪，从早到晚坐在大路边，拿到什么就喝什么。除了殖民学校，这条路是唯一一个能看到白人走动的地方，每当有白人经过时，酒鬼就会向他们大声叫喊。但他嘴里翻来覆去只有一句话：“你好！”这也是他知道的唯一一句法语，不论何时他都只说这一句话，不论路过的那些白人是从英国还是意大利来。他肯定认为这样做很有趣。但如果一个醉鬼在这里做同样的事，警察会把他带走的。但没人会把罗伯特带走，戴维阴鸷地想。他不是黑鬼。因为这个，我需要进那个俱乐部，也是因为这个，他毁了我进俱乐部的机会。堂兄弟们都死了。

戴维走进宿舍楼的收发室时，脑子中的各种想法乱成了一团麻。号码锁的密码一直输错，他输了三次才终于打开。没有实习邀请，只有两张传单。一张是在新生宿舍地下室新开的一家通宵心理健康咨询室。另一张是邀请他参加下一届波士顿非洲行动组开幕大会的请柬。

他掏出手机，凝视着艾伦·格林的号码。

46

提克早上一睁眼，那封信就又闪现在脑中。他的床面向东方，清晨的阳光照在他的脸上，令他的前额渗出了酸涩的汗珠。他强迫着自己下了床。昨晚发生的事都已云消雾散，但他依稀清楚地记得某些片段——简柔软的双唇。其余的记忆都已模糊，兰伯特说了些什么，好像还挺重要，但他已记不得了。但像往常一样，总会想起来的。他冲了个凉水澡，想让自己清醒一下，但这只是让他浑身发冷而已。

刮脸时，他从镜中看到了自己双眼下方重重的眼袋。那张记着坐标的剪报就摊在水槽旁边马桶的水箱上，他往脸上涂皂沫时瞥了那张剪报一眼。他还没决定该怎么办，但在宿醉消退之前，肯定会按兵不动的。

刮完胡子他开始往脸上涂须后水，这是他几个月前从纽约带来的，此时他又想起了简，并考虑着是否该与她共赴马萨伊马拉之旅。这件事同样也悬而未决。他想象着在其中一家旅馆里，游客们先是排队吃早餐，然后排队等候游览车，狩猎游览之后又排队去取杜松子酒和奎宁汽水。他仿佛看到在宽敞的大厅里，壁炉旁边，自己与简的父母见了面，旁边还有些丹麦人比较着各自的望远镜。然后他想象着简走进其中一间卧房的景象。透过卧房的窗子可以看到一排金鸡纳树，而窗外唯一能看到他们在床上亲热的是一种叫做鹳的贪婪大鸟。鹳的喙长而锋利，足以穿透犀牛的皮。在马拉以及与其他类似的地方，以吃腐尸为主的动物都会跟随在鹳的后面，因为鹳在吃腐尸时会首先将喙刺入尸体并将尸体划开，这样其他动物就也可以食用了。鹳的喙刺入，抽出，沉溺其中，眼神空洞而又邪恶。这让提克想到了性。盲目而又邪恶。

当然，他会再次跟简提及洛厄尔和哈塔西的事。他拿起写着坐标的剪报，折叠起来塞进了夹克口袋。

门外，城市的交通噪音和烟尘一并向他袭来。他于是带上太阳镜，慢慢地走着，专注地盯着洒满皮肤的阳光，努力舒缓自己的呼吸节奏，希望能够将恼人的噪音抛诸脑后。他想去吃点东西，但不会乘坐交通工具，他要坚持步行去完成新一天的工作。

兰伯特到底说过什么？好像跟基地有关，一个特殊地点？一个出口？他咬了咬牙，对自己懊恼不已。不想了。

他应该给伦特打个电话，向他汇报口袋里的剪报和坐标的事。但他却拨通了简的酒店电话。电话接通，他告诉简，自己很乐意与她和她父母一起共赴这次狩猎旅行。

47

“我决定在会上发言，”戴维说，“我想告诉所有人苏珊·洛厄尔大错特错。”

“好小伙，”艾伦格伦说，“这些细枝末节，一砖一瓦的小事都很重要，这些就是你成功的开始。”

挂了电话，戴维回到自己的房间。他之前与洛厄尔预约要今天见面，但见她的鬼去吧，他不打算去了，他不想见这个刻意把哈塔西英雄化的女人，要知道他可从来没爽过约。罹难的表兄弟们又掠过他的脑海。不过即便自己爽约，她可能也不会在意吧，戴维心想。他没去与苏珊见面，此刻，他正躺在床上，凝视着记事本上哈佛大学的校徽，回想起了他把印有哈佛校徽的杯子送给表兄弟们时的情景。

他期待着简的归来，虽然以前并不喜欢简动不动就一幅义愤填膺的样子，但今天他对此却尤为期待，期待她的愤慨会与自己的不谋而合，共同指向洛厄尔教授。戴维觉得能够与简一起释放这份怒火也算是一种满足。他试着想象简会说些什么，她可能会劝自己不要再去上她的课，还可能会说“洛厄尔是个腐败分子，作为一个美国人，她根本无法理解发生在非洲的一切”，或者会说些类似的话。这些话，他自己是绝对说不出口的，但他知道简会这么说，她还会说服自己相信这些都是真的。她也许会鼓励说他所做的是正确的选择。更重要的是，她一定会赞赏说他去演讲是个很棒的主意。

在说到俱乐部的时候，简依然会尽其所能地嘲弄一番，但她理解为什么俱乐部对戴维来说如此重要，以及它是怎样与戴维的前途息息相关的，毕竟她也与俱乐部有千丝万缕的联系。他希望简会肯定自己的选择。他期待着告诉她自己被俱乐部录取时，她的反应以及她脸上的表情。

48

在小型飞机上，简和提克跟导游见了面，被导游讲的有关长颈鹿的笑话逗得哈哈大笑。不论是单独相处还是跟狩猎旅行团在一起，两人都如情侣一般相处得很自在。简的父母大多数时间都不会去打扰他们，而是与自己的朋友们谈笑风生。提克和简每晚都会一起谈论各自的家庭，和自己童年时的那些微不足道却难以忘怀的尴尬瞬间，以及成长的点点滴滴，就这样他俩每晚都聊到很晚。他们宛如两个在旅途中结识的朋友一样，迅速向对方吐露心扉。他们会谈论大自然，有时也会谈论旅行中遇到的人。而且关于猴子和性，他们还讲了一些只有彼此才懂的笑话。虽然谈话未能囊括各自的全部人生轨迹，但谈话中两人都充分展现了自己的某些性格特质和某些过往，这些已足够将他们紧紧地联结在一起，产生强烈的共鸣。对于这些，提克在他短短几年独自在国外的旅行和生活经历中已经有所领略。但简从来没有过如此感受，所以她深深地陶醉其中。虽然换作在别处，她和提克也会这样聊天。但在马萨伊马拉繁星闪亮的晚上，一边坐在咖啡桌边品尝着银壶中的现磨咖啡，一边促膝长谈更加令人沉醉。之后，他们又将这一感情继续升华，一直缠绵至深夜。

旅途的第五天早晨，提克在环颈斑鸠连续而低沉的叫声中醒来。热浪即将来袭，简躺在他身边，呼吸均匀。一个男仆在帐篷的垂帘外轻声问候，这时简微微动了一下。提克下了床，坐在一张帆布椅上。当提克从男仆手中接过放着早茶的银托盘，放在床边的桌子上时，简醒了。

"他们是叫我们起床再去看豹子吧？"简的声音透过枕头传过来。

提克一边呷着茶一边点头回应。

"咱们今早别服从他们的安排了，"简说，"那样有什么意思呀？我们应该做我们想做的事情。"

提克注视着她。

“把糖递给我。”简说。

提克从托盘上拿了糖，同时挨着她在床边坐下。

“我一直想跟你说些事情。”他说。

她坐起身，接过糖，然后看着他。

“哈塔西的那次屠杀，”他开口道，“当时我在场。”

他告诉简自己当时正为基金会工作，因公去那里出差，目睹了整个事件的发生过程。哈塔西并不是屠杀事件的元凶，而是有人企图暗杀他。他还没暗示要她改写报道，她就已经抢先说，“我需要让大家都知道真相。”

好吧，提克想。她话音刚落，提克就有些失望，因为他知道即使她这样做可能也无力回天。他想过向简坦白自己的真实身份，但最终还是未能说出口。简身上强烈的责任感令他感动，虽然造成目前这种局势的根本原因并不是简，而是新闻界的恶意报道。

“你知道吗，我不嗑药，”简说，“虽然我们没谈到这个，但我觉得你应该想知道。”

提克点了点头。简确定自己想让他清楚地了解自己的为人。

再度缠绵过后，两人懒懒地躺在床上，没过多久简就再次进入梦乡。提克从棕色夹克内袋中掏出手机和那张写着坐标的剪报，起身下床，出了帐篷，走到一棵金鸡纳树下。他看着上面的坐标位置，给米尔顿·兰伯特打了个电话，询问自己过几天能否搭个顺风机。

49

罗伯特正站在昆西大楼的信箱前，手中拿着一封来自哈佛行政委员会的信。哈佛的学生都知道，行政委员会最主要的任务就是对学生进行纪律处分。斯潘塞以人身攻击的罪名将罗伯特的行为上报了委员会。

委员会的成员由学生和老师共同组成，信中要求罗伯特在委员会面前解释自己的所作所为。斯潘塞也被要求这么做。在向委员会申诉的过程中，罗伯特的辩护人是他的高级导师。罗伯特对这人一点也不了解，只知道他是个热烈拥护“家庭共同体精神”的带头人。罗伯特记得高级导师那谄媚做作的微笑，和他在去年的毕业典礼上恸哭的样子。他就是个混蛋，罗伯特想。想到行将到来的处分，彻底破裂的友谊，罗伯特不由得放纵自己肆意发泄心底的怒气。

他走进菲利普餐厅，点了一份玉米卷饼。他不想在学校餐厅吃午饭。那里到处都充斥着野心勃勃的目光，毫无意义的闲谈。还有那儿的食物简直就是垃圾。他情愿去吃玉米卷饼，同时思考该怎么处理人身攻击的指控。他还不确定该怎么办，但他觉得委员应该会规定有两次攻击记录的学生才会被开除。这样一来，他应该还有一次机会。他确实因为那个略带种族歧视的问题，把斯潘塞打趴在地，罗伯特怀疑在校园里没人会像他那样看待问题——少数该死的种族主义者自作自受。

50

兰伯特的声音夹杂着耳机的嗡嗡声传入提克的耳膜，提克并没有向地面张望，反而凝视着窗外的天空。

“你跟那女孩一起去狩猎旅行了？”兰伯特问。

“去了马萨伊马拉。”提克说。

“感觉怎么样？”兰伯特问。他盯着提克，咧着嘴笑起来。提克什么也没说，只是将手放在机舱温热的玻璃上，挡住了照射进来的黄色太阳光。搭机可以节省他四天险境环生的陆地跋涉。兰伯特此行有合约在身，要按规定将美国国际开发署的人运出曼德拉，中途可以很轻松把提克带到他要去的目的地。

降落后，提克先去野生动物基金会驻扎在这里的分支办公室报了个到。屋里天花板上吊着一台电扇，两个生物学家坐在破旧铁桌边。他们倚在电脑前，正将朱鹭的观察地点输入电子表格。他们见到提克很高兴。提克告诉他们自己此行是来查看办公室的进展如何，但真正当目的是想过几天远离城市的生活。也许会开车出去兜个圈，或者在某处露营过夜。他开了他们的一辆车，向附近一个较小的镇子驶去。

坐标的位置是一家咖啡厅。他驶过咖啡店，去停了车，回头检查了路段，然后走回咖啡店。一个小男孩在排水沟边蹦上蹦下。白绿相间的手绘标志——“星巴克”——悬挂在茅草屋顶下方，屋檐下摆了三张桌子。托马坐在其中一张桌子边，头上戴着的一顶普通黑色棒球帽，帽沿压得很低，看不到眼睛。天气很热，托马却穿着一个帆布夹克，一只手插在口袋里。提克坐下来点了一杯美年达饮料。

“你好，托马。”提克说，希望自己脸上没露出惊异之色。

托马瞪大了眼睛，专注地看着提克，“你知道你们这些人都怎么叫我吗？”

“什么意思？”

“记者们和你给我起的外号。”

“调停者。”提克说。他不想继续这个话题。

侍者过来问托马要点些什么。“茶。”托马说，然后转向提克，“有人叫我‘调停’你。”

托马从口袋掏出一款黑色手机，放在两人中间的桌上。提克立即认了出来，那是他给哈塔西送的手机。就在那一刻，提克突然明白了托马与哈塔西的关系。原来如此。

“我不相信，”托马说，“你会以那种方式去背叛别人。”

“我没有，”提克说，“你为他工作多久了？”

托马没理会他的问题，“我确信你今天会来，结果证明我的判断没错。”托马满意地咧嘴笑了笑，露出一口黄牙。“你当时知道会有人发动攻击吗？”

“不知道。”提克说。

托马问提克要了根烟，吸了一口，然后向空中吐着烟圈。“我喜欢干调停的活儿，”他说，“士兵的职责就是杀人毁物。”

“当然。”提克说。

“但我做过的最好工作就是为苏珊·洛厄尔效力。”

“我读过她的书。”

“所有人都读过那本书。她还不知道我是为他工作的。”托马笑了笑，想了一下，然后说，“他是个才华横溢的人。”

托马吸了口烟，拿过茶杯边吐烟圈边对着茶水吹了吹，然后呷了口茶。提克的脑袋里突然灵光一现，他想到了吹茶水这个动作的特殊性，为何全世界所有男人喝茶前都会做相同的动作。

“我们认为，”托马说，“是你当时先确定他在场，然后又把你的兄弟们叫了过来。”

“不是我们做的。”

托马一只手掐灭了烟蒂，另一只手仍然插在口袋中。“那是谁做的？中国人？英国人？南非的雇佣兵公司？五角大楼的人？你们都是一伙的。”

“理论上是这样的。”

托马郁闷地干笑了一下，“我相信你。”

提克听到了托马的口袋里按下手枪击锤的声音。

51

“我会买辆属于自己的敞篷车。”威利说。那天风和日丽，卢卡斯和威利都兴高采烈。卢卡斯发现了热布卡汽车租赁公司的妙用，通过网上注册，可以在波士顿附近的租赁点挑选自己中意的车型，随意开往任何地方，费用按小时计算。他和卢卡斯，一如既往地身穿燕尾服，开着车在校园里兜圈子，并不停地透过车窗向人们挥手。他们坐在那辆红色的迷你库珀车里，敞开着顶篷，很是吸引眼球，因为没人在校园里开车。而这正对他们的胃口，他们就是想要吸引别人的目光。

看到拉齐在花园大道上走着，他们减缓了车速。威利冲他喊道，“嗨，吧虫兄弟！”

拉齐冲他们点了点头，然后继续走自己的路。威利仍不罢休，“吧虫，看在咱们是同类的份儿上，我们可以载你一程，去地窖酒吧怎么样？”

若是其他时间，拉齐想，他会知道该怎样打发这些小杂种，但现在他只是又冲他们点了点头，并决定给被自己忽略的提供阿尔·伊穆迪情报的线人回电话。之前都在干什么呀，他想。他只是不停地四处游荡，等待夜晚来临。

“教授，来吧！”威利说。

“滚开。”当他们疾驰而去时，拉齐骂道，感到一阵虚弱。

威利并没听到拉齐说些什么，只是转过头大声喊道：“咱们酒吧见。”

52

莫拉那正匍匐在街道对面的房顶监视着提克和托马。他认出了提克，就是那个私运阿拉伯茶的白人笨蛋。这真是个有趣的任务，他想。

莫拉那还是个孩子时就已应征入伍，参加了哈塔西的军队，虽然那并不能称做正规的招募。虽然他当时才十三岁，但他想要参加。那是个大旱之年，村子里最后一口好井被一个刚从首都来的家伙霸占，他不允许任何人使用他的财产，而那口井是莫拉那的父亲长期以来为家畜供水的唯一途径。虽然南方前景更好，但父亲不愿继续向南走，因为他想留在祖祖辈辈生活过的地方。但他家最后一头牛死掉了，肉也被分食完后，他们就搬到了邻近的镇里。父亲希望自己有朝一日可以赚到足够的钱，到那时，他会再买头牛，然后重新开始。吃掉自己亲手饲养的牲畜对古老的游牧民族来说是一种耻辱，但莫拉那的父亲是个务实的人。每当救济飞机飞过，白人们都会分发谷物，因为有这种东山再起想法，所以莫拉那的父亲会存一些谷物，然后再卖掉其余一些。他的妻子也会这样做，所以他们吃的越来越少，但他们仍抱有希望。

莫拉那没上过学，他常常会在飞机跑道周围闲逛。有一次，他帮一些来狩猎旅行的人们搬行李，并奇迹般地赚了五美元。他用这钱在市场上买了一双最好的冒牌运动鞋，在他为一个在小型救助站工作的白人姑娘充当搬运工兼助手期间，他会骄傲地穿上这双鞋。他常为她跑腿买烟和水果，或帮她把货物搬上卡车，有时还会帮忙打扫办公室，虽然他压根儿就不喜欢这工作，但她会付他钱。她付给他的钱并不像在俄勒冈的家里她妈妈付给管家的钱那么多，对莫拉那这个十三岁的小孩，她会每月付他十五美元。但那个白人女孩离开之后，他也就几乎没了收入来源。

有天他正在飞机跑道上闲逛，一个年纪比他大的男孩邀请他参加一个秘密会议。他去了，跟几个来镇里采购的年纪较大的男孩儿们一起，生平第一次喝醉了。这些男孩们有很多钱，可以一次性买很多东西，这一点给莫拉那留下来深刻的印象。他们说是来购买供给品的。他们雇用了莫拉那，命令莫拉那在他们去市场后，负责站岗放哨，盯住国家安全部队的人。这时他父母已经基本上攒够了买一头牛的钱，所以他们正打算离开镇子。那些男孩们第三次命令莫拉那盯梢时，他通过侦查及时发现那些国家安全部队的士兵准备搜查商店，因为报告及时，莫拉那救了他们一命。那些男孩们从后门逃了出来，对莫拉那的表现赞赏有加，并在那天晚些时候分他了一瓶啤酒。因为一时冲动，莫拉那要求立刻就跟他们走。他们于是把他带进了灌木丛，睡在高大多节的金合欢树下，身下铺着游牧民的席子。

他当晚就开始想念家乡，思念父母，这种感觉比任何时候都要强烈。但他不能就这样离开营地，他决定下次购买供给品时就顺便回去找父母。等待下一次购买供给品的时间并不长，但这次他却不能同去，这消息让莫拉那欲哭无泪。终于，他等来了机会回到镇上，暂时摆脱了这里的生活——终日酗酒、毫无目标的行军演习或驱车在荒野中穿梭，从一个村子到另一个村子，只要那个村子有他们其中某人的表兄愿意施舍给他们，或者有吃的东西，他们就会去。所做的一切都是为了哈塔西，父亲，导师，国家安全部队的喉头利剑。这些对莫拉那都毫无意义，但他被困在这儿，无法脱身。

莫拉那最终回到了镇子，却看不见父母的踪影。他们已经走了，死了，或者已经买了一头牛离开了，或许发生了莫拉那也无法想到的情况。十三岁实际上已经是个男子汉了，他对自己说，他们当然不会等我。但是他们为什么不等我呢？他正站在那个俄勒冈白人女孩以前用的办公室前，踢了一脚房前的尘土。办公室现在被一个当地妇女占用着，但她是不会雇用莫拉那的。这些天，一切都感觉很渺小。莫拉那搞不清楚他的父母到底发生了什么事，他于是又跟着那些男孩们回去了。

终于，他到了大约十九岁——其实他不知道自己的确切年龄——他就有了自己的小喽啰。他们经常四处闲逛。抢劫、突袭、开枪、制造流血事件，这些事情莫拉那都很擅长。他们都是在哈塔西的庇护下行事的。他们是士兵，不是罪犯，莫拉那给他的小弟们解释。这些政治性很强的话是哈塔西对他的副官们说的，副官们把这些话传给莫拉那这一级的人听，然后莫拉那再把话传给他的小弟们。有时，哈塔西会分发大量现金，每当分钱时他们就会沉浸在一片欢腾中。但大多数情况下，莫拉那和他的小喽啰们只能靠他们自己过活。哈塔西的梦想在我们心中永不灭。有时哈塔西很长时间不会出现。有时哈塔西或他的副官们会提醒他们向国家安全部队的士兵开枪，或者为他们设路障。“守护自己的地盘”，他们经常这样说。最重要的是，他们会定期给莫拉那提供新的卡拉什尼科夫冲锋枪、成箱的弹药和旧迷彩装。他们还给他配了一部结实耐用的诺基亚手机。多年的礼物、和战争口号——“武装斗争永不停歇”——对莫拉那来说，都相当鼓舞人心。虽然莫拉那只见过哈塔西几面而已，但到最后，他为追随哈塔西感到自豪，甚至把他当作父亲来崇拜。所以，当哈塔西邀请莫拉那单独会面，坐在一棵歪歪扭扭的金合欢树下，赋予他一项特殊使命时，莫拉那感到兴奋不已。

看到侍者把这个白人傻瓜所点的美年达饮料端上来时，莫拉那把手伸进了网眼短裤的裤兜，摸了摸裤兜里的那把老式点38左轮手枪。他很怀念与枪配套的挂肩枪套，那是他十五岁时从他杀的一个人身上取下来的。但那枪套太显眼了，所以他没戴在肩上。

53

弗朗西斯科正在给女儿玛利亚读《爱丽丝梦游仙境》，这时他听到有直升机降落的声音。那天一丝风都没有，天气也闷热异常，知了的叫声中透着绝望，似乎正处在燃烧的边缘。弗朗西斯科合上书来到飞机跑道，独留玛利亚一人面对《爱丽丝梦游仙境》的作者刘易斯·卡洛尔突然出现的离奇想法，她对此虽然感到很是疑惑不解但并不是很在意。每每父亲给她读过一个故事，她转眼就会忘记。所以弗朗西斯科每天都读书给她听。

弗朗西斯科那天并未想到会有人来，从来不会有不速之客来搅扰他，也很少有直升飞机在这里降落。但他还是认出了那架直升机。他和他的手下站在绿茵跑道旁，感到直升机引擎产生的热浪扑面而来。

米尔顿·兰伯特跟在他的乘客戴尔·伦特身后下了直升飞机。弗朗西斯科一向对俩人没有什么好感，他们也从来没有在这里同时出现过。但他并不是因为两人从事的职业而对其抱有成见。以前，两人单独来这里时，弗朗西斯科就发觉了他们举手投足间的很多相似之处：对海洋的漠视，走路时脚步声闷重，还有对酒店工作人员冷淡的态度。但他仍对他们的到来表示了热烈的欢迎。而伦特却并未对他们的不请自来表现出任何的歉意。专横，弗朗西斯科心想。这跟古罗马残暴跋扈的执行官没什么两样，皇帝的走狗。过不了多久住在白宫里的“尼禄皇帝”就会一把火烧掉罗马城了，他阴鸷地想。一行人上了车，还未抵达，兰伯特就要求去喝一杯。

“哈桑会为你们服务。”将他们引至宽敞的露台上时，弗朗西斯科说。他特地叫了一个名叫哈桑的年轻员工过来，哈桑个头不高，还戴副眼镜。弗朗西斯科要回去找女儿，走之前向他的新客人发出了共进晚餐的邀请。但他却再也静不下心来读书给女儿听。

整个下午，哈桑安静地站在露台，专注地为二人服务。他给兰伯特端来一瓶又一瓶的大象啤酒、鲜虾三明治，并给伦特拿来了果汁、杜松子酒和奎宁汽水。太阳落山，他们离开了露台，去游泳，然后冲澡。而哈桑则进了弗朗西斯科办公室向他汇报。此时，弗朗西斯科正坐在浮木桌边，目光越过电脑望向远方，凝视着酷热无风的天气里印度洋上的点点粼光。他的思绪正四处游荡，他发现自从那个叫提克的年轻人阻止了女儿被强奸那件事后，自己思考问题的方式就越来越抽象了。起初，弗朗西斯科报复心切。他找到那个冒犯他女儿的厨师，私下毒打了他一顿，然后把他扔到驶往内陆的一只漏水的独桅帆船上，并警告他永远不要回来。但现在，哈桑来到他的办公桌边时，他正想着那厨师死后会发生什么事。弗朗西斯科原本想亲手把那厨师给解决掉。

“有什么情况？”他问哈桑。哈桑是弗朗西斯科在岛上建的校舍里最拔尖的学生。哈桑虽然年轻，洞察力却很强，而且能说一口近乎流利的英语。弗朗西斯科十分偏爱和信任哈桑。

“他们在谈论曾经来过这儿的那个叫提克的年轻人，”哈桑说。“那个较胖的，叫兰伯特？”

“对，兰伯特。”

“他透露了些事。他说他用直升机把提克送到了什么地方。”

“送哪儿了？”

“北部边界的某个地方，我不是很确定。”

“好吧，还有什么？”

“然后，伦特很生气。”哈桑顿了顿，“我预感这对提克不利。”

哈桑走后，弗朗西斯科思索着伦特会有怎样的来生。凝视着屋外海面上的盈盈波光，他想：生命就是一场无止境的轮回，你所做的每一件看似不起眼的小事都会极大地影响灵魂的重生。那些专横的家伙是不会懂的。

他就这样又怔怔地坐了几分钟。这时，女儿的身影跳入他的视线。她正趿着双脚，踏着细浪走在海边，看起来是那样的无助。弗朗西斯科很感激上帝可以让他拥有这样的生活方式，可以为女儿提供自由、安全和舒适的环境。这里没有宗教的公共机构，有的只是沙滩上男女老幼日出而作日落而息，不用担心被卷入雄心勃勃的商人和新教徒深不可测的阴谋漩涡中去。他是天主教徒，对这些公共机构从不信任。

要不是那个年轻人，她现在可能已经怀孕了，弗朗西斯科想。他翻阅着名片簿，因为湿气较重外加长时间海风的侵蚀，一些老旧的名片已经泛黄，四角卷曲。提克曾留下一张他在野生动物基金会的名片。弗朗西斯科把视线从手中的名片转向在沙滩上的女儿，心中暗想伦特的真实面目会有多么危险。

54

提克叫了侍者，又点了一杯美年达饮料，心里默默地计算着如果自己能一个鱼跃跨过桌子，活命的几率有多大。十分渺茫，他最终得出了结论。托马完全可以在光天化日之下把他解决掉。所以提克把目光从托马身上收回，望向一个从身边缓步走过的年轻人。他大约和自己同龄，穿着及膝的粗棉布裤，洗得褪色的黄衬衫，赤着脚。正午的太阳下，他宽大的额头渗出了亮晶晶的汗珠。年轻人脖子里挂着一个优盘，伴随着他走路的节奏，绳子也在他胸前左右摇摆。提克好奇优盘里面会是什么。他看上去像长大了的芬达少年。

提克想优盘里的内容或许可以解答他的所有疑问，但这毫无逻辑可言。突然，一个念头闪过他的脑海，他的思路开始变得清晰，当前的局势也瞬间明朗——桌对面坐着的这个人身上带着枪。这一点是有逻辑可循的，因为这就是托马的此行目的。他希望自己不要就这样死在桌旁，同时在心里暗暗为自己鼓劲。我可以扭转局面。

“站起来。”托马悄声说。提克照做。托马一只手仍然插在口袋中，走在提克身后，命令他穿过尘土飞扬的街道，来到一条左右都是水泥墙的阴仄小巷。天气非常炎热，所以提克伸手去掏手绢想擦掉脸上的汗珠，托马在后面不满地嘘了一声，他于是停下了刚才的动作。提克不动声色地思索着，试图将死亡的念头推开，寻找脱身之术。在他将脸转向坑坑洼洼的墙壁的瞬间，所有的过往都因恐惧而向他空白的大脑一起涌来，情急之中提克忙道：“等等！”他想起来了。

“你去过布拉瓦基地吗？”提克问道。

托马从不知道哈塔西的家乡到底是哪里。没人知道。没人知道他小时候的事情，这样的情况实属少见。当然，大家都知道那个传奇——他是个孤儿，是他的敌人们使他沦为孤儿的。关于他的出生地，人们总是众说纷纭，不过这也一定程度上解释了为何他总是有充足的资金。托马很好奇这些钱都是从哪来的。通常，所谓的政治总逃不开裙带关系：自己的家人、表亲或者宗族——这些人的加入都对扩充自己的政治力量起着举足轻重的作用。但哈塔西常常更像一个离群索居的人，他只属于自己的追随者们。这也是为何，与索马里国家安全部队相比，哈塔西队伍里的年轻人——或者说这些孩子，从东非的各个角落聚集在了这里，他们彼此组成了哈塔西的大家庭。但没有人知道哈塔西的资金来源。每当有人问他这个问题时，哈塔西都会边笑边暗自编造一番，然后向不同人讲着相互矛盾的故事。托马亲眼见证过这种误传，他曾经有一次强迫哈塔西解释。但哈塔西只是告诉托马真正了解他底细的人越少越好。这确实很有道理。托马却总是会隐隐地感到不安，而且哈塔西在他面前对钱的来源绝口不提的态度，让他多少有种受辱的感觉。六个月前，托马第一次听说在布拉瓦港口有哈塔西的集装箱，但哈塔西只是告诉他说这是一次海岸行动，以后会跟他说明白的。托马知道这次海岸行动根本不存在。至少托马自以为自己知道。

莫拉那趴在两人正上方的屋顶边沿向下窥视，看到托马正用枪顶着那白人的后脑勺。也许不用亲自出面，他的任务就能完成。若真是这样，那真是交到好运了呀。

“哈塔西并不是你想象的那样，”提克说，同时感到枪口移到了自己的耳后。

“那他是什么样？”

提克缓慢地转过身，“我觉得他是沙特阿拉伯人，”他说，注意到托马似乎将一侧牙齿咬得咯咯作响，“如果我们去布拉瓦，一切都会水落石出。”

托马把枪口逼近提克的脸颊，掀开了提克的夹克，从腰带中拔出了那把西格-绍尔手枪。他说如果提克在说谎，他们到时候在布拉瓦一无所获的话，他会在那儿就地把提克解决了。

莫拉那看着他们两人一起走出巷子，于是爬下墙头跟在他们后面。据现在的情况判断，也许他不得不把两个人一起解决掉。好运气总是稍纵即逝。

55

简紧握座椅扶手，凝视着窗外无垠的蓝天。她将耳机中的声音调大，试图让“猫女魔力”的声音淹没飞机引擎的轰鸣声，让詹·玛夏尔细腻忧伤的嗓音令自己忘却正身处这个米色的密闭空间。她庆幸自己是在商务舱，因为她讨厌恐惧的感觉。

2001年9·11袭击发生时，简并没有什么特别的感受。那时她还只不过十来岁，但双子塔的倒塌让她领略了各种政治行为。她不喜欢自由街上世贸大厦的残骸被当作推动城市观光业的噱头，她不喜欢这种戏剧化效果，看到纽约市长把蜂拥而至的观光客操控于股掌之间更是令她震惊。她想自己之所以会有那样的反应，一方面因为她是个来自比肯山，并且信奉自由主义的女孩，另一方面因为她很清楚身处强权中的人的腐败本质。当她听到一个同学对那些人谩骂诅咒时，简会说：“与其说他们邪恶，还不如说他们更软弱无能。”飓风卡特里娜袭击新奥尔良后，政府救援不力从而造成了惨重损失，真相曝光之后，她与家人在饭桌上讨论过这个话题。

那天在从内罗毕乔莫·肯雅塔国际机场出发，途径伦敦希斯罗机场，飞往肯尼迪机场的路上，她对9·11袭击有了新的认识，并越来越担心这样的袭击会重新上演。她喝的红酒比以往都要多，担心飞机会突然爆炸，向地面急速坠落，像是坠入一个永无止境的深渊。当她看到父亲坐在过道另一边的位置上轻声打鼾时，恐惧瞬间转为气愤。父亲在一栋金融大厦里工作，而她在哈佛认识的很多人也即将进入某个金融大厦开始自己的职业生涯。双子塔被袭的惨剧原本可能会发生在他们任何一个人身上。

她早就知道这一点，但现在却感觉异常愤怒。她突然理解了什么是报复，这种感觉就好比你想要把什么东西塞入口中，用牙齿将其一口咬断，嚼碎，毁灭。她生平第一次想要看到这样戏剧性的效果。他们凭什么这样做？那些穆斯林懦夫们可能会杀害她的父亲、期末俱乐部的男孩们、西尔维娅和她所有那些将来可能会坐在市中心的摩天大厦里面对着电脑工作的朋友们。她想让这些穆斯林们得到惩罚，想让他们被处以极刑。

“再来点儿酒吗？”空姐扰乱了她的思绪。

简以前从不支持死刑，但她在飞机上却想到了这一点，她思索着是不是提克改变了自己。也许她想变得和提克一样坚强。他们约定回到剑桥城会再次见面，他还赋予了她一项使命。她当时在口头上占了先机，提克还未把话说明，自己就主动请缨。“把问题澄清”，他这么对她说。只不过她赶在他开口前就表明了心意。她决定先从《克里姆森报》入手，并且确定这篇报道将会在全国引起轰动。她这样做也是为了提克。

在肯雅塔国际机场的告别，对她来说真是煎熬。她本想向提克表达自己的爱意，但最终还是开不了口。一切都发展得太快了。她本想告诉提克自己有男朋友——并且，是个索马里人——她正准备跟他分手，但最终还是选择不告诉提克。他们告别的那一刻，她非常想把这段飘渺的感情抓在自己的手心里，感受那份真实，因为她确定提克就是他的灵魂伴侣。但她也知道她其实什么都抓不住，即使她告诉他自己爱他，并且保证会和男朋友分手。她害怕自己内心最深处的恐惧得到验证，因为他看上去是那样遥远，或许他已经得到了他想要的——在狩猎旅行中彻底占有了她。提克身边肯定有很多女孩子围着他转，她想。

但简同样确定自己对他很重要，她认得出他眼神中对自己的那份渴望。每每有男人亲吻她的时候，他们面部表情往往都会因强烈的欲望或需要而扭曲，而她也就更加确定他们对自己的渴望。因为寂寞、贫穷而且思念家乡，所以有时戴维吻她时脸部也会出现类似的表情。就在其他人都出去看豹子的那天早上，她在提克身上也找到了些类似的感觉。但她并不确定到底是种什么感觉，它既不是出于身体反应也不是因为需要，更像是一种空洞的渴望。就好像宇宙飞船舱门打开时，她被瞬间吸入太空一样。她不知道到底该怎样形容这种感觉。但不管是什么，她只希望这种渴望能够把他带回自己身边，与自己长相厮守。

提克也会希望把那些恐怖分子正法的，简想。虽然他表面看来很绅士，但绅士其实很容易伪装，因为她自己有时也会掩饰一些真实想法。又或许，他与自己相遇的前前后后都是个弥天大谎。谁不想在狩猎旅行中与我同床共枕一个星期呢？

简解开安全带，去了洗手间。她盯着镜中自己的眼睛，又想起了戴维。他们在一起时会拿眼睛开玩笑。最初，她看得出戴维跟白人女孩约会时的紧张，或者自卑，所以她常从眼睛上找话题，说他们的眼睛是多么相似。简虽然一头金发，但瞳孔是黑色的，虽然不及戴维的那样黑，但确实非常深邃。

跟戴维分手她会很遗憾，但谁也不能掌控爱会将你领向何处，她想。你需要跟随爱的指引，要信念坚定。飞机突然颠簸得厉害，把简吓坏了。当她紧抓着墙上的扶手时，对恐怖分子的恐惧又迅速滋长。她脑海中闪过飞机被恐怖分子控制的情景，于是挣扎着想驱散这个念头。飞机冲出气流后，她回到座位上，看到父亲鼾声依旧。

56

离开巷子，托马坚持开他那辆破旧的蓝色标致车前往目的地。

“路途漫长，”提克说，“我的卡车更适合长途行驶。”

“这个由我来决定。”托马说，然后口气一转，更加圆滑地补充道，“我喜欢这辆车。”其实两人心照不宣，托马想要拿枪监视提克的一举一动，而他在自己的车里干这个会更顺手。“你来开车。”

提克开着车一路向海滨驶去，托马往汽车卡座里插了一盘“摩城音乐”的磁带。

车厢内弥漫着黑人音乐，两人都沉默不语。所有的磁带都听完后，车内的冰冷的气氛让人觉得有些尴尬。车继续前行，两人谁也没看谁。车在崎岖的路面疯狂颠簸，但不管路况多差，提克都开得飞快。

这时，托马转过脸看着提克，说也许问题出在他身上。他飞快地描述着“老同学关系网”，像提克这样所谓的美国“男性精英阶层”是怎样紧密联系、你来我往，最终织就了这张最贪婪、最傲慢的庞大的私人关系网。托马说提克的兄弟们丝毫不把其他人放在眼里。

“那群非洲的巴加拉牧牛人都有手机。你会关注他们吗？真是有意思。”托马嘲笑提克说。“你们所到之处，就没人会讲真相。原因很简单。”他开始哈哈大笑，使提克打了个冷颤。“你们的计划是什么？”

提克沉默不语。

“我问你问题呢。”托马说。

“我们只管做事。”提克说。

“原因很简单，那就是背叛。”托马说。

托马又开始播放起了音乐，美国歌手山姆·库克的歌声从磁带卡座中飘出，老旧的播放器刺啦刺啦直响。他们继续向前开着，谈话再次陷入沉默。《哈莱姆俱乐部现场演奏，1963》。专辑放完之后，托马再次开口，圆边眼镜闪烁的光芒照向提克。

“这是我的地盘，”他说。“我在这儿想干什么都行，打高尔夫球，踢足球，随心所欲。如果你敢在我面前耍花招，我会让你死得很惨。我会亲自活剥了你的皮，或者花钱找两个兄弟干掉你。你敢去边境的移民局，我就在那儿把你就地解决。你要是敢去联合国办公室，我就开着他们的白色维和车去那里毙了你。一颗子弹？两颗足矣。或者我压根不用亲自出马，派几个手下过去就行。”托马深吸一口气，“在这儿，你是玩不过我的。”

“我知道。”提克说，但心里却想：我当然可以。

布拉瓦是一个港口，就像他们初次见面时的那个港口一样，但布拉瓦更大一些。这里的居民大多都是经受过连年的战争存活下来的难民。几只山羊沿着皲裂的路面四处嗅探。阳光轻抚着站在岸边收网的渔民，渔民的脚踝边漂浮着被海水冲刷上岸的小塑料袋和其他垃圾。一个已破旧不堪的船坞里正进行着修葺工程，两个男人正修补着一艘年代久远的拖船船体。

当他们沿着海岸行驶时，托马突然拿手指着海滩上的一堆集装箱。它们看上去很陈旧，似乎放置多年了。底层一个蓝色集装箱的角上装着一个摄像头，镜头对着一个闩着的门。

“我们需要工具，”提克说，“和黑暗的来临。”

下午，酷热退去，灰蒙蒙的云层从天边滚滚而来，越压越低。海鸟在海面上盘旋飞翔，相互争夺着岸边的废弃物。现在只能等待，提克和托马坐在船坞对面的咖啡店，喝着温热的美年达饮料，望着对面的工人们忙碌地修葺拖船。提克注视他们工作，而托马盯着提克。太阳落山，工人们也停止了拖船的修葺工作，将工具放进手推车，推进了船坞角落的一个停车场里。

“我们走。”提克说着站了起来。

“你要干什么？”

“去修车。钥匙给我。”

托马有些犹豫，提克则不耐烦地瞪着他。

“我不老实的话你可以杀了我，反正枪在你手里。”

托马这才把钥匙扔给他。提克把车开到拐角处正对着船坞的一个小山丘上。他掀开车引擎盖，把手伸进去将点火线圈上的一根缸线拔掉，然后又把线头放回了原位，但并没有把线头连接起来。托马很是疑惑，于是双手挠头，短促地喊了一声。提克坐回驾驶座，再次发动引擎。车子发出一阵轰鸣，听起来好像引擎再转动一圈就会发动，但最终还是未能成功。

“如果找对地方，很容易就能修好。”提克下车时说。然后他打开后备箱，说：“把车挂上空挡，从这儿推下去，推进车库。”接着又把钥匙扔回给托马，“告诉他们可以明天早上再修。”他爬进后备箱，并环视了一下四周，确保没人看到自己。“时机成熟的话，我会给你打电话，我们在集装箱那里见面。”他把手机调了静音，然后盖上了头顶的后备箱盖。

“把律师、枪火和钱都送过来。”托马松开手刹的同时口中呢喃着沃伦·泽方的歌词。他把车挂了空挡，然后从小山丘上缓缓推进了车库。托马说自己就住在路那边的一家旅馆，所以他们可以明早再修，听了这话工头感到有些奇怪。

后备箱充斥着一股机油味，还夹杂着一丝提克无法辨识出的甜甜的味道。他伸手在黑暗中沿着后备箱的边角摸索，摸到一些滑溜溜的貌似有机物的东西。借着他手机屏幕的蓝光，他看清了那是一堆枣核。于是提克拿起了一颗放在拇指和食指间揉搓。他擅长等待，这一技能对他来说非常难能可贵，而它的秘诀在于思考。所以在机场等待的时候，在房间等待他的联系人再次在丛林中现身的时候，或是在内罗毕无休止地等待着日常生活必需品送达的时候，他所做的就是思考。他第一次清楚地意识到自己拥有这项技能时，是在肯尼迪机场的头等舱休息室里。那是他们第一次等待着飞向肯尼亚的飞机，而格林家的姐妹们一直不停地争吵，那时他想：有那么多可以思考的东西，为什么还有人这么介意等待呢？思考时他的思想可以天马行空，在机场六小时的等待算得了什么呢？但后来他发现了问题——他总是思考着同样的事情。他也试图有些别的想法，比如地理位置、学术或者政治。但不管他怎样专心，那些想法总会转瞬即逝，然后他又会想着自己认识的人，最终又想到自己——通常是自己成为一名特工的雄心壮志，大方得体，出类拔萃。原来的思考也就变成了那些伴随雄心壮志而来的自我怀疑。我他妈的在干什么？他躺在后备箱中，这种自我怀疑再次降临。他努力打消了这种念头，继续等待。保持警惕。怎么老会有这些乱七八糟的想法？

提克仔细听着车厢外的动静。他呆在这车库已经有一个小时了，外面没有任何动静。但为确保万无一失，他又继续在车厢里呆了两个小时，仔细地听着。外面仍然一片静寂，他于是给托马拨了个电话，铃响了一声就挂了。他事先已经将手绢卡在后备箱的锁扣上，这时他伸出一只手扶着后备箱把手，另一只手去拉手绢，企图打开弹簧锁，但弹簧锁卡住了。提克又使劲拽了拽，同时试着用手指去掰，但后备箱还是纹丝不动。

他蜷曲着身体，从口袋掏出折叠刀，轻轻地划着镶在后座的背板。他将镶板划开了一个口子，然后捅穿坐垫，直到他可以把肩膀挤出老旧的填充泡沫，继而脱身。脱身之后，他爬到前排座位，在汽车底板上找到了钥匙，这才下了车，然后打开后备箱取回了手帕。

车库里非常昏暗，但他看得见工具都整齐地摆在墙边，零部件码放在工作台上的箱子里，还有一些废料在角落里堆着。他很快就找到了自己需要的东西。喷灯一点也不轻，但提克轻而易举就拎了起来，然后从车库后方一个高高的窗子爬了出来。先前从这儿开车经过时他就记住了从车库到集装箱的路线。船坞周围被用蛇腹形刀刺网围了起来。唯一的出口需要经过门边警卫的小屋。过了小屋，向右拐出那道门，出门之后再右拐就是大海，沿着码头走一小段就能看到第一堆集装箱，这条线路还很隐蔽，不易被发现。

提克压低身形猫在车库的墙根下，扒着墙角向门口的小屋张望。一个年轻警卫，头上戴着已褪色的保安帽，正坐在发出嗡嗡声的荧光灯下读着圣经。他脚边有一杆唧筒式霰弹枪正靠在墙边。

提克迅速地从他身后逼近，动作很轻，直到最后一刻他才发现提克。那警卫正要回头，提克用喷灯的罐子在他太阳穴上重重一击，警卫手中的圣经掉落在地，书页紧闭，躺在猎枪旁边。

一轮明月漂浮在夜空中。托马在哈塔西集装箱的阴影中等待着。当提克从两个挨得很近的集装箱中间出来时，托马立即用枪指着他。看清是提克后，托马才舒了口气，稍稍把枪口放低了一些。

提克从口袋掏出一个黑色小孔消音器，递给托马。

“是你把摄像头射掉，还是要我动手？”

托马接过消音器，拧在他那把瑞士手枪上。只听短促的“劈啪”一声，镜头碎了，转眼间碎玻璃叮叮当当掉落在地上。他们向那个集装箱门口走去，提克带上墨镜，点燃了喷灯。托马站在边上给他把风。很快提克就将门闩割断，箱门在滚轮上静静地滑开了。

集装箱里一片漆黑，经过一整天的阳光照射，集装箱铁皮的余热仍未散尽，箱内的空气纹丝不动，令人压抑难耐。提克打开笔式电筒，照向门边的铁皮墙，找到了墙上的开关。他把门关上以防有任何光线漏出去，然后按下了开关。

随着电流传递的嗡嗡声，荧光灯在集装箱顶部闪烁，铁皮墙上传统的普通壁灯依次亮起来。集装箱内现在亮如白昼。紧贴集装箱一侧的墙壁，放着一张长桌，布局像一个小型办公地点：两台手提电脑，一台扫描仪，一台打印机还有一台传真机。一台高大的文件柜立在一个角落。较远的一面墙边放着一张双人床，旁边还有一个床头柜。床头柜上放着杂志、书籍、一只玻璃杯和一个空水罐。提克注意到，床头柜上放着一本《经济学人》杂志，却没有《古兰经》。

对面一面墙边立着一台高大的储物柜，提克启动那两台电脑的同时，托马打开了柜子。他在储物柜中找到一台RPG-7火箭筒①、三枚火箭弹、一对突击步枪和一串手榴弹。

①RPG-7 launcher：RPG-7肩扛式反坦克单兵火箭筒，前苏联研制，后广用于各国军队。

提克在文件柜中找到了他想要的东西。在一个马尼拉文件夹中，他找到了一本沙特阿拉伯护照，几张美国健康保险卡，还有好几张银行卡和信用卡。一个紧急逃生地，提克想。所有文件上的名字都是一个人，不是哈塔西，是伊穆迪。

“他是沙特情报局局长的儿子。”提克一边说，一边把他文件一张张摊在桌上，脑中想着艾伦·格林。“他从他父亲的朋友那里卷走了一大笔钱。”

托马站在长桌边，面对着提克，望着两人中间满满一桌文件。他吃惊得大张着嘴巴，许久才合上。这不可能。他必须知道这些美国人都知道些什么。他低声说：“所以是沙特人指使你们这些人去暗杀他吗？”他盯着提克，把枪柄在手里攥得更紧了。

“我们不会杀他的。”提克说。但其实他也并不清楚。

托马突然记起来了，他第一次见哈塔西时，很惊讶哈塔西为何能像阿拉伯海湾国家的人一样说着一口阿拉伯语，准确流利的阿拉伯语。每当被问及此事，哈塔西的回答是，他学习很努力。

“一通来自伊朗班德埃纳姆港的电话……”托马说道，同时仔细观察着提克的表情，然后握枪柄的手慢慢放松了。“请给我掏支烟。他妈的。”

托马接过提克递过来的烟，向门口走去。他想着自己为哈塔西编织的谎言，这都是为了……什么？他本可以离开，去伦敦或剑桥城定居。苏珊·洛厄尔曾给他提供过这样的选择，但他不断对她撒谎而且对自己撒的谎执迷不悟。他选择留下来为哈塔西战斗。他从没选择离开，成为移民。但是现在呢。

“这并不能改变什么，”提克说，“他仍然是最出色的。”

托马并没有听到他说的话。他开了门，打算出去抽口烟。紧接着，提克听到两声枪响，然后就看到托马的双腿绊倒在门槛上，身体跌落在门外，集装箱似乎也跟着震动了一下。提克跑到门口，看到托马躺在地上，一侧脸颊上还有一个弹孔。在门口，他撞到了正带着手枪逃跑的莫拉那。莫拉那意识到自己犯了大错。他之前一直很紧张，他本来想着两个人会一起出来，但没想到只出来了一个人。

提克从莫拉那手中抢过手枪，并把枪口对准了他的鼻子。这时提克突然听到一声歇斯底里的狂叫，然后看到莫拉那哭嚎着想要逃跑。提克对着他的腿射了一枪，然后用枪柄把他击晕在地。

透过门缝提克看到一辆车正向集装箱这边驶来。他并不想抛下托马的尸体，但时间已经来不及了。他俯身合上托马的双眼，这时一颗子弹击中集装箱，反弹回来，从提克头顶飞过。子弹并不是从车的方向射来的。他立即躲回集装箱，把哈塔西的身份证明文件塞进夹克口袋，又迅速出了集装箱。这时他看到一些非正规军正慢慢靠近他所在的集装箱。哈塔西的人。

提克踅回集装箱后面的储物柜，将火箭弹、手榴弹和火箭筒都带在了身上。他将头探出门，心中思索着撤退路线，一边射出了一连串的子弹，然后又退回集装箱。他喘了口气，然后再次走出来，正对着那一队前进中的非正规军用RPG火箭筒发射了一颗火箭弹。当巨大的火球遮住对方的视线时，提克趁机沿着旁边的一排集装箱跑开。

卡车立即掉转头向他冲过来，车内有两个人探出车窗向他射击。而这时海边码头沿途的灯都被瞬间点亮。提克飞奔向两个集装箱中间的阴影地带，再次喘了口气，然后迅速绕到集装箱尾部，折到那辆汽车背后。提克再次举枪，仔细瞄准，子弹穿过车后窗玻璃打中了司机。当坐在后座的两个人转身时，提克趁势前冲，将两人击毙。车停了下来，他将司机从方向盘后面拽了出来，自己坐在驾驶的位置，点火挂档。

他开着车出了镇子，车后座仍躺着两具尸体，一个像是埃塞俄比亚人，另一个是索马里人。奇怪的搭档，新部落。提克发现，油箱竟奇迹般地加满了油。怎么会这么走运？这时提克想到了美国有线电视新闻网的一则报道中，美国飞行员在摩加迪沙的街道上被拖着跑了一路的镜头。出了镇子十分钟左右，他把尸体抛出了车外。

提克在黑暗中开着车一路向南，他取消了手机的静音设置，并考虑着是否给伦特打个电话。他已经有了自己的想法。也许是那些沙特人想杀掉哈塔西，他们蓄谋已久，并且终于找到了他。

他手中的手机哔了一声，有一条未读短信，是弗朗西斯科发来的。他告诉提克，伦特和兰伯特在芬齐岛，言谈之中还说到了提克。“这给我一种不祥的预感，”弗朗西斯科在短信里说，

“我只是先通知你一声。”

提克将手机扔到副驾座位上，虽然他不清楚到底发生了什么事，但他已经确认伦特这个人不可靠。其实，他对伦特从来就没什么好感。如果伦特与兰伯特往来甚密的话，那就更加不能相信他了。而且，格林对兰伯特的评价从来就不高。不过，我有自己的特工，提克想。

他开着车在黑夜中穿梭，一路直奔机场，天已大亮。在肯雅塔机场的停机坪上，他给野生动物基金会的上司打了个电话，汇报说家里有急事，必须赶紧回美国。

57

简回到学校时，天气已经转凉，深秋的衣服也需要拿出来了，这一季的服装是她最喜欢的。她想与戴维分手时，依然保持得体的形象，但同时她又因为自己有这样的想法而觉得既惭愧又渺小。

她一边打开行囊收拾行李，一边喃喃自语。她担心自己与迈克尔·提克的缘分会到此为止。她去痢疾高发区时有人警告她说可能会因患痢疾而发烧，或许她与提克之间发生的一切只是高烧时做的一场梦罢了。但她并没有得痢疾，她的的确确与提克一起缠绵数日。然后他给她打了电话并给她布置了一系列的任务。首先，她被告知要制止任何在《克里姆森报》发表的对洛厄尔教授不利的新闻报道。其次，要与洛厄尔商量继续跟进哈塔西的事，但不能提到提克本人。要敞开心扉。这好像比她做过的任何事情都要严肃。挂了电话，她的牙齿几乎打颤。尽管提克说的事听起来很有说服力，也很严肃，但简还是告诉自己不要不假思索全盘接受，失去独立思考的能力。接着她给戴维打了个电话，约他去代达罗斯酒吧见面。通电话时，提克的声音又萦绕于她的脑际。

他们在酒吧见了面，礼貌性的轻吻之后，戴维点了两杯龙舌兰酒。他也不知道自己到底为什么会这样做。他觉得对自己越来越没把握。

“龙舌兰，”简说，“你这是怎么了？”

“最近发生了很多事。”戴维说。

他们喝完之后就离开了代达罗斯酒吧。踩在芒特奥本街的枯叶上，简向他讲述着马萨伊马拉——一个戴维从没去过的地方。简可以从戴维的表情中判断，他是多么地渴望自己的身体，但与他在一起的时间越长感觉就越糟糕，身体靠他越近，分手的事就越难启齿。她几乎都已经打起退堂鼓，不想提分手的事了。当他将伸出手臂拥她入怀时，简再次妥协，考虑着如果不把戴维孤零零地丢在自己的宿舍楼前的话，还有没有可能继续跟戴维在一起。但她突然又想到了提克，分手的决心就更加坚定了，然后她告诉戴维以后两个人还是不要再见面了。

“为什么？”戴维问。

“分手是早晚的事。”虽然她觉得戴维应该知情，但关于提克，她还是没办法说出口。

戴维不知道应该说些什么，所以他只能另找话题，“明天我有一个演讲，关于哈塔西是如何葬送了我表兄弟们的性命的。你会喜欢的。”

“那是你的家乡？”

戴维将双手塞进口袋，双眼盯着地面，慢慢地踢着路边排水沟里的一堆枯叶。她抬起双臂拥抱戴维，但他没有任何回应。

“关于你家乡的事，我深表遗憾，但你不能做那场演讲。”简的声音中透出一丝他从未见过的绝望。“我们的事倒无关紧要，但关键是那些观点都是错的。”

“无关紧要？”

“我之前的想法是错的，洛厄尔所说的都是真的，不是哈塔西干的。”

“当所有人都相信这种说法，你怎么就知道它是错的呢？”

“我不是说我们俩的关系不重要。但我去过那里，而且——”

“是吗？你去过？狩猎旅行时去过？”戴维跟她说话从来没有这么尖刻过，但他很享受这种感觉。

“不管你怎么说，只要你不做那场演讲。求你了，就当是为了我。”

“你可是刚把我给甩了。”

第二天，戴维盯着观众席中的艾伦·格林，说着演讲的开场白。“我叫戴维·阿扬，”他说，“哈塔西杀了我的家人。”格林冲他赞许地点了点头。

58

前几周坏消息铺天盖地向苏珊·洛厄尔袭来，其中戴维所做的演讲对她伤害最深。所有一切似乎都彻底乱作一团。他在演讲中说，生活在象牙塔中，会很轻易忘却那些问题原本是多么地错综复杂。虽然他的演讲是对她研究的一种侮辱，但苏珊还是觉得自己原本可以帮他删掉演讲词中那些陈词滥调的。

那晚她出去和拉齐共进晚餐，她很高兴自己与拉齐之间的友谊足够深厚，可以在他面前把自己脆弱的一面展现出来。在哈里面前她已不可能这样做了，特别是最近，因为一见面哈里就会问她感觉怎样。而且最近跟哈里在床上时她一直无法投入。

她和拉齐约在剑桥附近一家名叫中央厨房的餐厅见面，餐厅里面温暖如春，还闪着点点烛光。餐厅外面是马萨诸塞大道，严寒为窗户覆上了一层白霜。菜单上的汉堡和科布沙拉价格都颇为高昂，里面还列着一张长长的酒单。拉齐很高兴今晚她终于可以离开那个在他眼中完美的家庭，出来赴约，与他小酌几杯。

拉齐和苏珊是离开餐厅的最后一批客人。整晚他们都在谈论工作，对于哈塔西和美国政府之间的关系，他们大多时候都只是在猜测。苏珊的想法总是很有见地，拉齐想。其实他整个下午都在喝酒，但他觉得苏珊到的时候并没有注意到这点。但不管怎样，他现在也并不在意了。

“我听说玛琳娜被保释出狱了。”苏珊说。她说这话的时候感觉整个谈话似乎都那么不真实。“也许咱们还会见到她。”

“跟她见面，那可不安全呀。”拉齐说。

“也许托马可以帮我。”这才是我应该做的。我应该回去把事情查个水落石出。

“你打电话都找不到他。你之所以不能回去是因为你已经在那儿做过调查了。”拉齐没能准确地表达自己的想法，于是补充道，“普利策奖。”

“我烦死那个该死的奖了，”苏珊说，“而且你瞧不起我，觉得我没能力。”

“什么瞧不起你？你是想抛夫弃子，”他说，“重回那个混乱状态？”

“我以为咱们的谈论话题不会涉及到风险呢，”她摆出一副吓坏了的样子，嘲弄般地看着托马，“我只是想做好本职工作而已。”

“那孩子们怎么办？”

听到这话，苏珊几乎笑出了声。“你这话听起来好像孩子都是你的似的。”

“这又不是没可能。”

他并没打算这样说，但他话一出口，苏珊就愣住了，刚从碟子里端起的咖啡杯也停在了半空。他说这话时表情认真，但这些话却似乎不怀好意地一直萦绕在她的耳边。

“你应该离开哈里，投入我的怀抱。”拉齐继续说，“我是爱你的。不让你返回非洲是有原因的。”

说这话时，他意识到自己犯了大错，但他已经醉了，所以也就没再克制自己，或者说是已经不能自已了。

“拉齐，醒醒吧。”苏珊这样说，同时放下了手中的咖啡杯。

“你自始至终都很清楚。”他对她说。

“清楚你是个酒鬼吗？是的，拉齐，我很清楚。”说完，她就起身准备离开。拉齐拉住了她的手，但她却立即把手抽回。“我不会这样做的。”她说，然后走出中央厨房，没入屋外剑桥城的严寒中。

过了一会儿，拉齐匆忙结了账，跟了出来。他四处寻找苏珊的身影，但她已经走了。于是拉齐掏出一根烟，抽了起来。当这个冬天的第一片雪花袅袅婷婷地从他身边飘洒，最终落在马萨诸塞大道上时，他又点了一根烟。

59

从希斯罗机场飞往肯尼迪机场的波音747商务舱中，一个空姐过来给提克倒咖啡时，他被空姐那双浅蓝色的双眸所吸引。最近他很少遇到拥有这样眼睛的人。哈佛众多课程中的第一课：世界人口的大多数居住在南半球，那些人的长相与你们不同。北半球那些苍白的怪胎只占少数。一些女人们在后盘古大陆时代，向北迁移的途中驻足定居时，生下了怪胎。他们也许会将那些长着奇怪眼睛的小孩用乱石砸死，也许会像敬神一样崇拜这些怪胎小孩。但无论如何，在那漫长的历史道路中的某个阶段，一个怪胎幸存了下来。而那个空姐和提克都是这个幸存怪胎的后代。这并不是关于贸易和移民的短篇故事，而是漫长的地理变迁。而他家乡的那些人，他的人民，只关心那段简短的历史——二战中纳粹对犹太民族的大屠杀，为何信奉穆斯林的父辈会生出喜爱嘻哈音乐的后代，还有十九世纪初印度人的大规模海外移民。不管怎样，与那段简短的历史相比，那个漫长的地理变迁对他们来说并非如此重要。

但这就是症结所在，或者在此时提克看来是这样的。我完全被细节困住了，我必须跳出来看问题。他思绪开始不停奔涌：哈塔西是沙特阿拉伯皇室的敌人。我们的政府发现时，当然不会再继续支持他，提克想。伦特做得更绝——他企图要杀了哈塔西。为了他的事业。提克想象着伦特是怎样一手策划了全过程。整个哈塔西事件卷入了太多势力纠葛：沙特阿拉伯人、美国国家安全委员会、白宫。所有在事业上抱有雄心壮志的人都会很自然地远离这些档案。但伦特却克制不住自己的好奇心，翻看了这些档案，因而引祸上身。所以他想一不做二不休，干脆毁了他。速战速决，越少人知道越好。提克可以肯定阿特沃特对布莱克福德的底细略知一二，因为布莱克福德那家伙脸上恨不得写着三角洲特种部队几个字，也许他是在执行联合特别行动。提克想等他把这层关系想通之后，他要把这些都告诉格林。

在飞机上，提克禁不住想把哈塔西的各种护照文件从随身行李中掏出来再看一眼，但最终还是克制住了这种欲望。

往日熟悉的从肯尼迪机场发往曼哈顿的黄色出租车令提克眼前一亮，就像长时间在沙漠行走后纵身跃入大海那样酣畅淋漓。凝视着远方的地平线越来越近，提克拨通了阿特沃特的手机，并希望他正在纽约度假，因为圣诞节快到了。阿特沃特接了电话，说道："我现在就有空去喝一杯。"这让提克异常惊喜。

他们在杉木吧靠里面的一张桌子坐下。杉木吧就在联合广场南边，是五十年代抽象表现主义画家和纽约垮掉派诗人的主要聚会场所。他们大学时经常来这个地方，除此之外他们想不到别的去处，因为两人现在都不在纽约居住。提克很喜欢他们选的见面地点，古朴的木质桌椅、幽暗的灯光加上还算动人的女招待，这些似乎令阿特沃特很惬意，感觉就好像许多年前的那些抽象表现主义画家仍在场似的。这地方真是喝酒的不二选择。

“准备在纽约呆多久？”提克问。

“我父亲前不久犯了心脏病。”

听到这里，提克感到很抱歉。但阿特沃特说情况不是很严重，而且他父亲已经出院回家了。这时提克意识到查理·阿特沃特也罢，那些抽象表现主义画家也罢，在这地方都不会感觉真正地自在闲适。真的只是喝酒的地方，毫无其他特别之处。

“你知道吗，虽然毕业已经很长时间了，”阿特沃特说，“但每次回纽约过圣诞时，我都会觉得各科考试正迫在眉睫。”

“因为要过寒假了嘛。”提克说。阿特沃特胖了很多，提克怀疑他这身材还能不能做后空翻了。

提克给阿特沃特点了第四杯帝王威士忌时，才开口说起布莱克福德。“他看起来像是个正人君子，”提克说，“我在内罗毕见过他。”

“喔，布莱克福德。”查理·阿特沃特小口抿着威士忌，陷入了沉思。

“所以你们正策划一场长期行动？”提克问。

“如果我愿意的话，我现在可能正在给伊拉克人设计小学七年级课程。事实是，”亚特华德靠过来轻声说，“如果你可以组建一支队伍，那真的是趣味无穷。”

提克等着他继续说下去。

“这当然不是恶作剧。但如果呢？如果我们可以扭转局面，将事情向更好的方向引导，或只是牛刀小试，看我们是否做得到。如果，不是吗？”

“我们指谁？”

“就是在这个星期四的晚上像我这样的人，跟我一起提出这种想法的人。真的就这么简单。试想如果你被卷入这些神秘的行动，谁会和你同舟共济？谁才是你真正的朋友？正是那些星期四晚上跟你一起喝酒的那些人。”说话时，阿特沃特特意敲了敲他的杯子以示强调。

“我很好奇在星期四晚和哈里森总监共饮的人会是谁。”提克说。

“饶了我吧，别再说你那套阴谋论了。我们已经身陷其中了。不可能把交易拱手让给中国。你也知道十大经济学原理嘛，这只是交易而已。”

查理已经醉了，提克笑道：“查理，你在学校根本就没读过什么书，对吧？”

这话仿佛突然刺中了查理的神经，他开始狂笑不止。

“你知不知道我在特种部队都干了点什么？”他再次靠过来说。提克看得出查理是在炫耀。他一直都很虚荣，提克想。他肯定会说还能做后空翻。

“只有对你，我才这么说。”阿特沃特说。

提克等着他再次开口。

“布莱克福特是三角洲特种部队一个队员的化名。这个家伙仍然是特种部队的一员，但他秘密为联合作战组工作。我说的都是真的，这是他的秘密身份。我从来说一不二。”

“这实在是太不可思议了，”提克说，“他仍然是特种部队的人？”

“常年在联合行动组做事，是特种部队失散多年的‘儿子’。”

紧接着，提克把话题转向查理自己、学校、朋友和女人。一切都水落石出了，都是美国人干的，至少是美国人挑的头儿。伦特。格林。提克板着脸，但他心里压着的那块石头并不是因为惊讶。他此时的感觉好像从一开始自己就知道事实真相一样。是你。手机是你送的。

出了门，提克将阿特沃特送上出租车，看着出租车在纷纷扬扬的雪花中驶向派克大街，街旁的树木银装素裹。

提克竖起棕色夹克的衣领，把雪花挡在衣领之外，向他父母在格拉默西公园附近的空房走去。他父母每年十二月总会去太阳谷，今年也不例外。他去厨房喝了杯水，然后就上床睡觉。他打算明天一大早就搭第一班车去华盛顿国家安全委员会，并希望到时候会精神抖擞，于是想努力让自己快速入睡，但最终却彻夜无眠。

60

午夜时分大家就会知道最终结果了，这些准会员们都收到了这份通知。戴维无法集中注意力，桌上的书摊开在他面前，但他一个字也看不进去。戴维再次确认了手机上的时间，他这一整天都是在等待中度过的。中午吃饭时，有人从他身边走过时碰了他一下，他就差点没跳起来，然后反复猜想着这会不会是个暗示。他努力使自己做好接受落选结果的准备，但仍禁不住计算着自己胜算几率会有多大。大概也就百分之二十，都怪该死的罗伯特。一天中他的情绪不断起伏蔓延。

23：45。他手机响了。

“是戴维·阿扬吗？”

“是的。”他回答，但说话时喉咙好像被什么东西卡住了，所以他清了清喉咙又说了一遍，但这回却与电话那头的声音叠在了一起。但不管怎样，他还是听清了指示。很简单，到外面去。

院子里那棵为纪念马萨诸塞湾殖民地首任总督约翰·温思罗普而植的树下，三十来个穿着西服、披着大衣的年轻人列队站在那里，呼出的气体在彻骨的寒冷中瞬间凝成白雾。雪花又开始飘洒，在他们黑色外套的肩膀上落了薄薄一层。戴维不知该做些什么。这时队首的年轻人冲着他笑了笑，他就是那个在车上打瞌睡的俱乐部会员，而且他现在看起来仍然睡眼蒙胧。他微笑着，同时伸出手说："欢迎加入俱乐部，阿扬先生。"戴维握了握他伸出的手，下一个会员也以同样的方式对戴维表示了欢迎，就这样戴维与整队人都握了手。他们每个人都戴着皮手套。

戴维与最后一个人握过手之后，一行人转身列队而去。

我的选择是对的，戴维想。他默默地对格林表示了感谢。一年后戴维才得知其实格林与期末俱乐部的会员选拔毫无关系——决定权完全在于学校里的本科生会员——但他仍然对格林保持着一种说不清道不明、但又近乎忠诚的感激之情。虽然此刻的戴维只顾狂喜，但他知道对格林的这种感激之情会持续很长一段时间。他走在白雪皑皑的院子中，这份胜利的喜悦令他忍不住为自己小小地欢呼了一声。

"你知道吗，"离开院子时，那个睡眼惺忪的会员对另外一个会员说，"我很喜欢嗑药之后做这件事。光是看看他们脸上的那份神采，就已经足够令人兴奋了。"

"是啊，"那个会员说，"我们去给俱乐部多买些大麻，你们这会儿先去代达罗斯酒吧吗？"

61

拉齐独自坐在地窖酒吧，拼了命地猛灌自己。他不想跟酒吧里的任何人说话，但同时也很庆幸酒吧并非空无一人。因为如果酒吧只剩下他一个人的话，酒保可能就会跟他搭话，这样就会强迫他跳出自己的世界与他应酬。

拉齐觉得好像自己才刚坐下，酒吧就发出了打烊通知。这时卢卡斯和威利穿着燕尾服吊儿郎当地晃进酒吧。威利带着一把黑色大伞，抱怨着即将到来的暴风雪。他们庆幸在打烊前及时赶到了酒吧，于是向酒保点了酒吧今晚最后两杯酒，酒保也欣然同意。但听到两人都要喝玛格丽特时，酒保便拒绝费力为他们调酒，两人不得已最后只好要了两杯杜松子酒加奎宁汽水。

很快酒吧就只剩下拉齐、卢卡斯和威利三人，于是卢卡斯和威利挪到了拉齐那一桌。而拉齐只是看了看他们，什么也没说。他们不停的戏谑打趣对拉齐反而是一种安慰，所以他就同意与他们一起继续狂欢。这是吧虫之间的兄弟情谊。拉齐知道自己并不想回家睡觉，因为回家后就只能等待着面对第二天醒来后的宿醉，和记忆中自己做过的一些事情的幻影残像。

出了酒吧，他们三人款步走进哈佛讽刺文社的大楼，并在书架后一个隐蔽的房间里吸大麻烟，拿一个犀牛角当烟灰缸。

卢卡斯和威利每人都吸了好几根，而拉齐此时才开始有所反应，但他仍然很高兴与他们同行，就像是一趟嘉年华之旅，或者就像坐过山车，他想，自己只需抓牢坐稳，过山车就可以带他飞环旋转，飞天遁地，这样一来他也可以再晚睡一会儿，不用担心如何迎接黎明的到来。

威利和卢卡斯想要活动活动，因此他们准备再出去散散步。他们一直高声嘲笑着和他们同行的这具僵尸，但拉齐对此毫不在意。这晚过得很漫长，但卢卡斯和威利好像并不在意，只要他们可以买到醉，同时保持身手敏捷就好。

他们在路上闲逛，拉齐看着地上的雪越积越厚。第一丝曙光在天边闪耀，但天空依然像一块被烟熏的漆黑玻璃。昏黄的街灯照耀下，雪花依然在飘飘洒洒。他们三人在一个安全电话旁边停住了脚步。校园里所有这种电话上都安装有可以发蓝光的灯，进校的第一天参观校园时，新生们就被告知只要自己感觉有危险，不管是遭遇强暴或者抢劫，都要向蓝光的方向跑去。当雪花遇到这些蓝光——安全电话的标志——蓝色与白色相交映，雪花就像悬在空中一样，此时的雪花显得尤其漂亮。从来没听谁说用过这些电话，拉齐想，但这些灯很美。拉齐曾亲耳听到别人这样夸奖过那蓝色的灯光。

卢卡斯和威利感觉有点儿饿了。

“老兄们，我有钥匙。”卢卡斯对威利说，然后转向拉齐：“你听说过热布卡汽车租赁公司吗？我正好有车钥匙。咱们向我的战车进发吧？”

“向连锁煎饼屋冲呀！”威利附和道。

当拉齐坐在红色迷你库珀车的前排时，威利很恼火，但拉齐是不会把座位让出来的。他就坐在挤死人的后座吧，拉齐吸着烟，在烟雾弥漫中这样想着。当他们在寂静的夜里开着车行驶在白雪覆盖的街道上时，拉齐头靠着窗户睡着了。

查尔斯河上传来一声巨响。卢卡斯已烂醉如泥，因此迷你库珀打滑失控，冲过斜坡弯道向一辆货车撞去，反正他本来就不是个称职的司机。拉齐在最后一刻醒了过来，全世界各种各样的悲剧和惨状瞬间闪过脑际，所有的习惯反应都涌向大脑。他的意识只清醒了片刻，但这足以让他看清迎面而来的大货车。大货车在积雪和污泥上打滑时司机企图刹车，但车身还是撞上了迷你库珀，撞击的那一刻，货车翻滚着将红色小车碾碎在身下。

62

第二天早上，提克与艾伦·格林一起走在国会大厦前的水池边，此时的天空颜色比林肯纪念堂的大理石更深沉一些，没有一丝风，并透着一股刺骨的寒冷。提克把关于哈塔西和准军事部队的新发现都告诉了格林，甚至把托马的遭遇也告诉了他。提克说话的时候，格林一动不动地直视着前方。

提克说完这些便问格林，村子里的那次行动是不是美国政府的杰作。他们站在水池较远的一端，凝视着水面上天空的倒影。

“不是的，”格林叹了口气，“我们也不知道那些人的真实身份。”

第一次，两人面对面直视对方的眼睛。格林显得很苍老，提克想，他脸上皱纹很深，眼神写满疲惫。这时，格林的手机响了。

“喂，宝贝儿，”格林说，之后就一直静静聆听，“那七点见。”他挂了电话对提克说：“要跟女儿们共进晚餐。”

“我知道加里·布莱克福德，”提克说，“我也知道这是一次美国行动。你同样清楚这一点。”

格林回头看了看华盛顿纪念碑，然后又回过头来望着提克。提克几乎开始同情起他来，他的教父好像也不知道该说些什么。

“我从没想过把你往火坑里推，”格林说，“事实上，最初我也不知情。”

格林的语气听起来好像是谈论天气一样轻松。他说是五角大楼国防部的那些人最先发现哈塔西的真实身份，联合作战组听说后就从国防部和中情局兰格利总部把那些资料搞到了手。现在他们有了自己的三角洲特种部队。伦特最初也不知情。格林最后说：“很遗憾你是最后一个知情的人。”

“我们背叛了他，你对这点毫不在意？”

“你把自己陷得太深了，这不是一个特工应该过问的事情。”

“我们可是企图杀了他呀。”

“别再幼稚了。”格林一只强有力的大手搭在提克肩上，并用力地捏了一把，像是在警告他。“没必要，”他说，“去暴露你自己。”

“这样做是不对的。”提克说。

格林耸了耸肩，转身准备离开。“我知道这样做不对，”他说，“我只是想让你明白。”

“别走。”提克伸手想要抓住格林的胳膊。

格林再次回头面对提克。一阵强风刮过，淹没了提克接下来说的话。格林开口前，就在提克脸上看到了一种他从未见过的扭曲丑陋的表情。格林强挤出一丝微笑。“你不明白，”他说，“那些沙特阿拉伯人杀人不眨眼。”

“去你妈的。”提克说。

年轻气盛，格林想，随后就再次回头向华盛顿纪念碑的方向走去，把一个佝偻的背影留给了提克。一个想法从提克脑中闪过，他幻想着追上格林，用力将他推进水池，然后自己站在一边看着他在水里挣扎翻滚，荡起层层的涟漪，扭曲了天空的倒影。但他并没有这样做，相反，他只是站在池边深吸了几口气，静静地凝视着如镜面一般的池塘，倒映出万里晴空。然后，他拦了辆出租车向机场驶去。

63

哈里森总监拨通了格林的电话，首先祝贺他说服苏珊·洛厄尔的一位学生在行动组会议上露面，并公开揭露哈塔西所袭击的不仅是属于哈塔西自己的某个村子，而且是这个学生的家乡，他的亲人当时就在村子里。他是在福克斯新闻台看到的这个消息。太棒了。然后他问提克怎么样了。

格林正坐在一个连锁咖啡店的窗旁。他本来不想理会哈里森的电话，但后来还是接了。最近他们很少沟通，哈里森对格林总是陷入无关紧要的小事里无法自拔颇有微词。

“他走了，自动退出了。”格林说。

“他都说了些什么？”哈里森的电话是从他在白宫办公室的洗手间里打来的，他一边讲着电话一边照着洗手间的镜子，揉着脸上的一块老年斑。

“其实也没说什么。”格林说。

“他到底说了什么？”哈里森突然对着电话厉声命令道。

格林有些犹豫，但哈里森在电话那头等着他开口。

“‘去你妈的。’”虽然这话不是格林说的，但对着哈里森这样说话让他心情大好。

“真是戏剧化呀，”哈里森说。“他攻击性太强了，你认为这一点不重要吗？”

“他不会构成什么威胁的。”

哈里森并不这样想，他视提克为负担，把他看作一个不服从命令的麻烦军官。他同样知道，格林已经阻止了伦特继续监视或软禁提克。

艾伦·格林试图说服他提克并不会构成威胁，但哈里森打断了他。“艾伦，你为什么不重返学校，也许在那里你可以找个新的接班人。”

哈里森很满意地挂了电话。他这一阵子对格林很是失望，他想让格林明白这一点。他的下一通电话会将提克再次列入监控范围之内。提克绝对是个负担，恐怕会泄露消息。

咖啡厅响起了轻柔的爵士乐，艾伦·格林盯着杯子里中早已冰凉的黑咖啡。

第二天早上，地球的另一端，伦特坐在办公桌旁，在加密网络上收到一封邮件，命令他调查提克在非洲的所作所为并继续监视提克。他出了办公室，来到大楼背后的角落，这里种着一大簇九重葛。在阴凉处，他抽了根烟以示庆祝。见到这小子时就知道他早晚会有这一天。

回到办公桌边，他惊讶地发现情报总监哈里森给他发了条短信。他一边回拨着号码，一边拿脚不停地敲击着地板。大约等了五分钟左右，一个念头突然清晰地闪过伦特的脑海——这是个好机会。不管怎样总监已经将这次行动列入私人计划，所以这对总监来说会是个很好的主意。

“您知道一个叫玛琳娜·莱维的女人吗？”伦特说。

64

第二天清早天还没大亮，苏珊·洛厄尔的手机就铃声大作，但愿不是拉齐打来的。她翻了个身，去找床头柜上的手机，朦胧中看到窗外雪花洋洋洒洒地飘落，晨曦下，片片雪花泛着粉色的光。

来电号码被隐藏了。苏珊接起了电话：“喂？”

“洛厄尔博士。”电话那头传来一个男子的声音，苏珊没听出来是谁。

“你是哪位？”

“我是托马·阿里·穆噶波的朋友，我们必须马上见个面，事情非常紧急，请一小时内速到办公室来，谢谢。”

“喂！”苏珊开口道。她不喜欢被人牵着鼻子走，如果社会舆论界对她的冒犯、侮辱、控告还能忍受的话，企图用一个电话逼她就范，她不干。哼。“出什么事……”苏珊还没说完，就听见电话里传来一阵忙音。

洛厄尔走在空无一人的坎布里奇大街，不时地左右张望，快步向娜菲尔大楼走去。她推开大楼的玻璃门，“蹬蹬蹬”的高跟鞋声回荡在安静的大厅里。走近办公室，她发现门是虚掩的，没有上锁。她每次下班都会锁门的。想到这里，她的心底不由得泛起一丝恐惧，但还是果断地推开了门。

提克站在苏珊办公桌旁的地图前，阳光透过窗户照进来，洒在他的背上。苏珊一眼就认出了提克。他成熟了，脸上写满了沧桑，眼角也出现了几条岁月留下的痕迹。他正用食指轻轻地敲着地图上的黄色图钉。

“我很抱歉这样闯进您的办公室。”提克扭头见苏珊来了，走到她的办公桌前说道。

苏珊被他的沉静气质所震撼。他擅自闯入她的办公室，却目光明亮、神情坚定。苏珊熟悉那种目光——曾经我也像他一样。苏珊请提克就座，自己也坐了下来，并开始习惯性地整理着桌上的各类文件。但突然，她手上的动作戛然而止，因为提克告诉她，她的朋友托马死了。苏珊的心情瞬间跌至谷底，眼前浮现出托马哼着小曲载着她和拉齐沿着海岸兜风的情景。

提克从夹克衫里抽出一个文件夹放苏珊桌上。她打开文件夹，里面是一本护照和几张银行卡，这些是提克从集装箱里带出来的。还有一张照片，上面印着“加里·布莱克福德”。苏珊·洛厄尔又翻开那个护照，倒吸了一口冷气。

“您为什么在那个村子的位置按个图钉呢？”提克问道。

“我有个学生来自那里。”她说。

“联合特别行动司令部摧毁了那个村子。”

苏珊的心又痛起来，她想起了戴维，想起了戴维在演讲中一一念出了他罹难的表兄弟们的名字。

提克继续道：“他们会一直追杀哈塔西，除非有什么‘正当’的理由阻止他们这样去做。甚至能令那些沙特阿拉伯人打消杀掉哈塔西的欲望。”提克冲文件夹努了努嘴，说道：“就是这个人，他是负责这次行动的三角洲特种部队的总指挥，化名为加里·布莱克福德。”

“你是为谁效力的？”

提克没有回答苏珊的问题，继续说道：“没有人回复你的电话留言，新闻媒体也在散播谣言，而且你不知道到底发生了什么，对吧？”

“我，呃——”她本想争辩一番，不过最终还是承认了，“没错。”

“现在你可以就此写一篇报道了，教授。我能为您提供第一手资料。”

“你会被关进监狱的。”

“哈塔西得明白，托马没有背叛他，这件事对我来说更重要。事实上，背叛哈塔西的是我们。托马的死让我认清了这点。”

“托马原来是为哈塔西效命的……”苏珊喃喃道。这还用说吗？

提克起身指着桌上的文件夹，“里面有我的邮箱地址，有什么疑问发邮件给我。教授，揭开谜团，揭露真相，证明您名誉的清白。”

“我不会就这样不明不白地听你指挥的，我凭什么相信你？”

“我想这个东西是您那个学生的。”提克说着从衣服的侧兜掏出一个哈佛马克杯，重重地摆在苏珊面前，杯子是提克从那个村子带出来的。“或许你还可以还给他。”提克说完就转身走了。

提克走后，苏珊·洛厄尔用手支着头，思考着刚刚发生的一切。出于习惯，她打开了电脑查收邮件。收件夹有一封未读邮件，是比尔·贝斯特发来的。他是拉齐的朋友，在华盛顿工作。邮件的标题是“拉齐”，苏珊轻轻地点击了一下。

65

布拉特尔街的一家叫做“阿尔及尔”的咖啡厅是罗伯特的最爱，因为他喜欢这里播放的音乐。此时，他正喝着咖啡，看着手里的一份报纸。报纸头版登了一幅照片：苏珊·洛厄尔教授获普利策新闻奖的庆功宴上，威利和卢卡斯站在她身前互握双手。编辑们曾反对刊登这张照片，有些人觉得这张照片俗不可耐，卢卡斯和威利似乎是在故作蠢相；而另一些人却说：这是一种对生活的渴望。摄影部主席说这些是最新近的照片了，他不明白这有什么好争论的。而且，这两个家伙的照片要多少有多少，但问题是根本找不到一张那个尼曼基金会员的照片。难道要登个他的大头证件照吗？难道就真的找不到什么他采访刚果叛乱分子之类的人时的合影吗？

罗伯特翻到第二版看到一篇较短的报道，讲的是一个二年级学生被指控在期末俱乐部组织的一次校外活动中袭击伤人，并被正式起诉。狗屁！

令罗伯特有些吃惊的是，报纸上还登了一张戴维在某个非洲组织的新闻发布会上的照片。读到戴维的一些亲人在一个叫做哈塔西的大屠杀中丧生的片段时，罗伯特十分震惊。他的胸中腾起一股怒火，可他不知道如何是好，他只想离开这里。

这时，背景乐停了，传来苦情歌后比莉·哈乐黛的歌声。罗伯特并不了解这个歌手，之前好像是个烟花女子，后来走上了音乐道路，并一举成名。他很认同这样的经历，喜欢“麻雀变凤凰”的故事。比莉唱的这首歌是他最喜欢的歌曲之一，“爱我还是离开我，留寂寞陪伴我……”歌曲的上半段刚唱完，钢琴伴奏从爵士乐转为经典的莫扎特式，罗伯特一直很喜欢这种转音，他曾试着向他的父母解释这种转音多么经典优美，即使他们从不会明白。不过要是哪天他真被哈佛开除了，他还是得回到父母身边，至少会陪他们待一段时间。开不开除还真不好说，不过貌似情况不妙，那个虚伪做作的高级导师辩护人这么告诉他。斯潘塞，真是个十足的祸害，真他妈是个人渣。

还好，罗伯特早有了个计划。他弯腰在脚边的背包里摸索，包里装满了经济课程作业，不过昨晚他打印了些别的东西，今天也带来了。他掏出一份茱莉亚音乐学院的转学申请，开头要有个简短的自述。罗伯特明白，转到这所著名的音乐学院很困难，但他心意已决。他第一行写得很简单，只有七个字：我是一个钢琴家。

66

这世间充斥着各种各样的悲伤，如果说电邮是一种新的传递哀伤的方式，那么死亡一定是非常古老或许最为古老的方式。也就是说，如果死亡真的是一种媒介、一种途径、一种选择的话，那么死亡也许什么也没有传递，它或许仅仅是分离的代名词，仅仅换了种存在姿态，从两条腿的人生化为灰烬而已。但是，如果死亡确实能传递意义，就像拉齐偶尔会想到的那样，那么死讯一定是这世上最宝贵的消息。因为每一个生灵的宿命，冥冥之中早已注定了，这世间的每个男人、女人、老人、孩子，都将面临那一天，唯有离去的方式不同而已。

苏珊·洛厄尔是在她的办公室得知拉齐的死讯的，生平第一次，苏珊一丁点也不想工作。她回了家，一个人蜷坐在屋顶，静静地抽泣。

67

那天下午天放晴了，积雪也渐渐消融，再裹个大棉袄就显得有些不合时宜。提克回来这段时间里，每天都穿着那件单薄的褐色夹克，今天第一次觉得没那么冷了。提克来到那条熟悉的查尔斯河畔，坐在岸边的长椅上边看《克里姆森报》边等简，岸边的积雪在明媚的阳光下熠熠生辉。那天的校报提到洛厄尔教授时，特别指出她指导的一个叫戴维·阿扬的学生公开谴责哈塔西杀害了他的表兄弟们。

过了一会儿，提克望见简款款向他走来。她带了个卷檐软呢帽，帽下丝丝秀发随风飘起。提克曾对简说过只要再回到剑桥城，就一定会来看她的，他信守了诺言。当然，他之前先去见了苏珊·洛厄尔一面，不过他没打算告诉她这些。

简走到提克面前，张口说道："这天气可真怪呢！"简紧张得厉害，她甚至能听到自己的心跳。简朝提克笑了笑，脸"刷"地一下就红了。"真希望我能拯救这个世界。"她抽走提克手中的报纸，看着那篇写洛厄尔和戴维的报道说。

"我设法阻止了，"简说，"可克拉斯迈耶，他是编辑，他——”

“听着，简，”提克说，“我今天就得回华盛顿去。”

简从他的话里听出了什么，目光从报纸转向河面，提克继续解释说他必须回去办妥一些与野生动物保护基金会相关的离职手续。他不打算再继续做下去了，他告诉她，而且他需要远离这一切，理清头绪。他知道他的谎话说很蹩脚，但除了基金会这个名字外，其余都是事实。他还说他得离开一段时间，不为别的，就想四处转转。他说会尽可能与简保持联系，不过让简不必干等他的电话。

好大一会儿，简终于又转过了脸望着提克，她突然觉得很虚弱。提克内心对简十分歉疚，自己并没能深入了解这个女孩。但更难过的是简，她想知道他还能与提克一起待多久。“你几点要走？”

“三点五十的火车。”

你必须做自己想做的，简心中涌动着这个念头。你若是做不了自己想做的又有什么意义呢？

“什么时候可以回来？”简问。

“还不知道。”提克答道。

简垂下了头，又看到校报，照片上戴维正在发表演讲。

“我尽力了，”简指着校报，“我努力让他相信哈塔西是无辜的，可是……”简不敢相信自己话音里竟开始有哭腔了。

"没关系，简，你做得很好。"

终于，泪水夺眶而出，融入冬日暖阳。简从来不哭的，但此时却控制不住，泪如泉涌。

"你会回来的，对吧？到时候我们就能在一起了……"

"我不知道。"提克诚实地答道。

68

苏珊·洛厄尔的办公室里又有鲜花了，不过这次不是大捧的玫瑰，而是各色花朵扎成小小一束，插在蓝色的花瓶里。苏珊以为是助理放的，因为所有人都知道她与拉齐的密切关系。花束中夹了张吊唁卡，署名是历史系主任亨利·罗斯，这倒让苏珊有些意外。

苏珊走到办公桌前坐下，看着那束花，但始终无法想起这些花的学名。她肯定自己知道，只是那些专业知识似乎从她脑海中抹掉了一般。她凑近花束，仔细观察着那些花的叶子，纹脉清晰，秆茎笔直，排列得如此井然有序。她思念着拉齐，思考着生命的造化。她本想来办公室工作，试着忘掉悲伤，却怎么也无法集中注意力。半天了，打开的文档还停留在第一页，她只写下了一段文字。她又从第一行默念了一遍：美国情报界起初支持哈塔西的革命运动，而后背信弃义，现今却又企图掩饰这一不道德的行为。哈塔西本人其实是沙特情报局局长阿尔·伊穆迪的儿子，流亡海外，却胸怀抱负。美国情报界的要人们起初并未意识到这一点，我本人曾经也犯了这样的错误。

“咚咚咚。”苏珊听见有人敲门，她未应声。敲门声再次响起。

“请进。”

戴维推门进来。

“我想退出你的研讨班，”戴维说道，“我是亲自来退选的。”

“你表兄弟的事我很难过，请坐吧，戴维。”

戴维没坐，他想向她解释自己也没料到在新闻发布会上的演讲会导致现在的局面。《克里姆森报》用“震撼”二字来形容戴维的演讲。但看到洛厄尔教授，戴维依旧感到十分愤怒。

“他们说你为哈塔西杀过人。”戴维说。

苏珊无奈地摇了摇头，几乎要笑出声来。而此时，戴维突然发觉洛厄尔教授竟是如此狼狈：深深的黑眼圈，香奈儿眼镜胡乱地把头发一卡，脸上也没了精致的妆容。她看起来像是病了，戴维想道，依旧站着。

“现在退出太晚了，都快期末了，你现在退选这门课就意味着不及格。请先坐下吧，戴维。”

戴维勉强坐下了，明显很不情愿。

“哈塔西没有袭击那个村子。”苏珊指着地图上的黄色图钉对戴维说。

“你怎么知道不是他？”戴维提高了嗓门，接着说道，“我来你这儿，就是为了做出正确的决定。”

苏珊看得出戴维失去亲人悲痛欲绝的神情，而拉齐的死对她的打击，更是加深了她对戴维的同情。“你还好吧？”她问。

“一身轻了。”他说了句斯瓦西里语，清洁的意思。他们从未用斯瓦西里语交谈，不过戴维知道她懂。

“我说的是真的，因为……”

“我现在不想谈论这件事。”戴维打断了她的话，下意识地伸手摸了下桌上的花瓶，“我能走了吗？不及格就不及格吧，无所谓了。”

“你真的不想知道是怎么回事？”苏珊又问道。

“这不是我管得了的事，教授。”

苏珊沉默不语，然后换了个话题。

“暑期有什么计划吗？回家吗？”苏珊刚出口就后悔自己问了第二个问题。

“没有。”停了一会儿，戴维又说道，“我申请了一些实习工作。”

“哪类实习工作？”

戴维罗列了他申请的银行和咨询公司。

“我以前不知道你对这类工作感兴趣。”

“最近才有了兴趣，我想找一份能赚钱的工作。”

“或许，我可以帮你找个实习单位。你知道我丈夫是迪伦·威尔科克斯公司驻波士顿的合伙人，你可以给我一份你的简历，我帮你转交给我丈夫。”

戴维没有立即回答，过了一会儿，他才问道，“你可以帮我得到这份工作吗？”

苏珊想了片刻，说：“是的，戴维，我可以帮你，不过，你的成绩单上若有一科不及格，我就帮不了你了。所以，你现在不能退出研讨班。”

“我会继续上你的课的。”说完，戴维扭头就走了。

苏珊将靠椅转了个方向，望着窗外的科学中心和安嫩伯格食堂。雪正慢慢地消融，一年级新生正在排队买午饭，还有几个学生在打雪仗。苏珊又转过来，盯着办公桌最底下的那个抽屉，里面锁着那天提克给她的马克杯和哈塔西的资料。她取出那些文件，摆在桌上，翻转着手中的杯子。看着眼前的这些资料，苏珊深吸了一口气，她觉得自己没有任何时候比现在更迫切希望重新回到“战斗”中去。

69

巴黎，法国，200X年

清晨，巴黎一家新开张的餐厅里，迈克尔·提克坐在原木餐桌旁，正在看报纸上的新闻评论，讲的是他的政府——现今全世界最强大的实体。评论写道：在过去的二十五年里，美国将战争的触角伸向了世界的各个角落。这是一份法文报纸，不过说得没错。提克从未感受过一刻真正的和平，尽管到目前为止他从未从这个角度考虑过和平这个问题。

提克与苏珊·洛厄尔碰面一周之后，接到查理·阿特沃特的一个电话，被问到是否认识哈佛的这个教授，因为她曾给查理华盛顿的办公室留言。不过提克没有回答查理，他当时已经辞职了。提克来到了巴黎度过这个余冬，并再次开始长跑。他顺着蜿蜒小径跑上蒙马特高地，沿着卢森堡公园的白色砾石路奔跑，环绕巴士底广场，跑遍了整个巴黎。尽管他还是会看新闻，但他不用工作了，也不用再想工作的事情了。像往常一样，他到巴黎依旧住在这家小旅馆，旅馆大厅的墙上挂着一幅古老的地图，能清晰地看到1739年的巴黎全貌。庭院内还有个露天咖啡店，天暖和些了，庭院里的花儿也快开了，提克偶尔还会下来点杯咖啡。

春天到了，提克盘算着下一步的计划。他还不清楚自己要做什么，不过他觉得应该去读研。他想申请国际关系学院或法学院，索性写了几分申请书。他甚至考虑重新选修国际文凭项目的大学预科课程，然后进入医学院学习。

餐厅女招待端上了他点的咖啡和三明治，暂时挡住了外面射进来的光线，和窗外正沿着珀尔街悠闲漫步的行人。一个小男孩穿着件质地精良的软呢运动衣，齐肩的金发系了个马尾，滑着轮排从窗前掠过。最近，提克很少再想起那个芬达少年，即使想了念头也会转瞬即逝，就像一阵风从前门刮进来，扫过空荡荡的房间然后又从后门呼啸而出一般。

吃完三明治，提克离开餐厅向南边的塞纳河走去，墨绿的河水静静流淌。当他走在桥上时，他真希望简在自己身边。他来巴黎是度假的，想要忘掉过去开始新的生活。可现在他来了，走在去罗丹博物馆的路上，一群穿斜纹棉布夹克的几个美国小孩儿在前面跑着，感觉不大像是在度假。他没再去博物馆，转头回了附近的旅馆。路过旅馆大厅时，服务台没人值班，提克感到有些奇怪。他自己从钩子上取了钥匙，又驻足看了会儿墙上的那幅地图，计划着明天的长跑路线。借着昏暗的楼梯灯，他走上三楼，打开房门，把钥匙往床头柜上一扔，脱下褐色夹克撂在椅子上，仰面倒在白色床单上。刚吃过午饭，又散了会儿步回来，他觉得有些困了，打起盹儿来。

这时，浴室的门缓缓被推开，玛琳娜·莱维蹑手蹑脚地走到了提克的床边。她对自己的所作所为很矛盾。她知道自己是这场游戏中的一枚重要棋子，但她看不清整盘棋的谋略布局。虽然她并不喜欢任人摆布，可是，能与华盛顿的那些人扯上些关系，这机会太宝贵了，她不想放过。更何况她现在是在帮他们一个大忙，而将来总有一天，他们会好好补偿自己的。

致谢

感谢大家对我的帮助，旅途中为我提供交通食宿，提出编辑出版建议等，感谢拉穆的科尔臣斯和范·阿尔德特斯；基加利的利班·阿里·穆加波；巴黎的奥利维娅·德迪厄勒弗；威廉斯堡的埃德·林茨；伦敦的戴夫·埃文斯和弗勒尔·吉尔维斯·里德；塞敏亚克的比克顿一家；威尔科克斯一家；彼得·马蒂尔森；威尔·赫斯特；亚历克斯·德瓦尔；本书的出版人埃里克·西米诺夫和鲍勃·布克曼；我的出版商摩尔根·恩特里金；我的家人琼妮、特里和斯泰西·麦克唐内尔。